대구에 산다, 대구를 읽다

대구에 산다, 대구를 읽다

발 행 | 2019년 10월 3일

엮은이 | 신중현

펴낸이 | 신중현

펴낸곳 | 도서출판 학이사

   출판등록 : 제25100-2005-28호

   주소 : 대구광역시 달서구 문화회관11안길 22-1(장동)

   전화 : (053) 554~3431, 3432

   팩스 : (053) 554~3433

   홈페이지 : http : // www.학이사.kr

   이메일 : hes3431@naver.com

ISBN _ 979-11-5854-195-8   03810

이 도서의 국립중앙도서관 출판예정도서목록(CIP)은 서지정보유통지원시스템 홈
페이지와 국가자료공동목록시스템(http://www.nl.go.kr/kolisnet)에서 이용하실
수 있습니다.(CIP제어번호: CIP2019036779)

100人100作

대구에 산다,
대구를 읽다

學而思|학이사

책을 엮으며

가장 지역적인 것이 가장 세계적인 것이라 했다. 학이사는 대구에
있다. 흔히 말하는 지역출판사다. 그래서 좋다. 같은 지역에서 사람들
과 어울려 살고, 함께 책으로 즐겁게 살 수 있다는 것이 참 좋다. 이들
의 고마움에 보답하기 위해 다시 한 번 새로운 일을 마련했다. '대구
100人 100作'이다. 현재 대구에 살고, 대구지역의 출판사에서 출판한
작가 100명만 우선 모시고 작품 한 편씩을 실었다. 시·소설·수필·아
동문학·인문 등 종이책으로 엮어질 수 있는 모든 장르를 망라했다.

대구에는 천 명이 넘는 작가가 있다. 모두 훌륭하고 좋은 작가다. 지
역 출판사는 이들이 없으면 존재가 불가능하다. 서로 다독이고, 격려
하고, 그렇게 산다. 그래서 준비했다. 지역에 사는 작가들에게 턱없이
부족하지만 당신들을 존경하고 사랑합니다, 라는 감사의 마음을 보이
기로 했다. 대구라는 같은 지역에 사는 당신이 고맙다고, 그래서 우선
100명의 작품 한 편씩을 모아 독자들에게 선보인다. 우리 지역에는 이
렇게 훌륭한 작가가 많다고. 그러니 찾아서 읽고 자긍심을 가지라고
엮었다.

이 책은 지역을 사랑하는 작가 100명의 마음을 엮은 것이다. 글을 쓰
는 사람이나 책으로 짓는 사람, 또 그것을 찾아서 읽는 사람 모두가 자
축하자는 의미로 엮었다. 사람 사는 데에 마음보다 더 소중한 것이 무
에 있으랴. 덕분에 책 짓고 사는 사람으로서 한 분 한 분의 이름을 불
러드리는 것 외에는 지금 더 좋은 방법을 찾기가 어렵다.

강위원 강현국 곽홍란 구본욱 권순진 권영세 권영희 권태룡
김규학 김동원 김동혁 김미선 김민경 김선굉 김세환 김수영
김아가다 김아인 김영란 김용주 김은주 김지원 김창제 김청수
김태엽 남지민 류경희 문무학 문차숙 민송기 박규홍 박기옥
박동규 박미정 박방희 박상옥 박승우 박영옥 박재희 박정자
박태진 배해주 백승희 백종식 서정길 석현수 성병조 손남주
손인선 송진환 신재기 신형호 신홍식 심후섭 안영선 안용태
오영환 유가형 유병길 윤경희 윤일현 윤정헌 원상연 은종일
이경희 이　룸 이명준 이병훈 이승현 이영철 이재순 이재태
이정기 이정웅 이정혜 이정환 이진훈 장사현 장식환 장정옥
장하빈 전성찬 전여운 정순희 정아경 정정지 정표년 정홍규
채천수 최문성 최상대 최점태 최춘해 추선희 하정숙 하청호
한은희 홍다연 황명희 황인동

　모두가 고맙고 또 고맙다. 살면서, 같은 지역에 살면서 부대끼는 모
두의 이름을 다 불러드릴 수 있는 날을 기대하며 첫발을 내딛는다.

2019년 10월 3일
엮은이 신중현

5

대구에 산다,
대구를 읽다

수필

소설

인문

대구에 산다,
대구를 읽다

100人100作

시

낮술

강현국

하얀 여름으로부터 하얀 여름 마당까지
그 집 수박 잘 익었네

정선 아라리처럼
굽이굽이 산길처럼

붉은 수박으로부터 붉은 수박 안방까지
그 집 여름 잘 익었네

낙타가 왔다

권순진

너는 목마른 솜처럼 낡은 구름이었다
어쩌다가는 목동이 거느린
소규모의 양떼구름이었다가
저문 하늘에 수선거리는 어린 별무리였다

가끔 별 그림자에 발이 접질렸다
모래먼지를 삼켰다 뱉어내면서
머나먼 길 표정 없이 걸어왔던
외로움은 깊어만 갔다

끝없이 모래바람이 뒤척인 자리
꽃씨도 없이 장미는 피었건만
떠나올 때 고삐를 놓친 낙타도
고향의 대추야자도 이제 그립지 않다

몇 겹인지 모를 수천의 사구를 넘으며
책갈피 속 마른 꽃잎만을 기억했나니
모든 꿈들이 가물가물해진 사이
빗금으로 빛 하나 발아래 떨어졌다

바닥 드러난 허연 우물 앞에 죽어간
많은 여행자를 기억했다
무릎을 세우고서야 장엄했었는데
모든 것을 믿으며, 모든 것을 바라며

그때 낙타가 왔다

깍지

김동원

　내 손을 나꿔 챈 그녀에게 아내가 있어 안 된다고 했다. 곁에 벗은 예쁜 속옷은 유채 꽃빛이었다. 등 뒤에서 그녀가 "오늘 밤만이라도 하늘 물속을 헤엄쳐, 저 샛별까지 갈 수 없냐"고 내 허리를 꽉 깍지로 껴안았지만, 나는 두 자식이 있어 진짜, 안 된다고 뿌리쳤다.

　돌아보지 말걸, 꿈속 그녀는 알몸으로 초승달 위에 웅크려 울고 있었다.

　어쩐 일인지 나는 그 밤부터 꿈만 꾸면, 구름 위로 떠오르는 달에게 올라타는 연습을 한다. 제멋대로 엉켜버린 두 인연이 천년의 허공 속에 헛돌지라도, 미친 듯 미친 듯 그녀를 위해, 나는 밤마다 꿈속에서 달을 타는 연습을 한다.

닻을 내린 그 후

김미선

이 핑계 저 핑계로 찾아뵙지 못하고
세월 넘겨 찾아뵈오니
아버지 풀 속에 누워
씨를 뿌리고 계시더라

뫼풀들과 소곤소곤 얘기 하시느라
본척만척 하시더라

이생의 모든 업 다 풀고
풀 되어
바람하고도 한 몸이 되어
춤추고 계시더라

못내 섭섭하여
모퉁이 돌아서서 훌쩍거렸지만

이제 걱정 안 해도 되겠더라

소복소복한 뙤풀 울타리 안겨
꽃과 나비도 부르고 계시더라

술 한 잔에 시 한 수로

김선굉

　방랑 같은 걸 꿈꿀 수 없는 시절을 산다. 밀란 쿤데라식의 느림은 얼마나 사치인가. 나는 신천대로가 끝나는 팔달교 부근이 꽉 막히기를 기대하며 차를 몬다. 차가 금호강 느린 흐름보다 더 느리게 움직일 때, 나는 비로소 강을 굽어본다. 중금속으로 이제 얼음이 얼지 않는 강. 그 위를 걷는 겨울새의 처연함 같은 것. 거기 노을이라도 비칠라치면, 물결은 어린아이처럼 몸을 움직여 금빛으로 반짝이는 것이다. 차는 느리게 움직이다 한참을 멈추어 선다. 버튼을 눌러 신중현의 새 앨범 「김삿갓」을 듣는다. 〈천리 길 행장에 남은 일곱 푼을/ 들주막 석양에 술을 보았으니/ 어찌 하겠는가.〉 대체 술이며 풍경의 깊이는 어떻게 획득되는가. 락은 신중현의 저항의 방식이며 유효해 보인다. 방법이 있다면 늙음 또한 두려워할 게 아니잖는가. 그러나 세상을 술 한 잔에 시 한 수로 건널 수 없음이여. 내 몸 또한 저 물과 같아서, 처음은 순결했으나 이제 마음의 가장 얕은 바닥조차 비출 수 없게 되었다.

신을 닦으며 - 2

김세환

아직 서툰 솜씨로 아내의 신을 닦는다.
긴 세월 접어두었던 꽃물 든 가슴 열고

화창한
꽃비 내리는 봄길
마음껏 걸으시라고.

허기 한번 채우지 못한 순종의 별난 천성
가난을 털어내듯 내 구두를 닦던 사람

스스로 갇혀 살아온
그 삶의
무지외반증拇指外反症.

언제나 출근길에 공손했던 배웅처럼

즐거운 나들이에 가지런한 웃음으로

남은 날
나도 그대 위한
편한 신이고 싶다.

빗살무늬

김용주

오래된 LP판 위로 햇살이 앉아있다

쉰 소리로 돌아가는 그대 낡은 봄빛

갈라진 발뒤꿈치 사이 꽃물 드는 저물녘

가등 켜진 골목길 시름 한 짐 부려놓고

바람 풍금 마디마다 풀어 가는 봄날이여

촘촘히 파고든 허물 마냥 투명하다

능소화 지다

김창제

칠월 염천,
앞 다투어 피어오르던
쇠불알 같은 꽃이
모가지 뚝뚝 꺾으며 뛰어 내린다

눈 비비지 않으려 용쓰는 나뭇가지나
뛰어내리는 꽃이나

딱히 피어도 핀 게 아니고
지고도 다 진 게 아닌

꼭 잡았던 손과 손
슬며시 풀리는 저 경계가 환하다

흘레 끝난 개다

그늘이 양지보다 뜨거운

사랑 몇

숭어리 채 진다

개실마을에 눈이 오면

김청수

산과 들판이 순식간에
눈 세상이 됩니다
뒷뜰에는 가을걷이 끝내고
몇 포기 남은 배추밭도
흰눈 속에 뒤덮입니다

뒷산에서 간간히 들려오는 부엉이 소리
대나무밭에서
푸드덕푸드덕 비둘기 날개짓 소리
눈 무게 못 이겨 뚝뚝 부러지고
갈라지는 대나무 소리

깊어가는 겨울
군불 지피러 뒤안으로 가면
아버지께서 켜놓은 장작들이

산더미로 쌓여 있습니다

눈 쌓여 확 타오르지는 않지만
서서히 달궈지는 관솔에 불 붙으면
온 집안 솔향으로 그윽합니다

봄

문무학

보아라!
튕겨 오르는

스프링의
경쾌를

Look at bouncing,
Cheerful cadence of spring

그곳

문차숙

어디 멀리
적막한 곳으로
숨어 버리고 싶다

한시도 떨치지 못하는
그를
천천히 단념하면서

무지몽매한 나를
담금질하여
그를 놓아주리니

설움도
눈 먼 시간도
조금씩 잊어가면서

어디 무심한 곳
그곳으로
숨고 싶다

우리가 웃으면
우리가 보는 것도 웃는다

박방희

사람은 근심과 걱정이 없는 상태에서라면
아주 사소한 일에도 촉발되어 웃을 수 있게 된다.
그때 웃음은 존재가 피우는 꽃이고
웃음소리는 존재의 울림과 같다.
따라서 웃음은 끊임없이 피울 수 있는 꽃이다.
그리고 우리가 웃으면 온 우주도 함께 웃는다.
사실 풀과 나무들의 꽃이란 것도
그 풀과 나무들의 우주를 향한 웃음이다.

그러므로 우리는 웃을 필요가 있다.
웃음이야말로 존재의 본질이다.
웃어라! 그대가 웃으면 그대가 보는 것도 웃는다.
그대가 미소하면 세상도 미소할 것이다.

부활의 조건

박상옥

오늘 나는 누구의 가슴에 살아있을까.
오늘 나는 누구를 가슴으로 불러올까.
오늘 누가 나를 위해 기도하고 있을까.
오늘 나는 누구를 위해 기도할까.

기억의 변방으로 밀려나도
어느 날 문득 누군가 그리워지면
그는 내 안에서 화려한 부활이다.

잊힘에서 부름으로 일어서는 부활은
나와 너. 그대와의 관계 맺음이며 기억이다.

부활은 그리움의 깨어남이며
살아 믿는 자의 은총이며
살아 기도하는 자의 축복이다.

연하장

박재희

당신은 내 가슴속에
봄이면 진달래로 핍니다
여름이면 화안한 접시꽃으로 핍니다
가을이면 들국화로 핍니다
꽃 피우기 힘든 겨울엔 하얀 설화로 핍니다

연하장을 써서 집으로 보냈습니다
새해 한 통의 편지가 꽃씨 되어
365일 우리 집은 웃음꽃이 핍니다

밖에서 손가락질 받은 날도
아내는 내편이 되어
구겨진 가슴 한 뜸 한 뜸
분홍 꽃밭으로 수놓습니다

물의 무늬가 바람이다

박태진

흐르고
미무르는 것이
바람의 무늬다

오늘도
젖은 물에는
바람이 머물고 흐르듯이
생겼다 지워졌다 한다
그 많은 무늬들이

외로운 생애가
울다가 웃다가 밉다가 곱다가
돛단배로 흔들리듯
사람이 갈아가는 것도
다 바람에 흔들리는 무늬다

그리운 무게

백종식

바람 부는 날
그네가 그네를 탄다.
저 혼자 몸을 뒤척여가며
모처럼 홀가분한 자신의 무게를
저울질해본다.

몇 번 흔들림만으로
바람의 무게가 자신의 몸무게임을
자신이 다이어트 필요 없는
가장 바람직한 몸매임을
새삼 확인한다.

하지만, 깜냥을 염려하였다면,
한가로움을 사랑했다면,
자신보다 무거운

아가와 누나, 다람쥐와 곰돌이
어떨 땐 나뭇잎까지 사시사철 태울
엄두나 냈을까?

그 무게가 자꾸 그리워지는
바람 부는 날.

문득,

손남주

참 짧고도
길다
순간과 영원이 함께 태어난다

이리도 가까운 길목에서
알 수 없는 시공時空으로 아득하다

올 때는 말간
맨얼굴로 오지만
잠깐의 꽃의 황홀이
오래도록 향기로 깊어지기도 하고
빛으로 왔다가, 영영
어둠에 갇히기도 한다

짜릿하다가 저릿하고

눈물이다가 그리움이고
깨달음이다가 뉘우침이다
사람들과 같이 살면서
혼자 살고
혼자 살면서 같이 산다
어느 것이 진짜 나인지 헷갈리면서
방 안에 틀어앉아
길 없는 길을 수없이 헤맨다

어두웠다가 환해지고
환했다가 어두워지는 길,
눈물이 웃음이 되고
웃음이 눈물이 된다

문득이 쌓여서

영원이 되는 것인가?
참 짜릿하고 오래도록 저릿하다

문득이 문득문득 한생의 길을 튼다

바지

송진환

벗어둔 바지가

어제를 증언하듯 구겨진 채

의자 등받이에 제멋대로 걸쳐져 있다

구겨진 만큼 돌아왔으리

돌아오며, 힘겨웠던 것들

그 주름살 속에 숨어 있으리

얼굴 붉혔던 사연들만은 아직 얼룩으로 남아 저리

후줄근히 아침을 맞고 있다

오늘 내 길은 얼마나 멀까

또 얼마나 구겨져 내동댕이쳐질까, 더러는

서러운 얼룩까지 묻어

몽돌

안용태

그렇게 치고도 지치지 않는
너도 너지만
그렇게 맞고도 물러서지 않는
너는 또 무어냐
감포 바닷가
권력에 눈 먼 당파 싸움처럼
뭍과 파도가 힘 겨루고 있을 때
검은 몽돌 알몸으로 뒹굴며
맨살 찢겨진 잡목 뿌리
감싸 주고 있었다

어머니는 찻그릇이다

오영환

어머니는 눈물이다 어·머·니 부르기도 전
목구멍 가로막는 불덩이가 솟는다
피멍 든 새가슴 깊이 가두어 둔 봇물이다
어머니는 바닷속 출렁이는 탯줄이다
발 모은 합장 앞에 눈 감은 사랑이다
한말씀 따르지 못한 세상 너머 경전이다
어머니는 향기 밴 질그릇 찻잔이다
한 방울 남김없이 다 부어 준 빈 잔에
젖가슴 국수 밀듯이 사발젖 짜고 있다

첫

유가형

첫이란 말, 돌확에 고요하던 그리움이 넘친다
첫 만남
첫사랑
첫날밤
첫눈
첫새벽
첫 출산
첫 출근
정화수다. 싱그러운 아침 공기다
뽀송하게 말린 새하얀 빨래다
천만 개의 세포가 찬 산골 물에 발 담근다
뽀얀 설렘이 살갗의 실가지에 걸어 놓은 긴 명주 수건에
얼굴을 묻고
가물가물 사라져 가는 기적 소리 듣는다

점자 블록

윤경희

무심코 밟은 바닥이 누군가의 눈이었다

손을 내민 듯한 울퉁불퉁한 촉수였다

틈 사이 갇혀 있었던 누군가의 길이었다

오월

은종일

잎 피우다 힘 부치면
꽃 피울 수 없을까봐
죽을힘 다해 꽃부터 피우는 나무들

잎 피우고 꽃 피우는
자연의 순리를 뒤집은 것은
역리에 생존을 건 나무의 사투다

끝장나는 봄, 오월
꽃에 밀려서 숨죽이고 있던 잎들이
스크럼을 짜서 일제히 일어선다

저 분풀이에 뒤집히지 않는
세상일지라도
살아야겠다고

살아봐야겠다고
꽃이 남긴 상처를
바람은 불어 아물리는 잎들

너의 초상肖像

1
내 속에는 수천수만의 짐승 떼가 산다
내홍을 견디다 못해 마침내 불붙은 산

등짝에
불화살 맞은
내란의
짐승 떼가 산다

2
나는 도적이다, 그리움으로 채워진
궤짝을 훔친

나는 도적이다, 그 궤짝 등에 짊어지고

천년의
분화구에 뛰어든
슬픈 도적이다, 나는

　3
아아, 이리도 가슴을 후려치는
북채가 있어

마침내
둥기둥 울리는 봄날의 북이 되었구나

꽃처럼
찢어지곤 하는
애련의 북이 되었구나

하루살이

장식환

허욕도 하나 없는
숙맥 같은 하루살이

불빛이 그리우면
목숨도 바치는데

한 생을
텃밭 일구며
바람 소리 듣고 산다

죄나 씻고 가려는가?
부질없는 세상살이

이승의 육중한 멍에

하루살이로 해탈하면

한 욕심
하늬바람에
허공으로 날리고 싶다

개밥바라기 추억

장하빈

겨울 금호강에서 그에게 편지를 썼다
등에 업혀 새록새록 잠들다가
어두운 강물 속으로 사라져 간 개밥바라기

하얗게 얼어붙은 강어귀에서
모닥불 지펴 놓고 그를 기다렸다

한참 뒤, 폭설 내려와
강의 제단에 바쳐지는 눈발 부둥켜안고
모래톱 돌며 재齋를 올렸다

눈 그친 서녘 하늘에 걸린 초롱불 하나

늑대와 여우

전여운

I. 늑대의 변명

다들 늑대가 사납고 예의 없고 무섭고 해코지할 것같이 생겼다
고 말하지

억울해서 땅을 치고 통곡할 일이야 이 땅 위에 나처럼 책임감
많고 절개와 지조를 지키는 멋진 짐승 있으면 나와 봐
　처자식 먹여 살린다고 새벽 별 보고 나가 이슬에 촉촉이 젖어
돌아오는
　곁에 여우가 있는지 없는지 모르고 일만 하는 숙맥인데, 가끔
목구멍에 쌓인 먼지를 씻어보겠다고 한잔 마시면
　"늑대가 술에 취해 여우를 잡아먹는다"라고
　끼 많은 여우가 동네방네 나발을 부니까 귀가 막혀 이리 뛰고
저리 뛰다가 넘어졌을 뿐,
　해코지하려고 달려든 것은 절대 아닌데

'에라, 이왕 욕먹는 거 예쁘고 돈 많고 명 짧은 여우 한 마리 찾아볼까?

II. 여우 이야기

여우가 늑대 홀리는 법 혹 아세요?

그 책 있음 빌려보고 싶네요 정말 억울한 건 내가 수작을 부린다는 소문이에요

먹고 살기 바쁜 건 우리도 마찬가지!
덩치가 작아 늑대를 보면 가까이 다가서기는커녕 도망가기 바쁜데 다들 왜 여우가 늑대를 홀린다고 말할까요?

늦대들은 한잔만 먹으면 취한 척하면서 이리 뛰고 저리 뛰다 돌에 걸려 넘어져 면상을 깔아뭉개거나 하수구에 처박혀 병원 신세를 지는 경우가 더러 있는데

결코 '여우에게 홀려서 그랬다' 그건 아니에요

술 취한 늑대 다친 것이 여우에게 무슨 죄가 있겠어요?

여우를 해코지하려고 달려든 그 해롱해롱하는 늑대가 잘못된 것이지.

'아 참 요즈음은 늑대를 사육하는 여우들이 많다지요?'

이참에 나도 한 마리 키워 볼까요?

방파제

정정지

언제부턴가 그는
그 자리에 있어
풍경의 일부가 되었다

가끔씩 내려와
추수 앞둔 농사를 들쑤시는
저 멧돼지 같은
파도를 온몸으로 받아내는 그가 있어
부둣가 횟집들은 안심하고 잠이 든다

늘 거기 있어도
청명한 날엔 눈에 띄지 않는 그
태풍경보가 내린 날은
태산처럼 미덥다

한밤중 아무도 몰래
파도에 시달린
팔다리 주무르며
어깨 들썩이고 숨죽여 울기도 하는 그

오늘은 발 씻고 앉아
갈매기를 세고 있다

동백꽃 때문에

정표년

선운사 동백꽃은
이름값을 하느라고

갈부터 늦봄까지
손님들을 맞고 있었네

사월도 끝날 무렵엔
산색에 눌려 보였네

하지만 기색에 끌려
부처님도 외면하고

목백일홍 돌배나무도
건성으로 스쳐가며

정작은 미당의 시비까지도
아니 보고 올 뻔했네

대추나무집 저녁상床 풍경

채천수

1

어머닌 적적해서 놀이 삼아 하신대도, 대추봇짐 머리이고 장에 이젠 그만 가요. 용돈도 자주 못 드려 드릴 말은 없지만….

2

그래, 기껏 다 팔아도 코 묻은 푼돈 몇 장, 하루해 다 잡아먹고 손과 발을 부렸지만,

우리 산 환한 가을의 이문만은 안 남겠나.

아범아, 걱정마라 이것도 내 재미다. 네가 멀리 안 가고 같이 살아 고맙다.

이 동네 부모 자식 사는 집 우리밖에 더 있나.

애나 낳아 홀 맡기고 전화나 해대면서, 입으로 사는 놈들 돈 몇
푼은 안 부럽다. 너희 둘 살림 못 내준 건 뉘 팔잔지 아직 몰라….

폭포 앞에서

황인동

물이 벼랑 끝에 서 있다

뛰어내릴지언정

물러서지는 않을 기세다

저건 오기가 아니고 천성이겠지만

뛰어내리는 데는 다 사연이 있을 거다

부딪혀서 깨어지면서도

겁도 없이 뛰어내리는 저 폭포수처럼

지금 내가 벼랑 끝의 물이 되어

사정없이 뛰어내린다

대구에 산다,
대구를 읽다

100人100作

아동
문학

만남

곽홍란

애들아!
지구를 살아있게 하는 건
만남이란다

초록별 지구를 숨쉬게 하는
참 아름다운 만남

새싹이 쏘옥, 눈뜰 수 있게
빗장문 열어주는 흙

병아리 맨발이 시려울까
종종종 따라다니는 아이들

참새, 토끼, 다람쥐, 고라니들의
추운 겨울을 위해

풀섶에 낟알곡 남겨 두는 농부

어디 이것뿐이겠니?
작은 물결에도 놀라
두 눈이 동그래진 물고기 떼를
품어주는 바다풀

뿌리를 가지지 못한 겨우살이에게
가지 한켠을 쓰윽 내어주는 물참나무

이런 아름다운 만남으로
지구는 푸르게 푸르게
숨 쉬며 살아있는 거야

작은 벌레, 그들에게는

권영세

온종일 가도 가도
내 눈에는
한곳을 맴돈 것만 같은데

작은 벌레, 그들에게는
넓고 넓은 새 땅을
찾아 가고 있는 거란다.

온 힘 다해 기어가도
내 눈에는
늘 그 자린 것 같은데

작은 벌레, 그들에게는
한 번도 가보지 않은
새 땅으로 가고 있는 거란다.

눈물

김규학

훔치는 거
훔치다가
들켜도

도둑놈 소리 안 듣는 거

내 꺼,
내가 훔치면서도
누가 볼까 봐

슬며시 감추는 거

죽었다
깨어나도
남의 것은 절대

훔치지 못하는 거!

말씨

김영란

누군가의
기슴 밭에

뿌리내릴
씨앗이라면

예쁘고
향기로운

꽃으로
피어나면 좋겠다.

나도 씨앗처럼 눈 감고 엎드려 본다

김지원

어두운 땅속에서
씨앗은 어떻게
땅 위로 돋을까?

나도 씨앗처럼
눈 감고 엎드려 본다

볼 수 없으니 소리가 잘 들려

아하, 그렇구나!

햇볕이 쓰다듬는 소리
빗물이 속삭이는 소리
바람이 분주히 뛰는 소리

보이지 않는다고
기죽지 않고
밝은 귀 쫑긋 세워
소리를 따라

뾰족
뾰족
땅 위로 나왔구나.

내 몸에 남아 있는 여름

남지민

목욕하려고
옷 벗는데

지난여름이
내 몸에
숨어있어요.

수영복
하얀 자국
수영복 밖
그을린 흔적

더위 피해
이곳 저곳 내가 다닌
지도 같아요.

물장구치던
냇가의 물결
차르르, 차르르
부딪치던 파도

지금도
내 몸에서
일렁이고 있어요.

나무와 새

박승우

새가 나무에 앉으면
나무는 두근거리겠다

콩닥거리는 심장을 안았으니까

새가 나무를 떠나가면
나무의 체온은 내려가겠다

따뜻한 심장 하나가 떠나갔으니

새가 나무를 떠나가도
나무는 새를 기다리겠다

새의 심장이 그리울 테니까

우산이 뿔났다

박영옥

비 올 때
손잡고 와서는

비 그치자
혼자 가버렸다

데리러 오기 전엔
절대
안 갈 거야

밤새도록
거꾸로 서있다

소낙비

손인선

하늘에서
비상벨부터 울리고 온다

우르릉, 쾅!

술래잡기

신홍식

보름날 밤
구름 뒤에 숨었다가
동그란
얼굴을 내밀자

강아지는 찾았다고
동네가 떠나갈 듯
꼬리를 흔들며
멍멍거린다

놀란 달은
구름 뒤에
슬그머니 숨는다

도토리의 크기
- 도토리는 얼마나 커야 하나

심후섭

에이, 너무 작다
도토리!

이걸 주워 언제
묵을 만드나

수박만 했으면
서너 개만 주워도 될 텐데,

그때
도토리 하나 떨어져
머리를 때렸다

"아야, 아 아!"

아, 잘못했습니다
도토리 크기는
지금이 딱 맞습니다

독도에 가 봤지

안영선

대한민국 지도를
풀들이 그려 놓고

한국의 등대가 있고
김성도 이장이 살고

지키는 사람도 있고
천연기념물 삽살개도 있고

말할 것도 없어
한국 땅이 맞아.

욕심 휴지통

원상연

휴지통을 가진
착한 컴퓨터

용량이 다 차면
'휴지통을 비우세요'
메시지가 뜨네

휴지통 없는
우리들 마음

욕심만 채우고
나눌 줄 모르는
놀부의 심보

화분

이재순

화분이 이사를 가네요
꽃도 따라 가네요

큰 화분은 큰 꽃을 데리고 가고
작은 화분은 작은 꽃을 데리고
이사를 가요

이사를 간 빈 자리엔
허전한 만큼
햇살이 모여 앉아요

큰 화분이 놓였던 자리엔
큰 화분만큼 자리하고
작은 화분이 놓였던 자리엔
작은 화분만큼 자리하고 있어

물 끓이기

최점태

별일 아닌 것 가지고
화르르
성을 내는 가스레인지

싸우기 싫어
부글부글
속으로 참는 주전자

약이 오를 대로 오른 가스레인지
활활 덤벼들자
그만, 삑삑 울어버리는 주전자

울음소리에 놀란 엄마
따다닥
가스레인지와 주전자를 떼어 놓는다.

시계

최춘해

아이들이 잠든 밤에도
셈을 셉니다.

똑딱 똑딱
똑딱이는 수만큼
키가 자라고
꿈이 자라납니다.

지구가 돌지 않곤
배겨나질 못합니다.

무릎 학교

하청호

내가 처음 다닌 학교는
칠판도 없고
숙제도 없고
벌도 없는
조그만 학교였다

비바람이 불고
눈보라가 쳐도
걱정이 없는
늘 포근한 학교였다

나는
내가 살아가면서
마음 깊이 새겨 두어야 할
귀한 것들을

이 조그만 학교에서 배웠다

무릎 학교.
내가 처음 다닌 학교는
어머니의 무릎
오직 사랑만 있는
무릎 학교였다.

별똥별

홍다연

하늘의 별 하나
문을 나선다

가로등 없는
마을에서
연락이 왔나 봐

초롱불
밝혀 들고
산등을 넘어간다

동화

안뜸골 솔이

권영희

시카고 공항 밖으로 뿌옇게 보이는 하늘이 곧 한바탕 소나기를 뿌려 놓을 것 같았습니다.

걱정스러운 듯 아저씨는 자꾸 하늘을 쳐다보았습니다. 아직까지 비행기가 뜨지 못할 것이라는 안내는 단 한 건도 없었습니다.

하지만 아저씨는 혹시나 싶어 안내 방송이 나오는 곳을 향해 귀를 기울이고 있었습니다. 시카고 공항 안의 화려한 네온사인 불빛과는 달리 아저씨는 캄캄한 밤길을 헤매는 것 같았습니다.

두려운 마음이 앞서서인지 공항 안을 수놓은 현란한 네온 불빛이 아저씨를 더 불안하게 했습니다.

"이번이 처음이시죠? 한국으로 가는 거 말이에요."

시카고에서 낯선 한국어를 듣고 아저씨는 깜짝 놀랐습니다.

"아, 네에."

겨우 대답하고 아저씨는 꼭 눈을 감아 버렸습니다.

아가씨는 아랑곳하지 않고 아저씨 옆에서 계속 이런 저런 얘기들을 늘어놓았습니다.

"저는 이번이 벌써 세 번째예요. 갈 때마다 혹시나 하고 큰 기대는 하고 가지만 역시나 돌아오는 길엔 한숨뿐이죠. 그게 그리 쉬운 일이 아니더라고요."

"예에에……."

아저씨는 아직 한국어가 서툰 탓에 더 이상 아무 말도 할 수가 없었습니다.

"전 몇 년 전부터 정말 한국어 공부를 열심히 했어요. 어렵게, 정말 어렵게 엄마랑, 오빠를 만나면 눈만 멀뚱멀뚱 뜨고 바라볼 수는 없잖아요.

"……."

"엄마라고 다정하게 불러보고, 오빠라고 커다랗게 불러도 보고……."

"……."

"서로 말을 알아들을 수 없다는 건 정말 슬픈 일이예요. 이렇게 헤어져 몇 십 년을 살아온 것도 슬픈 일인데……."

한참을 혼자서 얘기하던 아가씨는 뒤적뒤적 거리더니 손수건을 찾고 있는 것 같았습니다.

손수건을 꺼내 눈가를 살짝 닦더니 또 계속 얘기하기 시작했습니다.

"사실 엄마랑, 오빠 얼굴도 잘 기억나지 않아요. 그냥 제 기억 속에 조금씩 남아 있는 것 같아요. 하지만 아무리 얼굴을 기억하려고 해도 모르겠어요. 너무 보고 싶은데……. 아차, 제 이름은 수지예요. 아저씨는요?"

아저씨는 수지라는 아가씨의 얘기를 멍하니 듣고 있었습니다. 무슨 말인지 알 것도 같고, 모를 것도 같고.

수지는 아저씨의 대답을 듣지도 않고 다시 혼자서 얘기하고 있었습니다.

"딱 보고 알았죠. 벌써 몇 번 한국을 왔다갔다 해보니 나 같은 사람은 딱 표가 나더라고요. 맞죠?"

아저씨가 입을 꾹 다물고, 눈을 꼭 감고 있어도 대답할 틈조차 주지 않고 옆자리에 붙어 앉은 수지라는 아가씨는 끝도 없이 얘기를 했습니다.

아저씨와 달리 한국어를 곧잘 하는 수지는 무슨 말인지도 잘 모르는 아저씨에게

"한국에 가면 제일 먼저 입양서류……."

"한국에 가면 우선 고향이 어딘지……."

하지만 아저씨 귀에는 무슨 말인지 하나도 들리지 않았습니다.

아저씨의 가슴은 어찌나 뛰어 대는지 머리까지 웽웽 사이렌이 울리는 것 같았습니다.

그러니까 꼭 이십오 년 만에 다시 가는 나라. 일곱 살 때 떠나온 그 나라를 이제 서른둘의 거무튀튀한 수염까지 난 아저씨가 되어 다시 찾아가고 있었습니다.

수지가 중얼대는 말만큼이나 어색한 그곳으로 일곱 살의 기억을 찾으러 긴 여행을 떠나고 있었습니다. 가물가물 떠오르는 추억을 안고, 어렴풋하게 생각나는 돌다리를 건너 아저씨는 스물다섯 해 전 솔이로 돌아가고 있었습니다.

자꾸만 눈물이 나오려는. 그 안뜸골 솔이로.

"엄마, 어디 가? 가지 마!"

눈물이 흘러, 콧물과 범벅이 되어 온 얼굴이 검정 자국으로 얼룩덜룩했습니다.

한 열흘 동안 물 구경도 못 한 것처럼 솔이의 얼굴은 엉망이었습니다. 거기다 시커먼 손으로 쓱쓱 눈물자국을 지우려니 얼굴은 더욱 더 시커멓게 변해 갔습니다.

"솔아, 왜 이러니? 금방 오께. 응? 엄마 열 밤만 자고 꼭 솔이 데리러 오께."

"거짓말. 거짓말이잖아. 앙앙앙."

솔이도 알고 있었습니다.

엄마가 이렇게 떠나고 나면 언제 다시 올지 아무도 모른다는 것을.

그래서 더 기어코 엄마의 치맛자락을 붙잡고 놓지 않고 있었습니다. 마루에서 이제 갓 젖을 뗀 동생은 깔딱깔딱 넘어갈 듯 울어댔습니다.

"엄마, 전에도 그랬어. 우리 아빠도 열 밤만 자면 온다고. 근데 아빠 안 오잖아. 잉잉잉. 엄마 가지마."

"이번에는 정말이다. 꼭 열 밤만 자고 올게. 그동안 향이 잘 보고. 할머니 말씀도 잘 듣고. 알았지?"

가만히 얼굴을 쓰다듬는 엄마의 눈에 둥그런 눈물방울이 가득 고여 있었습니다.

곧 떨어질 것 같은 눈물방울이 솔이에게도 가득 차왔습니다.

엄마 눈을 보니 솔이는 더 이상 엄마 치마 끝을 잡고 있을 수가 없었습니다.

"엄마, 진짜로, 정말 진짜로 열 밤만 자고 오는 거다. 나랑 약속 해."

솔이는 얼른 새끼손가락을 내밀었습니다.

"응, 응. 어서. 향이 운다."

숨이 넘어갈 듯 울던 향이를 할머니가 업고 나오면서 솔이를 얼른 할머니 쪽으로 당겼습니다.

"아, 어여 가. 이 쪼만한 놈 말려 죽일 것이여. 애태우지 말고 어여 가."

"어머님, 저 그냥 우리 솔이랑, 향이랑 같이 살면 안 될까요? 흑 흑흑."

"아, 어여 못 가. 젊디젊은 것이 뭐 하러? 우리 새끼들은 내가 잘 돌볼껴. 남편 없이 섧게 사는 건 나 혼자믄 되는 겨. 아, 어여 가."

"흑흑흑……. 어머님. 어머님임."

"아, 어여 안 가?"

"흑흑. 어머님, 우리 솔이, 향이 잘 부탁드려요. 흑흑흑."

엄마는 그렇게 솔이와 향이를 두고 멀리멀리 떠나갔습니다. 지지난 봄 아빠를 산에다 묻고 꼭 두 해 만에 이제 엄마도 떠나갔습니다.

솔이는 바람결에 날리는 엄마의 치맛자락 끝이 가물가물 보이지 않을 때까지 눈을 떼지 못했습니다.

이십 오년이 지난 지금. 아저씨는 입 속으로 가만히

"엄마, 엄마."

라고 불러 봤습니다. 혹시 엄마라는 그 말을 잊어버릴 것 같아서.

안뜸골 솔이가 기억하는 일곱 해 기억의 전부라서.

그 기억마저 곧 사라져버릴 것 같은 엄마라서.

"이제 이 비행기는 대한민국의 수도 서울에 도착합니다."

잠깐 눈을 붙이려던 아저씨는 옷매무새를 가다듬고 머리도 매만졌습니다.

"후우우."

한숨이 나오기 시작했습니다. 희뿌연 구름 사이로 언뜻언뜻 보이는 서울 하늘이 너무 낯설게 느껴졌습니다.

"이제 다 도착했나? 아아아~함."

옆자리에 앉은 수지는 두 손을 위로 쭉 펴고 한껏 기지개를 켰습니다.

"아우, 피곤해. 정말 먼 거리예요. 어떻게 이렇게 멀리 어린 날 보냈을까? 우리 엄마랑, 오빠 만나면 정말 꼭 꼬집어 주고 싶다니까요."

"그렇게 멀리 보낸 엄마랑, 오빠가 밉지 않아요?"

아저씨는 겨우 수지에게 한마디 말을 건넸습니다.

"밉긴요. 너무너무 그리운 엄마, 오빠인 걸요. 미워하기엔 너무너무 아까운 사람들인 걸요. 난, 정말 이 두 손으로 한 번 만져만 봤으면 좋겠어요. 가만히 한 번만 포근하게 안겨라도 봤으면……."

수지의 눈에 금세 눈물이 고였습니다.

"아, 아저씨 때문에 또 눈물이 나잖아요. 난 절대로 울지 않아요. 우리 양부모님도 나더러 항상 '스마일 걸'이라고 부르는데……"

아저씨는 가만히 수지에게 손수건을 내밀었습니다.

"아저씨, 난 이 비행기에서 내릴 때가 제일 설레요. 공항에 들어서는 순간 나를 찾는 우리 엄마가 정말 마술처럼 내 눈 앞에 짠하고 나타날 것 같다니까요. 진짜로 기적처럼 말이에요."

수지는 내릴 준비를 하면서도 내내 흥분이 되어 목소리까지 떨리는 것 같았습니다.

"몇 번 왔다면서도 그렇게 떨려요?"

"그럼요. 매 번 비행기가 한국에 올 때마다 그런 걸요."

아저씨는 수지의 환한 웃음과 발갛게 익은 볼을 가만히 보았습니다.

아저씨의 눈 속에 슬며시 향이가 떠올랐습니다.

어릴 적 향이가 대청마루에서 햇살 받으며 웃던 그 웃음. 그 환한 웃음과 수지의 모습이 닮았습니다.

"빠-빠-빠."

알아듣지 못할 말을 입으로 연신 종알거리며 환하게 웃던 그 향이. 아저씨가 애타게 찾는 하나뿐인 여동생 향이.

향이를 다시 만난 것 같아 아저씨는 수지를 눈물어린 눈으로 보았습니다.

수지가 꼭 다시 엄마와 오빠를 만나기를 바라며 공항에서 발길을 돌렸습니다.

"여가 안뜸골인데 누구여?"

아저씨는 지친 다리를 끌고 작은 마을로 들어섰습니다. 얼마나 돌아다녔는지 아저씨의 운동화에 뽀얀 먼지가 가득 앉았습니다.

벌써 여기 들어서는 마을이 다섯 번째 안뜸골이었습니다.

"저어 혹시 안뜸골 사는 솔이 혹시 아세요?"

안뜸골이라는 마을에 사는 솔이는 이제껏 지나온 어느 마을에도 없었습니다. 아저씨는 거의 포기를 하고 마지막으로 물어보았습니다.

"으이. 솔이라믄? 아아, 저거 저 할머니 죽고 미국 간 솔이 말여?"

"예. 아세요?"

아저씨는 솔이를 안다는 말에 다시금 가슴이 쿵덕쿵덕 뛰기 시작했습니다.

"아이고, 알재, 알고 말고재. 내가 고놈을 얼마나 이뻐했는디……. 어이, 근데 혹시 자네가 솔인가? 참말로 솔인가? 오메 세상에도 이렇게 컸구먼, 그라고봉께로 참말로 닮았구먼. 닮았어. 쯧쯧쯧, 자네 낳고 그리도 좋아하더니……. 자네 아버지 말일세."

아저씨는 그저 눈물이 나왔습니다. 솔이라는 이름만 들어도 빗물이 흐르듯 눈물이 흘러내렸습니다.

"저엉말 여기가 안뜸골……. 흐흑흑."

아저씨는 가슴이 떨려서 말이 잘 나오지도 않았습니다.

"자네 아버지 죽고, 엄마도 떠나고, 할머니가 자네와 자네 동생을 키웠지만……. 참 희한혀. 핏줄이란 게 뭔지. 고 조그만 할 때 떠났는데 그 먼 미국에서 이렇게 고향이라고 물어 찾아오는 거 보면 말이여. 참말로 희한혀."

"제가 안뜸골 솔이에……."

"하모 하모. 똑 닮았구먼. 자네 낳고 좋아서 소나무 많은 동네라고 솔이라고 이름 짓고, 자네 동생도 소나무 향이 좋다고 향이라 지었재 아마. 그리도 좋아해놓고는……. 쯧쯧쯧."

아저씨는 이제야 제대로 찾아온 것 같아 긴 숨을 내뱉었습니다.

"휴우우, 진짜 여기가 안뜸골 맞는 거죠?"

아저씨는 떨리는 목소리로 다시 한 번 더듬더듬 물어보았습니다.

한국에 온 지 꼭 한 달이 되었습니다. 입양서류에서 찾은 '안뜸골' 이라는 이름을 갖고 찾아간 안뜸골이 꼭 다섯 번째.

진짜 이곳이 안뜸골이었습니다. 아저씨가 그토록 찾아 헤매던 안뜸골이었습니다.

아저씨가 자라온 고향. 안뜸골. 엄마와 동생 향이가 있을 안뜸골.

팔을 펴고 크게 숨을 들이마셔 보았습니다. 정말 솔 향이 화악 콧속으로 번져 들어오는 것 같았습니다.

"아, 자네 어매가 한 오년 됐나. 집으로 돌아왔더라고. 아이고, 자식 밟혀서 그런지 얼굴이 반쪽이 다 됐더구먼. 저쪽 남편도 세상 버리고, 이제야 왔다고 막 울어 샀더만. 얼매나 좋아할꼬. 자네를 보마."

아저씨의 눈에 커다란 눈물방울이 차올라 왔습니다. 일곱 살 되던 그 해, 엄마를 떠나보내던 그 때처럼 막 눈물이 올라왔습니다. 눈물샘이 도통 마르지 않고 자꾸만 샘물을 쏟아 붓습니다.

"아저씨, 말 좀 물을게요. 여기가 안뜸골인가요?"

아저씨는 순간 멈칫했습니다. 너무나 또렷하게 기억났습니다.

틀림없습니다. 아저씨 옆에서 재잘재잘 쉴 새 없이 얘기하던 수지. 수지였습니다. 아저씨는 눈물을 꾹 누르고 천천히 뒤돌아섰습니다.

"아, 향이."

향이가 서 있었습니다. 그때 할머니 등에 업혀 그렇게 울던 향이가.

"아저씨이……."

"……."

"솔이 오빠?"

숨이 탁 멈출 듯 한 진한 솔 향이 코끝을 지나 안뜸골로 향했습니다.

두 손 꼭 잡은 안뜸골 솔이와 향이와.

"엄마. 엄마."

지워지지 않을 이름이 메아리 되어 안뜸골 솔이네 문을 들썩들썩 두드렸습니다.

한참동안.

할머니와 반짇고리

유병길

   옛날 시골에서는 집에서 목화나 삼을 재배하여 실을 뽑았습니다. 그 실로 베와 삼베를 짜고, 뽕잎을 먹여 누에를 키워서는 고치에서 실을 뽑아 명주를 짰습니다. 베, 삼베, 명주를 시장에 팔아서 돈을 마련하였으며, 남은 것은 염색을 하거나 희게 표백하여 한복을 만들어 입었습니다. 그때 어머니는 우리 삼남매와 아버지의 옷을 디자인하는 일류 디자이너였고 가족들의 옷을 만드는 기술자였습니다.

   안방 윗목 경대 옆에는 바느질할 때 사용 할 수 있는 반짇고리와 다듬잇돌, 방망이가 있었습니다. 반짇고리에는 크고 작은 바늘을 꽂아두는 바늘꽂이가 있었으나 실이 감겨있는 실패에 꽂아두었고, 실이 둥글고 길게 감겨있는 실꾸리, 가위, 골무, 자 등이 담겨 있었습니다.

   그때 여자들은 무척 힘든 삶을 살았습니다. 각종 천에 디자인을 하여 자르고, 바늘에 실을 꿰어 천과 천을 연결하여 한 땀 한 땀 바늘로 꿰매었습니다. 남자들의 옷으로는 바지, 저고리, 조끼, 데님, 두루마기, 버선을 여자들의 옷은 치마, 저고리, 마고자, 고쟁이 등을 희미한 호롱불 밑에서 만들었습니다. 설이나 추석 명절이 다가오면 밤늦도록 희미한 호롱불 밑에서 어머니가 잡은 바늘이 아기걸음, 어른걸음으로 걸어가면서 가족들의 새 옷을 만들었습니다. 입던 옷은 세탁하여 다듬잇방망이로 '똑딱똑딱' 두드려 손질을 하였는데, 명절 며칠 전부터 집집마다 울려 퍼지는 방망이 소리는 장단을 맞추었고, 밤잠도 설치며 무척 바빴습니다.

남자들은 솜을 놓아 만든 한복바지에 대님을 매고, 저고리에 조끼를 입고 버선을 신었으며, 외출할 때는 두루마기를 입고 갓을 쓰고 나갔습니다.

여자들은 밑이 트인 고쟁이를 만들어 입고, 치마 말기를 가슴까지 올려 젖가슴을 동여매고, 솜을 놓아 만든 저고리를 입고 버선을 신었습니다. 털을 넣어 만든 남자들의 조끼 같은 마고자는 양반가 여인들만 입을 수 있었습니다.

긴 바늘도 달아서 너무 작아 못 쓰게 되고, 부러지면 아무 곳에나 버릴 수가 없어 호롱 속에 넣었습니다. 자주 안 입는 옷은 고리짝에 넣어 두고, 자주 입는 옷은 횃대에 걸어 두고 입었습니다.

명절이 다가오면 이불 호청을 세탁하여 새로 이불을 꿰맸습니다. 조금 잘 사는 집에는 재봉틀이 있었는데, 손으로 꿰매는 일과 걸음걸이로 비교한다면 달리는 정도의 속도가 되어 많이 수월하였습니다.

그때는 면 양말과 버선도 떨어지면 기워서 신고, 옷도 떨어지면 같은 천이나 색상이 비슷한 다른 천을 대고 다 기워서 입었습니

다.

　초등학교 때 아이들은 한복 치마 대신 염색한 천으로 검정색 통치마와 흰 저고리를 만들어 입고 학교에 다녔고, 중학교 때는 교복 치마와 셔츠를 옷가게에서 맞추어 입었습니다.

　그때 중학교 진학을 못한 여자 아이들은 둥근 수틀을 들고 친구들과 어울려 십자수를 놓았습니다.

　어머니들은 굵은 털실을 사서 긴 대나무 바늘 5개로 뜨개질을 하여 아이들이 입을 옷이나 어른들이 저고리 위에 입을 스웨터를 많이 떴습니다. 아이들 바지나 윗옷은 동생한테 물려 입히다가 작아서 더 물려 줄 동생이 없으면 실을 풀어서 다른 실을 보태어 다시 큰아이가 입을 옷을 떴습니다. 실이 다 떨어질 때까지 풀었다 새로 뜨기를 반복하였습니다.

1960년대 나일론 양말이 판매되고, 치마말기 대신에 고무줄을 넣는 월남치마가 보급되면서 옷을 만드는데 더는 시간이 줄어들었고, 활동하는데도 편리하였습니다. 그래도 바늘은 쉴 새가 없어서 반들반들 윤기가 흘렀습니다.

나도 어머니를 도와 아버지와 오빠들의 옷을 만들어 드렸고, 결혼하여 아이들 사남매가 어릴 때는 옷을 만들고 털실로 옷을 만들어 입혔습니다.

살기가 좋아지면서 옷은 잘 떨어지지도 않을 뿐, 떨어진다 하여도 기워 입지도 않았습니다. 버리고 시장이나 백화점에서 자기 몸의 체형에 맞는 새 옷을 사 입기 때문에 바늘의 할 일이 없어졌습니다. 얼마나 살기 좋은 세상인가를 실감케 합니다.

바늘허리에 녹이 슨다는 것은 여인들의 생활이 그 만큼 편하게 되었다는 것을 의미하지만, 그 반대로 남성들의 가사노동은 줄어들지 않은 실정입니다.

바늘이 일을 하여야 같이 일을 할 수가 있는 실. 그 실 또한 일자리가 없어 실패에 감겨있는 상태로, 실타래로 반짇고리 한쪽을 지키고 있습니다.

실패에 감긴 실보다 실타래는 그래도 일자리가 있다고나 할까요?

부모들의 회갑이나 칠순은 내 몰라라 하지만, 아기의 첫돌은 호텔이나 대형 음식점에서 친지와 친구들을 초청, 거창하게 하고 있습니다. 실타래는 돌잔치에 반드시 초청을 받아 아기의 목에 걸려 장수를 기원합니다. 이것만은 예나 지금이나 변하지 않은 것 같습니다.

장롱 속에는 1980년도까지 사용하던 손때가 묻은 손재봉틀과 반짇고리가 자리를 잡고 있습니다.

날씨가 따뜻한 날 오후에 장롱 문을 열고 작은 재봉틀과 반짇고리를 열어놓고 청소를 하다가 피곤하여 낮잠을 잤습니다.

나무로 만든 큰 실패에 꽂힌 큰 바늘이 입을 열었습니다.

"어둠 속에 있다가 이렇게 밝은 날 여러분들을 보면서 대화를 나눌 수 있어 즐겁습니다. 주인 할머니가 우리를 버리지 않고 보관하고 계셔서 행복합니다. 내가 여기에 온 지가 60년이 넘었습니다. 50년 넘은 분 손들어 보세요."

"저요, 저요."

중간 바늘 두 개와 작은 바늘 두 개가 손을 들었습니다.

"40년이 된 분은?"

"저요, 저 저 저요."

크고 작은 바늘 네 개가 손을 들었고

"30년이 된 분은?"

"저요."

작은 바늘 한 개가 손을 들었고

"20년 이하 된 분은?"

아무도 없었습니다.

"길이가 10cm 넘는 나는 할머니가 어릴 때 친정어머니가 이불

을 꿰매기 위하여 사신 바늘입니다. 큰 바늘은 일 년에 몇 번 이불을 꿰맬 때만 사용하지만 덩치가 커서 위엄이 있습니다. 옷을 만들 때 옷을 꿰매다보면 바늘이 부러질 때도 많았고 굽는 바늘도 많았습니다."

"저는 30년 되었는데 허리가 굽고 몸이 많이 망가졌는데, 60년 어른은 오래되었어도 깨끗하게 늙은 비결이 무엇입니까?"

"나는 일을 많이 하지 않아 허리도 굽지 않고 건강한 편입니다."

"우리들은 전부 할머니의 친정어머니가 사셨나요?"

"아니에요. 나를 제외하고 다른 분들은 모두 할머니가 사셨어요. 무남독녀라 결혼을 하고 친정어머니를 모시고 살게 되면서 반짇고리도 물려받게 되셔서 할머니가 지금까지 보관하시며 가끔씩 사용하고 있어요."

"우리들도 일을 많이 할 때가 있었어요?"

30년 된 바늘이 질문을 하였어요.

"집에서 농사지은 목화, 삼, 누에고치로 실을 뽑아서 베를 짜고 염색을 하거나 흰색 그대로 옷을 직접 만들어서 입었어요. 떨어진 옷은 다 기워서 입었어요. 그게 다 우리들의 일이었어요."

"바늘 크기에 따라 일하는 곳이 달랐나요?"

30년 된 바늘이 또 질문을 하였습니다.

"나같이 큰 바늘은 일 년에 몇 번 이불 호청을 꿰맬 때 일을 하였습니다."

"우리 중간 바늘은 무명옷이나 삼베옷을 만들 때 일을 하였습니다."

"우리 작은 바늘은 명주옷을 만들 때 일을 하였고, 십자수를 놓을 때 여러 가지 색의 실을 꿰어 둥근 수틀에 낀 팽팽한 천에 십자수를 놓았지요. 수를 놓아 상보, 책상보, 횃댓보 방석을 만들었고, 베갯머리에 동양자수로 수를 놓아 베개를 만들어 결혼할 때 혼수로 가져갔습니다. 그때 할머니도 수를 많이 놓았습니다."

30년 된 바늘은 궁금한 것이 많았습니다.

"시장에서 옷을 사서 입지 왜 힘들게 만들었어요?"

"6.25사변 이전에는 모두가 한복을 입었는데, 집에서 만들어 입었어요. 그때는 한복이나 옷을 만들어 놓고 파는 곳이 없었습니다. 동네에 누가 돌아가시면 바느질 잘하는 아주머니 몇 분이 고인이 입고 가실 수의와 상제들이 입을 상복을 직접 만들었습니다.

들에서 일을 할 때도 남자들은 베, 삼베로 만든 한복 바지저고리를 입었고, 여인들도 치마를 올려 끈으로 묶고 들일을 하였어요.

휴전이 되고 제대한 남자들이 군복을 검정색으로 염색하여 작업복으로 처음 입기 시작하면서 편리하니까 한복을 입지 않았어요. 너도나도 군복을 사서 입다가 재봉틀로 집에서 작업복을 만들었고, 군청소재지에 한두 곳 있는 틀 집, 즉 양복점이나 양장점에서 결혼식이나 큰일이 있을 때 양복과 양장을 맞추어 입기 시작하였어요.

농촌에서도 재봉틀을 구입하여 사용하면서 바늘로 꿰맬 때보다 옷을 만들기가 쉬워졌어요. 군인들이 월남전에 참여하면서 고무줄을 넣는 월남치마, 통치마가 유행하여 여인들이 편리하여 즐겨 입었습니다. 옷을 만드는 공장에서 여러 가지 치수로 기성복을 만들기 시작하면서 자기 체형에 맞는 옷을 사서 입기 시작하였어요.

나일론 제품과 천으로 만든 옷과 양말이 공급되면서 잘 떨어지지도 않고 엄청나게 큰 변화가 왔어요. 솜이불 대신 가벼운 라일론 이불을 사고, 기성복을 사서입기 시작하면서 우리들이 할 일도 줄어들었어요. 겨우 하는 일이 있다면 떨어진 단추를 다는 정도이고 보니 실패에 꽂혀있던 우리들의 몸에 녹이 슬기 시작하였어요. 우리들도 일자리를 찾도록 다 같이 노력을 해야 할 것 같습니다.”

“우리 다 같이 노력합시다.”

실패에 꽂인 바늘들이 고함을 치며 박수를 쳤습니다.

한숨 자고 깨어난 내가 반짇고리를 정리하고 재봉틀에 기름을 치고 장롱에 다시 넣었습니다.

1980년대까지 성업 중이던 양복점 양장점도 백화점, 대형매장, 시장에서 판매되는 기성복에 밀려 문을 닫게 되었습니다.

어제 외출을 하려고 옷을 입고 단추를 끼우는데 위에서 네 번째 단추 하나가 떨어져서 방바닥에서 도르르 소리를 내며 굴러가다가 벽에 부딪쳐 넘어졌습니다. 단추가 떨어진 상태로 나갈 수가 없어 바늘을 찾았는데, 크고 작은 바늘 여러 개가 실패에 꽂혀있었지만 뽑는 바늘마다 허리 부분이 녹 슬어 있었습니다.

일자리를 잃고 얼마나 놀았으면 저렇게 되었을까? 그것을 보는 순간 바늘의 전성기였던 지난날이 머리를 스쳐지나갔습니다.

삼십 수년 간 직장에 근무하면서 바쁠 때는 휴가도 반납하고 직장과 가정에서 열심히 일을 하며 살았는데, 퇴직 후에는 가사 노동 외에는 할 일이 없어 놀고 있는 지금의 나를 보는 것 같은 기분이 듭니다.

스님과 고양이

이명준

　팔공산 자락, 작은 암자.

　사리암에서 혼자 기도하며 지내는 정견스님이 어느 날, 산길을 가다 작은 길고양이 한 마리를 만났습니다.

　어미를 잃었는지, 배가 고픈지 길가 풀숲에서 앙앙 울어대는 고양이를 스님은 그냥 두고 돌아설 수가 없었습니다.

　'이대로 두었다간 부엉이 밥이 되고 말겠지?'

　밤이면 밤마다 촛대바위에서 울어대는 부엉이가 생각나 스님은 고양이 곁으로 다가갔습니다.

　"가자. 여기 있으면 저승사자가 널 가만두지 않을 거다."

　스님이 다가가자 앙앙 울어대던 고양이가 울음을 멈추고 자리에 가만히 엎드렸습니다.

　"옳지. 네가 죽을 운명은 아닌 모양이구나."

　스님은 아직 어미가 필요해 보이는 아기 고양이를 두 팔로 감싸 안고 사리암으로 향했습니다.

　스님이 아기 고양이를 암자로 데리고 온 이유는 어릴 때부터 동

물을 좋아했던 이유도 있지만 혼자 암자를 지키고 있는 진돗개 백구와 친구가 될 수 있지 않을까 하는 생각에서였습니다. 그렇게 데리고 온 고양이 뭉치가 스님의 식구가 된 지도 어느덧 두 해가 훌쩍 지났습니다.

어느 날, 공양을 마친 스님이 뭉치와 백구에게 먹이를 주고 간 뒤였습니다.

"일 년 열두 달, 푸성귀만 내어주니 먹을 수가 있어야지……."

법당으로 걸어가는 스님의 뒤통수에 대고 뭉치가 투덜거렸습니다.

"맛만 좋구먼."

무슨 음식이든 주는 대로 잘 먹는 백구가 퉁명스럽게 쏘아붙입니다.

"무식하기는……, 넌 만날 된장에 상추 나부랭이만 먹어도 소화가 되니?"

"소화만 잘 되는데……. 먹기 싫으면 날 줘."

그러면서 백구는 마루 위에 앉아 지켜보고 있는 뭉치를 힐긋 쳐다보았습니다.

"스님은 토끼처럼 풀만 먹어도 살 수 있지만 나는 그게 안 돼. 고기를 먹어야 되거든……."

뭉치가 음식 타박을 하는 사이 백구는 먹이통을 싹싹 핥고 있었습니다.

"명색이 포식자인 내가 평생 멸치 한 마리 구경할 수 없는 산중 생활이라니……."

차마 손이 가지 않는 푸성귀 밥그릇을 앞에 두고 푸념을 늘어놓던 뭉치가 밥그릇을 슬그머니 백구 앞으로 밀어줍니다.

"자, 실컷 먹고 정신 좀 차려. 잠만 자지 말고."

뭉치가 밥그릇을 밀어주자 백구는 한 치의 망설임도 없이 뭉치의 그릇에 담긴 음식을 날름날름 먹기 시작합니다.

깊은 산중이라 아무리 다녀봐야 먹이 구하기가 힘든 백구는 늘 배가 고팠습니다. 하지만 뭉치에겐 지천에 널린 게 먹이였습니다.

풀밭에 사는 풀벌레를 비롯해 바위틈에 사는 들쥐, 다람쥐, 작은 새들도 뭉치에겐 좋은 먹잇감이었습니다. 운이 좋은 날이면 비둘기나 산토끼 같은 큼직한 먹잇감이 걸려 들 때도 있으니 뭉치가 살기에 산중 암자는 그리 나쁜 환경이 아니었습니다.

문제는 스님이었습니다. 자나 깨나 살생을 하지 말라면서 끼니 때마다 푸성귀만 내어놓는 스님이 문제인 것입니다.

하루라도 고기를 먹지 않으면 살아갈 수 없는 뭉치가 버섯과 나물반찬으로 살아가는 스님과 함께 산다는 것은 애초부터 잘못된 일이었습니다. 하지만 이제 와서 후회한들 아무 소용이 없다는 것을 잘 아는 뭉치는 이것도 인연이라 생각하며 살아가고 있습니다.

지난겨울이었습니다.

새벽예불을 마치고 법당을 나오는 스님의 표정이 평소와는 달라보였습니다.

"그것 참 이상한 일이네."

스님은 부처님 전에 올려놓은 제물이 조금씩 없어진다며 고개를 갸웃거렸습니다. 처음에는 대수롭지 않게 여겼던 일이 시간이 지나도 되풀이 되자 스님에겐 고민거리가 되어갔습니다.

"그것 참, 이상한 일이야."

오늘도 제단 위에 올려놓은 과자가 두 개나 없어졌다며 법당을 나오는 스님의 얼굴에 수심이 가득해 보였습니다.

"참 희한한 일이네. 함께 올려놓은 과일에는 손도 대지 않고 과자만 없어지니 도대체 알 수 없는 일이야."

시간이 지나도 제단 위에 올려놓은 제물이 조금씩 없어지자 스님의 마음은 심란하기만 했습니다. 법당 주위를 둘러보고 법당 안을 아무리 살펴봐도 이상한 낌새를 찾을 수 없었던 스님은 마음 편히 기도할 기분이 아니었습니다.

스님의 불편한 심기를 알아차린 뭉치도 마음이 불편하기는 마찬가지였습니다. 어떻게든 스님의 불편한 마음을 되돌려놓고 싶은 것이 뭉치의 심정이었습니다. 그것이 한솥밥을 먹고 사는 한 식구의 도리라는 것을 뭉치는 잘 압니다.

그날 밤, 뭉치는 법당 안으로 들어갔습니다.

스님이 예불을 드리는 동안 몰래 법당 안으로 숨어 든 뭉치는 스님의 예불이 끝날 때까지 법당 구석에 숨어 있었습니다.

예불을 마친 스님이 촛불을 끄고 나가자 법당 안은 금세 암흑천지가 되어버렸습니다. 어두운 법당 구석에 쪼그리고 앉은 뭉치는 동공을 넓히고 주위를 둘러보았습니다. 어두웠던 법당 안이 부처님의 형상에 반사되어 조금씩 밝아지기 시작했습니다.

스님이 법당에서 나간 지 한 시간쯤 지난 뒤였습니다.

어두운 제단 옆으로 작은 움직임이 느껴졌습니다. 숨을 죽인 뭉치는 몸을 낮추고 움직이는 물체를 가만히 지켜보았습니다.

쥐였습니다. 어른 주먹만한 쥐 한 마리가 제단 모서리에 몸을 기대고 살금살금 걸어왔습니다.

제단 앞까지 걸어온 쥐가 기둥을 타고 올라간 곳은 제물을 올려놓은 부처님 전이었습니다. 겁도 없이 제단 위에 오른 쥐는 순식간에 과자 하나를 물고 제단 아래로 내려와서는 홀연히 사라졌습니다.

잠시 후, 쥐는 같은 길로 다시 찾아왔습니다.

다시 법당 안으로 들어 온 쥐를 확인한 뭉치는 살며시 자리에서 일어나 법당 밖으로 나갔습니다. 그리고는 법당 뒤로 달려가 쥐가 드나드는 길목을 지키고 있었습니다.

법당을 빠져나온 쥐가 또 하나의 과자를 물고 조심스럽게 뛰어가는 것을 확인한 뭉치는 살금살금 뒤를 따라갔습니다. 과자를 물고간 쥐가 들어간 곳은 법당 뒤에 있는 작은 바위틈이었습니다.

쥐가 바위틈 안으로 들어간 뒤, 뭉치는 바위틈 안을 살며시 들여다보았습니다. 바위틈 안에는 먹이를 물고 오는 쥐를 눈이 빠지도록 기다리는 가족이 있었습니다. 배가 산만큼 불러있는 암컷 쥐였습니다.

수컷 쥐는 물고 온 과자를 암컷 쥐에게 건네 준 뒤, 암컷 쥐가 먹는 모습을 가만히 지켜보고 있었습니다.

도둑의 실체를 확인한 뭉치는 조용히 발길을 돌렸습니다.

"그래, 살아야지. 아무리 힘들어도 포기하면 안 돼. 어떻게든 많이 찾아먹고 열심히 살아야 해."

뭉치가 혼자 중얼거리며 요사채로 돌아온 것은 동이 틀 즈음이었습니다.

뭉치가 요사채로 돌아온 지 얼마 지나지 않아 정견스님은 새벽 예불을 드리기 위해 법당으로 가고 있었습니다.

'똑! 똑! 똑! 똑!

암자를 깨우는 스님의 목탁소리를 들으며 뭉치는 잠결에 빠져들었습니다.

다음 날 오후. 늦은 잠에서 깨어 난 뭉치가 백구를 찾아왔습니다.

"어제도 부처님 전에 올려놓은 과자가 두 개나 없어졌다는데.

넌, 뭐 했니? 밥을 먹었으면 먹은 만큼 일을 해야 할 거 아니야."

"이 깊은 산중에서 내가 할 일이 뭐가 있다고?"

"그렇다고 밤낮 잠만 자면 돼? 도둑을 지켜야 할 것 아니야."

"도둑이 있어야 지키지."

"도둑이 없으면 과자는 왜 없어져? 누군가 가져가니 없어지는 게지."

온종일 법당 앞을 서성이며 고개를 갸웃거리는 스님을 두고 뭉치와 백구가 실랑이를 벌이고 있었습니다.

며칠이 지난 뒤였습니다.

기도를 마치고 법당을 나서는 스님의 표정이 유난히 밝아 보였습니다.

스님은 뭔가를 크게 깨달은 듯, 얼굴 가득 흡족한 미소를 머금고 있었습니다.

"그래. 부처님 전에 올려놓은 제물이 조금씩 없어지는 것은 너무나 당연한 일이지. 부처님께 바친 제물을 부처님이 드신다는 진실을 이제야 깨달았으니……. 나무관세음보살……."

부처님 전에 올려놓은 제물이 조금씩 없어지는 것은 부처님이 손수 드시기 때문이라는 것이 스님의 깨달음이었습니다.

"순진하긴……. 하기야, 세상만사 해석하기 나름이니, 쥐라고 부처님이 되지 말라는 법은 없지. 원숭이 부처도 있고 코끼리 부처도 있는데……."

스님의 깨달음을 눈치 챈 뭉치는 속으로 웃으며 혼자 중얼거렸습니다.

스님은 지금까지 수행이 부족하여 스스로 깨닫지 못한 자신을 책망하며 기도에 더욱 정진하는 모습을 보였습니다.

그 후, 스님은 부처님 전에 제물을 올릴 때면 두렵고 떨리는 마음이 되어 더욱 정성을 다했습니다.

부처님 전에 올려놓은 제물이 조금씩 없어진다는 소문은 사리암을 다녀간 신도들의 입소문을 타고 조금씩 퍼져갔습니다. 부처님이 손수 제물을 드신다는 소문을 들은 사람들은 그 신기한 사실을 눈으로 직접 확인하기 위해 전국 각지에서 몰려오기 시작했습니다.

오늘도 사리암을 찾은 신도들이 아침부터 줄을 잇고 있었습니다.

사리암을 찾는 신도들이 조금씩 늘어나자 정견스님의 일상도 바빠졌습니다.

예전 같으면 새벽 예불을 마치고 달콤한 잠에 빠져 있을 스님이 요즘은 토요일만 되면 아침부터 법당에 앉아 목탁을 두드리며 염불에 여념이 없었습니다.

일찌감치 나무그늘에 앉아 졸음 삼매경에 빠져있던 뭉치와 백구는 점심때가 되어 손님들이 갖다 주는 음식을 보고 정신이 들었습니다.

"다 소용없는 일이야. 나물반찬에 시래깃국은 내게 아무 소용이 없는 음식들이라고. 난 고기를 먹지 않으면 하루도 살아갈 수가 없는 중생이거든."

손님들로부터 푸짐한 음식을 받아먹으며 기분 좋아하는 백구를 보며 뭉치는 불평을 쏟아 놓았습니다.

배가 불러 신이 나 있는 백구를 두고 슬그머니 자리에서 일어난 뭉치는 산으로 향했습니다. 아무래도 작은 풀벌레라도 잡아먹어야 직성이 풀릴 모양이었습니다.

지친 하루해가 뒷산 언저리에 엎힐 무렵, 사리암을 찾아왔던 사람들이 하나, 둘 암자를 내려가기 시작했습니다.

혼자 산에 올라갔던 뭉치가 암자로 내려온 것은 어두움이 깔릴 무렵이었습니다.

뭉치가 작은 새 한 마리를 물고 타박타박 산길을 걸어올 때였습니다.

"뭉치야! 너, 이놈! 또 그런 짓을……"

언제 봤는지 법당에서 나오던 정견스님이 뭉치를 향해 소리쳤습니다.

산새 한 마리를 물고 태연히 걸어오던 뭉치가 스님과 마주치자 재빨리 산으로 도망치기 시작했습니다.

"나쁜 놈! 살생을 하지 말라고 그렇게 일렀거늘……."

법당 뒤로 도망치는 뭉치를 스님은 백구와 함께 가만히 지켜보고 있었습니다. 뭉치에게 잡힌 새는 아직 숨이 붙어 있는지 한쪽 날개를 퍼덕이고 있었습니다.

"나무관세음보살……."

정견스님은 불쌍한 중생을 구제해달라는 듯 부처님을 향해 절을 올린 뒤, 요사채를 향해 걸어갔습니다.

뭉치가 다시 산에서 내려온 것은 스님이 잠자리에 들고 난 뒤였습니다.

요사채에 들러 스님이 잠든 것을 확인한 뭉치가 백구를 찾아왔습니다.

"백구, 넌 어떻게 생각하니?"

"뭘?"

"법당에서 없어진다는 과자 말이야."

"부처님이 드시니까 없어진다고 하시잖아."

"백구 너도 그 말을 믿니?"

"말도 안 되는 소리지."

"그럼, 왜 없어진다고 생각해?"

"그래서 며칠 전에는 밤새 눈을 뜨고 있었다고."

"그, 그래? 뭐 이상한 거라도 봤어?"

"물론 봤지. 하지만 그놈은 늘 그곳을 다니는 놈이었어."

"뭔데? 그놈이 누군데?"

"서생원. 가끔 법당 뒤에서 마주치는 놈이었어."

"……"

"이젠 그놈도 많이 커서 제법 쥐 꼴을 갖추었더라고."

"……"

"어쩌면 짝을 만나 가정을 이루었을지도 모를 일이야."

백구의 말에 한동안 말이 없던 뭉치가 천천히 입을 열었습니다.

"백구 너도 그놈을 알고 있었구나."

"알고 있었지. 하지만 한집에 살고 있는 식구인데 뭘."

"맞아. 그놈은 한식구야. 절대로 해쳐서는 안 돼. 그놈은 서생원이기 전에 스님이 올려놓은 제물을 부처님께 갖다드리는 심부름꾼이거든."

"그렇지. 어찌 보면 사리암을 지키는 가장 큰 일꾼인지도 몰라."

"맞아. 나도 백구 너와 같은 생각이야. 그리고 말이야……."

말을 이어가던 뭉치가 잠시 머뭇거렸습니다.

"그리고 뭐?"

백구가 뭉치를 돌아보며 재촉했습니다.

"사실은 그 서생원 가족이 새끼를 낳았어."

"그, 그래? 넌 어떻게 알았어?"

"난, 그놈의 행동을 늘 지켜봐 왔지. 어디서 어떻게 사는지도 다 알아."

"그런데 왜 지금까지 살려 뒀어?"

"난, 육식을 하지만 스님이 생각하는 것처럼 무자비한 포식자는 아니야. 적어도 한 지붕 밑에 사는 식구는 보호할 줄 알거든. 스님이 말하는 살생은 더욱 아니지. 살기 위해서 먹을 뿐이니까."

뭉치의 말에 백구가 고개를 끄덕였습니다.

"내가 배를 채우기에만 급급했다면 그놈은 벌써 내 밥이 되었겠지. 하지만 가족을 먹여 살리느라 부처님조차 두려워하지 않는 놈을 내가 어떻게 해칠 수 있겠니? 얼마나 배가 고팠으면 부처님의 제물을 훔쳐가겠어?"

"맞아. 이 산속에서 먹이 구하기가 힘들기는 그놈이나 나나 마찬가지일 거야. 그나저나 낳은 새끼들이나 잘 키워야 할 텐데."

뭉치와 백구가 이야기를 나누는 사이 부처님 전에 올려놓은 과자 하나를 훔친 쥐가 오늘도 조심스럽게 제단 아래로 내려오고 있었습니다.

'똑! 똑! 똑! 똑!'

정견스님의 목탁소리가 산짐승들을 깨우고 있을 무렵, 뭉치는 스님을 처음 만났던 날을 떠올리고 있었습니다.

사나운 올빼미에게 어미를 잃고 앙앙 울어대던 미물을 포근히 감싸주던 스님의 자비를 뭉치는 한시도 잊은 적이 없었습니다.

'똑! 똑! 똑! 똑!'

스님의 정겨운 목탁소리를 들으며 뭉치와 백구는 늦은 잠에 빠져 들었습니다.

첫 번째 홈런

정순희

아이들이 빠져나간 오후, 학교는 낮잠을 자는 듯 조용했습니다.

운동장이 훤히 내려다보이는 스탠드 의자에 지혁이가 혼자 앉아 있었습니다.

그때, 야구부 아이들이 운동장으로 나오더니 줄 지어 뛰기 시작했습니다.

"하낫 둘, 하낫 둘!"

운동장은 금세 활기를 띠었습니다. 그러나 지혁이는 입을 꾹 다문 채 운동장만 내려다보았습니다.

야구부 아이들은 여기저기 흩어져서 연습을 했습니다. 태영이도 다른 아이가 던진 공을 힘차게 받아쳤습니다. 하얀 공이 날개를 단 듯 스탠드 쪽으로 날아갔습니다.

태영이가 던진 공이 지혁이 옆에 떨어져 데구르르 굴렀습니다.

"강지혁, 이쪽으로!"

태영이가 손을 흔들며 말했습니다. 지혁이는 태영이한테 공을 던졌습니다.

"부모님께 말해 봤니?"

태영이가 공을 잡으며 물었습니다. 지혁이가 고개를 저었습니다.

"빨리 결정해야 할 걸."

태영이 말이 지혁이 귀에 쏙 들어왔습니다.

땅거미가 내려앉기 시작하자 야구부 아이들이 하나 둘 짐정리를 하고 운동장을 떠났습니다. 그제야 지혁이도 자리에서 일어났습니다.

지혁이는 밤늦게까지 숙제를 하다가 그만 방바닥에 드러누웠습니다.

지난번 5학년들끼리 체육 합반을 할 때가 생각났습니다. 야구부 선생님이 아이들에게 차례대로 방망이를 쥐어주며 공을 쳐 보라고 했습니다. 지혁이 차례가 되어 방망이를 들고 섰습니다. 야구부 선생님이 던진 공이 눈에 정확히 들어왔습니다. 방망이를 잽싸게 휘두르는 순간 딱하며 통쾌한 소리가 났습니다. 공을 정확하게 맞힌 것이었습니다.

"오, 타격감 좋은데!"

야구부 선생님은 지혁이를 보며 엄지를 들어보였습니다.

그날, 속이 뻥 뚫리는 것 같았던 짜릿한 느낌을 지혁이는 잊을 수 없었습니다. 그때를 생각하면 저도 모르게 입꼬리가 올라갑니다.

"혁아, 숙제 안하고 자니?"

갑자기 엄마가 방문을 열고 들어왔습니다.

화들짝 놀란 지혁이는 다시 책상 앞에 앉았습니다.

"얼른 숙제 끝내고 자거라."

엄마가 나간 후, 지혁이는 수학책과 공책을 당겼습니다. 하지만 마음은 온통 운동장에 가 있었습니다. 야구부 아이들이 공을 던지고, 받아치는 모습을 떠올렸습니다.

수학책의 까만 숫자가 점점 흐릿해지더니 지혁이는 이내 눈을 스르르 감았습니다.

딱! 야구공을 맞히는 방망이의 탄력 있는 소리가 운동장에서 들려왔습니다. 타자석에 99번을 단 사람이 서서 빈 방망이를 휘두르고 있습니다.

"어, 아빠다!"

교문 안으로 들어서던 지혁이가 깜짝 놀라 걸음을 멈췄습니다. 아빠 앞으로 계속 공이 날아왔습니다. 아빠는 바쁘게 방망이를 휘둘렀습니다. 공은 여기저기로 흩어졌습니다. 또 바람을 가르며 공이 날아왔습니다. 아빠는 어깨 뒤로 방망이를 빼고 공을 맞힐 준비를 했습니다. 딱, 방망이와 공이 서로 끌어당기는 듯한 절묘한 소리가 운동장에 울렸습니다. 순식간에 공이 하늘에 떠오르더니 하얀 새로 변했습니다.

"와! 아빠 보세요!"

지혁이는 신이 나서 팔짝팔짝 뛰었습니다. 그런데 타자석에 있던 아빠가 보이지 않았습니다.

"아빠, 아빠!"

지혁이가 주변을 두리번거리며 아빠를 찾았습니다.

순간 지혁이 머리 위로 하얀 공들이 마구 쏟아졌습니다.

"으윽!"

지혁이는 공을 피하며 정신없이 뛰었습니다.

지혁이가 눈을 떴을 때 온몸이 땀에 흠뻑 젖어 있었습니다.

아빠가 지혁이를 흔들었습니다.

"지혁아, 일어나야지."

지혁이가 벌떡 몸을 일으키더니 멍하게 아빠를 보았습니다.

"아빠, 야구?"

"으음……. 어서 아침 먹자."

아빠는 잠시 머뭇거리다가 이내 밖으로 나갔습니다.

지혁이는 날아오던 공을 노려보며 멋지게 방망이를 휘두르던 아빠의 모습이 자꾸 생각났습니다.

아빠는 식탁에서 신문을 읽고 있었습니다.

"내년이면 우리 혁이도 초등학교 최고 학년이네. 새로 간 영재 스쿨은 어때?"

"저어……."

아빠가 묻는 말에 지혁이 우물쭈물했습니다.

아침상을 차리던 엄마가 나섰습니다.

"똑똑한 아이들 틈에서 잘 적응하고 있어요."

지혁이가 아빠를 쳐다보며 말을 꺼냈습니다.

"아빠, 할 줄 아세요?"

"야구?"

아빠는 눈을 크게 뜨다가 이내 신문으로 눈길을 돌렸습니다.

"아빠, 저 야구하고 싶어……."

"너도 참, 내가 안 된다고 했잖아."

지혁이 말이 끝나기도 전에 엄마가 끼어들었습니다.

"저 정말 야구하고 싶어요. 유명한 구자영 선수 알죠? 우리 학교 출신이잖아요."

"또 그 소리? 구자영 선수하고 너랑 무슨 상관이 있는데?"

엄마가 버럭 화를 냈습니다.

"아빠, 정말 야구하고 싶어요. 공부도 열심히 할게요. 네?"

"야구를 아무나 하는 줄 알아?"

엄마는 또 빠르게 말을 뱉었습니다.

"아이참, 난 아무나가 아니란 말이에요."

엄마가 자꾸 끼어드는 바람에 지혁이는 화를 내며 방으로 들어가 버렸습니다.

"혁아, 밥 먹어야지. 빨리 나와 봐."

아빠가 불러도, 엄마가 문을 두드려도 지혁이는 꼼짝도 안 했습니다.

"왜 하필 야구야? 공부가 제일 쉬운 거라고!"

엄마는 화가 단단히 났습니다.

잠시 후, 지혁이는 가방을 메고 밖으로 나갔습니다.

수업이 끝나자 지혁이는 또 스탠드로 갔습니다. 옆 자리에 책가방을 픽 던지고 앉았습니다. 지혁이의 눈은 운동장에서 뛰는 야구부 아이들을 따라다녔습니다. 영재 스쿨에 가야 할 시간은 벌써 지나버렸습니다.

야구부 아이들이 떠나고 나자 그제야 지혁이도 일어났습니다. 영재스쿨에 빠진 것을 알면 노발대발 할 엄마를 생각하니 덜컥 겁이 났습니다. 하지만 야단맞을 거면 빨리 맞는 게 낫겠다는 생각이 들었습니다.

집안이 조용했습니다. 엄마가 안 보였습니다. 지혁이는 가방도 풀지 않고 텔레비전을 켰습니다. 마침 프로야구 중계방송이 한창이었습니다. 우리나라 최고의 타자라 불리는 지혁이 학교의 구자영 선배가 타석에 있었습니다. 2, 3루에 타자들이 나가 있고 투볼 상태였습니다. 투수가 공을 던졌습니다. 구자영 선배는 힘차게 방망이를 휘둘렀습니다.

"아, 홈~런! 3점 홈런입니다."

아나운서의 흥분된 목소리가 지혁이 마음을 방망이질했습니다. 공은 경기장 담장을 시원하게 넘어갔습니다. 지혁이도 펄쩍 뛰며 같이 소리를 질렀습니다.

"너 지금 뭐하고 있니?"

엄마 손바닥이 지혁이 등짝을 쳤습니다.

"학원도 안 가고 잘한다!"

방금 전까지만 해도 환했던 지혁이 표정이 딱딱하게 굳어졌습니다.

"영재스쿨에 안 다닐 거예요!"

지혁이는 소리를 지르며 또 방에 들어가 버렸습니다.

엄마가 문고리를 잡아당겼지만 안에서 잠근 문은 열리지 않았습니다.

"지혁아, 문 열고 이야기 좀 하자."

"싫어요. 엄마랑 말이 안 통해요."

"야구가 뭐가 좋은데?"

방문 틈으로 지혁이와 엄마의 큰소리가 오갔습니다.

"좋은데 무슨 이유가 있어요? 그냥 좋지요."

"야구선수로 사는 게 얼마나 힘든지 알기나 해?"

"몰라요. 야구선수도 아닌데 제가 어떻게 알아요? 하지만 엄마가 생각하는 것만큼 힘들진 않을 거예요. 좋아서 하는 일이니까요."

"네가 야구에 대해서 뭘 안다고?"

"그러는 엄마는 얼마나 아는데요?"

엄마 목소리가 커지자 지혁이도 덩달아 소리를 높였습니다.

"야구하느라 시간 다 뺏기면 공부는 언제하고?"

"공부 안한다는 말이 아니잖아요!"

"어휴, 넌 엄마가 왜 반대하는지 한 번이라도 생각해 봤니?"

엄마는 그만 소파에 앉으며 땅이 꺼지라 한숨을 토해 냈습니다.

저녁이 되어도 지혁이 방안에서 꼼짝을 안했습니다. 아빠가 와도 내다보지도 않았습니다.

다음날부터 지혁이는 아예 입을 닫아버렸습니다.

학교가 끝나면 운동장에만 앉았다가 집으로 왔습니다. 지혁이가 결석했다는 영재스쿨 선생님의 전화에 엄마는 기운이 쭉 빠졌습니다. 아빠는 무엇인가 말을 할 듯하면서도 아무 말이 없었습니다.

수업이 끝났습니다. 운동장에는 야구부 아이들로 북적댔습니다. 스탠드 의자에 지혁이가 또 앉아 있었습니다.

그때 교문으로 까만 차 한 대가 들어왔습니다. 가만히 보니 아빠 차였습니다. 지혁이가 벌떡 일어났습니다. 급히 가방을 둘러메고 얼굴을 돌렸습니다. 차문을 열고 아빠가 내렸습니다.

"강지혁!"

아빠가 지혁이를 향해 손짓을 했습니다.

"너, 여기 있을 줄 알았다."

아빠가 지혁이 옆으로 왔습니다.

"저 잡으러 오신 거예요?"

"그래. 너 잡으러 왔다."

아빠는 지혁이 머리를 한 대 쥐어박습니다.

"따라와!"

아빠는 다시 운동장으로 내려갔습니다.

"어디 가는데요?"

"따라 오라니까!"

아빠는 야구부 아이들이 연습하는 곳으로 걸어갔습니다.

"안녕하세요?"

태영이가 지혁이 아빠를 알아보고 뛰어와 인사를 했습니다.

"선생님, 어디 있니?"

"저쪽에 계세요."

태영이가 급식실 옆 숙소 쪽을 가리키며 이내 뛰어갔습니다.

"선생님, 강지혁이 아빠 오셨어요."

숙소 입구에서 물건을 정리하던 선생님이 고개를 들었습니다.

선생님이 지혁이 아빠를 보더니 급하게 모자를 벗었습니다.

"아니, 선배님! 선배님이 여기 어쩐 일이십니까?"

아빠가 걸음을 멈추며 얼른 대답을 못했습니다.

"자, 자네 철민이 아닌가?"

아빠와 선생님이 두 손을 꼭 잡고 어쩔 줄 몰라 했습니다. 아빠 뒤에 선 지혁이는 영문을 몰라 고개를 갸우뚱했고, 태영이도 어깨를 추켜올리며 눈이 커졌습니다.

"이게 얼마 만입니까?" "자넨 여기 어쩐 일인가?"

"이렇게 아이들과 지내고 있습니다."

"근데 선배님은?"

아빠는 지혁이를 가리켰습니다.

"저 녀석 때문에……."

"역시!"

선생님은 고개를 끄덕이며 말을 이었습니다.

"지혁이 타격감이 장난이 아니에요. 제가 야구하자고 권했죠."

"이제 자네가 책임져야겠네. 야구하겠다고 저렇게 야단이니 말이야."

"선배님 실력이 어디 가겠어요?"

"실력은 무슨 실력. 야구를 접은 지가 언젠데?"

"그때 부상을 당하지 않았다면 선배님은 진짜 훌륭한 선수가 되었을 거예요."

아빠와 선생님의 오가는 말에 지혁이는 어리둥절했습니다. 아빠가 옛날에 야구를 했고, 부상 때문에 그만두었다는 이야기를 한 번도 들어 본 적이 없었습니다.

"형수님은 잘 계시죠?"

"말도 마. 저 녀석이 야구하겠다고 하니 지금 병나기 일보 직전이네."

"그럴 만도 하죠. 선배님 때문에 마음고생 많이 하셨잖아요?"

"……."

잠시 말을 멈춘 아빠의 얼굴에 그늘이 비쳤습니다.

"형수님은 그때 선배님이 다시 타석에 서는 게 꿈이었는데……."

"다 옛말일세."

"형수님, 한 번 뵙고 싶네요."

"야구를 완전히 접고 폐인처럼 있을 때 우리 지혁이가 태어났지. 저 녀석 덕분에 다른 일을 시작할 용기를 냈지."

아빠는 지혁이가 한 번도 들어보지 못한 이야기를 선생님한테 털어놓았습니다.

"이 녀석이 야구를 하겠다고 하니 우리 집사람 말릴 만도 하지.

부상과의 악연은 나 하나로 족하니까. 근데 어쩌겠어? 저렇게 하고 싶다고 난리니 말이야."

아빠는 더 하고 싶은 말이 있지만 참는 것 같았습니다. 지혁이는 엄마가 왜 야구라는 말만 꺼내도 화를 냈는지 이제야 알 것 같았습니다.

"지혁아, 잘 됐다."

옆에 있던 태영이가 지혁이 옆구리를 꾹꾹 찌르며 좋아했습니다.

"지혁이. 이리 와 봐."

선생님이 지혁이를 불렀습니다. 선생님 앞에 달려간 지혁이는 허리를 쫙 펴고 섰습니다.

"너, 내일부터 할래? 아님 오늘부터?"

"지금 당장 할래요!"

"좋아!"

선생님은 지혁이에게 방망이를 주었습니다. 운동장으로 달려가는 지혁이 양어깨에 날개가 붙은 것 같았습니다. 아빠 입가에 엷은 미소가 번졌습니다.

태영이가 던진 공을 지혁이가 받아쳤습니다. 파란 하늘에 하얀 공이 줄을 그으며 날아올랐습니다.

"야, 홈런이다!"

지혁이가 치는 첫 번째 홈런이었습니다.

수성못

최문성

"여러분, 오늘은 선생님이 조금 특별한 숙제를 내려고 해요."

'특별한' 이란 말에 떠들썩하던 교실이 조용해집니다.

"주말동안 우리 마을을 둘러보고 친구들에게 소개할 곳을 알아오는 숙제에요. 평소 여러분이 자주 다니는 곳이면 더 좋겠지요?"

"우리 마을? 자주 다니는 곳?"

아이들은 서로 쳐다보며 아리송한 표정을 짓습니다.

'집, 학교, 학원, 마트, 목욕탕…'

그럴싸한 곳이 선뜻 떠오르지 않습니다.

주아는 동네를 한 바퀴 빙 둘러 봅니다.

마땅히 눈에 띄는 곳이 없습니다.

베란다에서 내려다 본 우리 마을은 높은 건물과 아파트만 빼곡합니다. 저 건너 '수성못' 이 눈에 들어왔지만 일요일마다 달콤한 잠을 빼앗는 그곳을 알아보고 싶지는 않습니다.

아빠는 뭐가 그리 즐거운지 콧노래까지 흥얼거립니다.

"주아야! 오늘은 우리 오리배 한번 타볼까?"

어젯밤 늦게 잠이 든 주아는 '잠' 말곤 아무 생각이 없습니다.

아빠는 주아의 마음을 아는지 모르는지 옛날 얘기를 풀어 놓습니다.

"아빠가 어릴 때는 말이야… 수성못에서 보트 한번 타는 게 소원이었지. 바쁘신 할아버지께 마구 떼를 쓰곤 했단다.

마침내 그날이 왔어."

아빠는 신난 표정으로 말을 이어갑니다.

"커다란 거북유람선을 타고는 이순신 장군이 된 듯 소리를 질렀지. '나를 따르라!' 한 손엔 뽑기로 딴 누런 설탕 칼을 들고…"

"치! 완전 유치해. 우리 반 남자애들 같이."

하품하던 주아의 입에서 피식 웃음이 새어 나옵니다.

아빠는 주아를 번쩍 들어 오리배에 태웁니다.

오리배는 물살을 가르며 쭉쭉 앞으로 나아갑니다.

얼굴에 와 닿는 시원한 바람에 기분이 상쾌해집니다.

그제서야 흩날리는 벚꽃잎과 노오란 개나리 사이로 사진을 찍고 산책을 즐기는 사람들이 보이기 시작합니다.

"한겨울에 수성못이 꽁꽁 얼어붙으면 스케이트와 썰매를 타는 사람들로 북적거렸지. 할아버지는 아빠보다 더 신이 나셨던 것 같아. 마치 선수처럼 빠르게 얼음을 가르며 스케이트를 타셨어."

주아는 사진으로만 만났던 할아버지가 스케이트 타시던 모습을 떠올려 봅니다. 힘차게 얼음을 가르는 젊은 할아버지는 아빠랑 꼭 닮은 것 같습니다.

"그런데, 너무 신이 나셨던지 아빠를 번쩍 들어 올리다가 그만

'쿵! 하고 놓치고 마셨어. 주위 사람들이 깜짝 놀라 모여들고 저 멀리 얼음낚시를 하던 아저씨들까지 달려 왔었지. 아픈 것보다 너무 부끄러워 얼굴을 감싸 쥐고 엉엉 울었어."

아빠의 어릴 적 이야기로 가득 채워진 오리배는 수성못 이곳저곳을 돌아다닙니다.

물 위에서 한가롭게 놀던 진짜 오리 가족들도 집채만 한 오리배가 나타나자 소스라치게 놀라며 달아납니다.

따스한 햇살에 온 몸이 나른해집니다.

아빠의 말소리가 점점 멀어지더니 오리배도 조금씩 조금씩 느려집니다.

아무도 없는 너른 들판에 매서운 바람이 몰아칩니다.

그 많던 자동차도, 하늘을 오가던 모노레일도, 높다란 건물도 하나도 보이지 않습니다.

'여긴 어디지?

무서움에 온몸이 꽁꽁 얼어붙는 듯합니다.

종종걸음으로 논밭을 지나 마을 어귀에 다다랐을 즈음, 누군가 어깨를 툭! 칩니다.

"야! 니 누고?"

퉁명스러운 남자아이 목소리에 주아는 깜짝 놀라 뒤를 돌아봅니다.

추위로 빨개진 얼굴에 흙투성이인 남자아이가 나무껍질을 한 움큼 쥐고 서 있습니다.

"니는 어데서 왔는데 이레 이상한 옷을 입고 있노? 경성서 왔

나?'

　주아는 조심스레

　"어… 난 주아야. 대구 수성구에 살고 있어."

　"뭐라카노? 여기가 대구 수성면인데! 고마 됐고, 난 강국이다. '강할 강, 나라 국' 우리 아부지가 나라 힘이 강해져야 일제를 내쫓을 수 있다고 내 이름을 그래 지어주셨다."

　묻지도 않은 말을 참 씩씩하게도 쏟아냅니다.

　'일제를… 내쫓아? 설마?'

　주아의 눈이 커지고, 심장이 쿵쾅거리기 시작합니다.

　알 것 같습니다.

지금이 바로, 학교에서 배웠던 '일본이 강제로 우리나라를 빼앗은 때' 라는 것을…

떨리는 마음에 금방이라도 눈물이 왈칵 쏟아질 것 같습니다.

마을로 들어 선 주아와 강국이는, 아름드리나무 아래 깊은 시름에 잠겨있는 두 노인을 봅니다.

"이보시게, 린타로! 정말 큰일이야.

이렇게 가뭄이 심해서야 봄 농사가 벌써 걱정이구만."

"그러게나 말일세, 일본서 온 지 수 년이 지났지만 올 겨울만큼 힘든 때도 없구만. 그동안 비옥한 토지 덕에 꽃농장이며 벼농사며 잘 짓고 살았는데 추위에 굶주림까지…, 사람들이 풀뿌리와 나무껍질을 먹으며 죽을 힘으로 버티고 있는데 가뭄까지 덮쳤으니 이를 어찌할꼬…. 지난달에는 윤가네 아들이 시름시름 앓다가 목숨을 잃었다지. 죽이라도 배불리 먹였더라면… 윤가의 통곡소리가 아직도 귓가에 울리는 듯하네."

노인들의 한숨소리가 깊어집니다.

한 사나이가 숨을 헐떡이며 달려와 손에 든 신문을 펼칩니다.

'어? 아부지다. 아부지!'

"어르신! 린타로 어르신! 큰일 났심더. 이것 좀 보이소. 대구부청에서 신천 물을 상수도(일상생활에 쓰는 물)로 쓴다 하네예. 그라믄, 인자 우리는 어데서 물을 끌어다가 농사 짓는단 말입니꺼!'

뒤따라온 마을 사람들도 모두 주저앉아 땅을 치며 통곡합니다.

"아이고, 아이고, 이제 우째 사노! 뭐 묵고 사노!'

"일제가 우리 식량 모조리 빼앗아 간 것도 모자라 이제는 농사

지을 물줄기까지 끊어 놓네!'

"아이고 못 산데이, 참말로 못 산데이!"

주아는 갑자기 머리가 혼란스러워집니다.

'일제강점기… 일본사람… 린따로… 그런데, 왜 저 사람들은 일본인 할아버지를 찾아왔을까?

주아는 순간 책에서 봤던 조선인을 괴롭히는 일본순사의 얼굴이 떠오릅니다.

혹독한 추위에 고통스러운 시간이 이어집니다.

사람들은 점점 희망의 빛을 잃어갑니다.

'어떻게 하면 사람들이 물 걱정 없이 농사를 지을 수 있을까?

밤낮없이 깊은 고민에 빠져있던 린타로는 순간 무릎을 탁! 치며 자리에서 일어났습니다.

'그래, 저수지를 만들자! 저수지가 있으면, 가뭄이 들어도 농사를 지을 수 있어!

저수지를 만들려면 조선총독부의 허락과 큰돈이 필요했기에 린타로는 대구에서 손꼽히는 부자들을 직접 찾아다니며 뜻을 전하고 도움을 구합니다.

"여러분! 나 미즈사키 린타로외다. 오늘 이렇게 모인 것은 우리 수성면에 저수지를 만들자는 얘기를 하기 위해서요. 아시다시피 신천 물은 더 이상 농사에 쓸 수 없게 되었소. 물 없이 어찌 농사를 짓겠소! 그래서 생각한 것이 바로 저수지라오. 저수지를 만들면…"

"그만 두시오! 어디서 누구를 속이려고!'

나이가 지긋하신 노인이 화난 목소리로 말을 가로막습니다.

"우리가 피땀 흘려 지은 곡식들을 일제가 얼마나 많이 수탈해 갔소. 이렇게 춥고 배고프게 사는 건 전부 일본 놈들 때문인데 뭣이! 저수지를? 쌀을 많이 생산하면 그만큼 또 뺏어 갈 게 뻔하잖소! 당장 치우시오!"

"저수지를 만들어 일본 놈들 배를 채워 줄 순 없소! 반대요, 반대!"

"그라믄, 농사 안 짓고 우째 살라카노! 한번 만들어 봅시더. 저수지!"

잠자코 있던 사람들이 웅성거리기 시작합니다.

"물이 없다면 내 가족이 굶어죽을 판에 뭘 더 망설이겠소! 난 열심히 도울 것이오."

강국이 아버지도 저수지 만드는 일이 너무나 간절합니다.

직접 수성면에 땅을 가진 조선인들을 찾아다니며 설득을 합니다.

"일본 놈들에게 식량을 뺏기더라도 입에 풀칠은 해야 않겠십니꺼? 지금 우리한테 농사보다 중한 게 뭐가 있어예! 언젠가 일본 놈들은 물러 갈낍니더. 어려워도 조금만 더 참고 힘을 모아 보입시더!"

마침내, 400여 명의 조선인들이 함께하기로 손을 맞잡았습니다.

린따로와 조선인 대표들은 곧장 경북도청을 찾아가 일본인 도지사를 만났습니다.

"도지사님, 제발 저수지 공사를 허락해 주십시오. 물 없이 어찌 농사를 짓겠습니까?"

"말도 안 되는 소리! 린타로, 자네 도대체 왜 이러나? 대일본제 국의 신민으로 이렇게까지 나서는 이유가 대체 뭐야! 그리고, 그 런 큰 공사를 할 돈이 없네."

계속되는 간청에 도지사는 귀찮은 듯 종이 한 장을 펼칩니다.

"정 해야겠다면, 직접 총독부를 찾아가 보게. 내 소개장은 한 장 써 줌세."

경성의 조선총독부.

일제가 조선을 침략하여 강제로 땅과 곡식을 빼앗고 조선인들 을 다스리기 위해 세운 곳입니다.

린타로와 조선인 대표들은 간절한 마음으로 문을 두드립니다.

"저희의 뜻을 깊이 헤아려 주십시오! 저수지 건설만이 살길입 니다. 생명수나 다름없는 물을 모을 수 있도록 부디 허락해 주십 시오!'

총독부 역시 막대한 공사비를 이유로 반대했지만 끈질긴 설득 끝에 허락을 받아내게 되었습니다.

'저수지 건설로 벼 수확이 늘어나면 대일본제국으로 더 많은 쌀을 가져 갈 수 있을 테지.'

총독부는 검은 속내를 감추고 있었습니다.

수개월의 노력 끝에 '수성수리조합' 이 만들어졌고 1924년 9월, 마침내 수성면 백성들의 희망을 담은 공사가 시작되었습니다.

"린타로 어르신, 그만 댁으로 들어가시이소. 벌써 몇 달째 이레

사무실서 주무십니꺼? 연세도 많으신데 혹 탈나실까 걱정됩니더."

"강국 아범, 고마우이. 자네는 늘 내게 큰 힘이 되어주네 그려. 내가 시작한 일, 어찌 편히 있을 수 있겠나! 저기 저 사람들 보시게. 손발이 부르터도 한마음으로 땅을 파고 흙을 나르고 있지 않나."

주아와 강국이도 어른들 틈에 끼어 힘을 보탭니다.

많은 사람들이 다치고 목숨까지 위협 받는 공사가 계속되었습니다. 사람들은 머리끈을 질끈 동여매고 온 힘을 다했습니다.

공사를 시작한 지 2년이 훌쩍 넘은 1927년 4월.

마침내, 드넓은 들판을 살려 낼 '수성못' 이 완성되었습니다.

수성못에 물이 채워지던 날 마을 사람들은 서로 얼싸안고 춤을 추었습니다.

백발이 된 린타로는 먼발치서 이 광경을 지켜보며 눈물을 훔칩니다. 넓은 들판엔 까끌까끌 청보리가 바람에 일렁이고 연분홍 사과꽃은 따뜻한 봄바람에 향기를 실어 보냅니다.

마을사람들은 정성껏 준비한 음식을 들고 수성들로 모입니다.

저만치서 농악대의 신명난 연주소리가 들려옵니다.

참으로 얼마만일까… 어른 아이 할 것 없이 벙글벙글 방실방실 웃음꽃이 피어납니다.

린타로 할아버지도 흥에 겨워 어깨춤을 춥니다.

사람들은 수성못에 가득 찬 물을 보며 올 한 해 풍년과 함께 일제의 수탈이 하루빨리 끝나기를 간절히 빕니다.

"아부지! 우리도 뱃놀이가요. 빨리요. 주아야~, 뭐하노? 니도 같이 가재이."

강국이는 아버지의 옷자락을 잡아끌며 떼를 씁니다.

주아는 떼쓰는 강국이의 모습에서 불현듯 아빠 얼굴이 떠오릅니다.

"아빠! 아빠!"

"어?"

"하하! 얘가 대낮에 잠꼬대까지 하고… 으이구, 우리 잠보 아가씨~ 오리배 타다가 자는 애는 너 밖에 없을 거야. 그리고, 강국이는 또 누구야? 친구야?"

잠에서 깬 주아는 아빠 얼굴을 보고는 으앙~ 울음을 터뜨립니다.

주아의 발표가 끝나자, 선생님께서는 오래된 영상 하나를 보여주십니다.

역사 속 이야기(대구편) '미즈사키 린타로, 그는 왜 수성못을 지었나?'

"잘 알지요. 린타로… 난 수성들에서 70년 동안 농사를 짓고 살았소. 린타로 할부지가 왜 수성못을 지었냐고? 왜긴 왜여! 사람들은 굶어 죽어가는 데 농사지을 물줄기는 막혀 버렸고 못을 파는 거 말고 다른 방법이 없었으니까… 수성못은 생명수였어, 생명수! 우리 목숨 살린 귀한 물통이었다고! 린타로 할부지는 평생 수성못을 아끼셨지. 세상을 떠날 적에도 수성못이 보이는 곳에 묻어 달라 했으니…"

　주아의 놀란 입이 다물어지지 않습니다.

　'어! 설마… 강국이?'

민이와 봉순이

한은희

"엄마? 엄마~아!"

잠에서 깬 민이가 울먹이며 방을 뛰어나왔습니다. 그러더니 다른 방들과 화장실 문을 열어보고는 울음을 터뜨렸습니다.

"엄만 벌써 갔어. 널 깨우려던데 내가 말렸다. 꼭 깨워주겠다는 걸 나도 들었다만 그러다간 공항 도착 시간이 늦어질 거 같아 그런 거야."

주방에서 아침을 짓고 있던 할머니가 다가와 민이를 안아주었습니다.

"꼭 배웅하고 싶었단 말예요. 오랫동안 못 보잖아요."

"알지, 알아."

민이는 초등학교 3학년이고 민이 부모님은 맞벌이부부입니다. 민이 엄마는 한 달이라는 긴 기간 동안 해외출장을 나가게 되었습니다. 그래서 민이의 여름방학에 맞춰 출장 기간을 잡았고 오늘 아침에 출장을 떠났습니다.

큰 도시에 사는 민이네는 세 식구인데요. 아빠는 매일 이른 아침에 출근하고 퇴근시간이 일정하지 않아, 엄마가 없으면 혼자서는 민이를 돌볼 수가 없거든요. 그래서 인근의 작은 도시에 사는 친정어머니에게 민이를 맡긴 것입니다.

방으로 들어갔다가 다시 나온 민이가 작은 상자를 보여주며 말했습니다.

"엄마한테 이걸 드리려고 했는데……."

상자 뚜껑을 열자 여러 가지 모양의 예쁜 초콜릿이 열 개의 칸마다 하나씩 들어있었습니다. 할머니가 민이 머리를 쓰다듬으며 말했습니다.

"그래, 엄마가 네 선물을 가져갔더라면 더 좋았겠구나. ……, 잘 놔뒀다가 엄마 돌아오면 그때 선물해도 늦지 않을 거야."

"예."

아침을 먹고 난 민이는 옥상으로 올라갔습니다. 옥상에서 보면 큰 길이 잘 보였습니다. 외가로 오면서 가면서 보았던 집들과 상점들과 다리를 지나면 바로 큰 길이었습니다.

한 번도 엄마 없이 외가에서 혼자 지내 본 적이 없는 민이는 외가가 갑자기 낯설게 느껴졌습니다. 마치 엄마 잃은 아이처럼 겁이 덜컥 났습니다.

지금까지 엄마의 출장은 이틀을 넘긴 적이 없었고, 엄마가 없는 그 기간에는 민이네 옆집에서 민이를 봐주곤 했습니다. 옆집에는 민이의 오랜 단짝 친구인 유나가 살거든요.

그러니까 민이는 처음으로 이렇게 긴 기간을 엄마와 헤어져 보는 것입니다. 민이는 큰 길을 오래도록 바라보았습니다.

'유나네에 있었으면 둘이서 게임도 하고 만화영화도 보고 할 텐데……'

유나를 떠올리자 눈물이 핑 돌았습니다.

"이번 방학 때 우리 수영 배우러 다닐래? 줌바댄스도 같이 배우자!"

"좋아, 그러자!"

유나와 함께 나눴던 말이 떠올랐거든요. 그런 계획을 세울 때만 해도 민이는 엄마의 해외출장 계획을 몰랐습니다. 그래서 방학이 되기만을 손꼽아 기다렸었는데…….

'내가 없어도 유나는 고은이랑 수영도 배우고 줌바댄스도 배울 거야. 내가 없는 사이에 고은이랑 더 친해지면 어쩌지?'

민이는 자꾸만 눈물이 나왔습니다. 소매로 눈물을 닦으며 보니 마당 한 구석에서 고양이가 민이를 빤히 올려다보고 있었습니다. 고양이는 나무 그늘 아래에 놓인 종이박스 안에서 두 발로 턱을 괸 채 민이를 쳐다봤습니다.

다음 날, 아침을 먹고 나자 민이는 또 옥상으로 갔습니다. 한여름이라도 옥상 위에 쳐놓은 천막 아래에 앉으면 아직은 무덥지 않았습니다.

민이는 엄마가 떠난 큰 길을 바라보았습니다. 그 길로 떠난 엄마가 그 길로 데리러 올 거라고 생각하니, 왠지 모르게 큰 길이 친구처럼 다정하게 느껴졌습니다. 자꾸자꾸 그 길이 좋아보였습니다.

그때 문득 어제 보았던 고양이가 생각났습니다. 그래서 마당을 내려다보았습니다.

"어, 쟤가 또 날 보고 있네!'

고양이는 어제와 같은 자세로 민이를 지켜보고 있었습니다.

'수상한 고양이 같아.'

민이는 모르는 체하면서 고개를 홱 돌렸습니다. 그러고는 유나에게 전화를 걸었습니다. 유나는 금세 전화를 받았습니다.

"유나야, 뭐해?'

"응, 조금 있다가 스포츠센터 가려고 준비 중이야!'

들뜬 유나의 목소리에 민이는 기분이 더 우울해졌습니다.

"혼자?'

"아니, 혹시 싫어 고은이한테 물어봤더니 고은이도 좋다 그래서 같이 가려고."

"으응, 그럼 안녕!'

민이가 서둘러 전화를 끊었습니다. 울음 섞인 목소리를 유나에게 들려줄 순 없잖아요.

"야, 민아! 김민!'

유나가 다급하게 불렀지만 민이는 다시 전화하지 않았습니다. 역시 민이 생각이 옳았습니다.

'유나는 내가 없어도 돼!'

참으려고 해도 눈물이 비집고 나왔습니다. 민이는 얼른 입술을 깨물었습니다. 하지만 몇 방울이 결국 손등으로 뚝뚝 떨어졌습니다. 민이는 눈물을 훔치며 자리에서 일어났습니다.

계단을 내려서면서 보니 마지막 계단에 꽃 몇 송이가 놓여있었습니다. 마치 누군가를 위해 일부러 갖다놓은 꽃 같았습니다. 콩콩콩 뛰어 그 계단 앞으로 가서 섰습니다. 그렇지만 그 꽃들은 싱싱한 생화가 아니었습니다. 수명을 다해 스스로 땅에 떨어진 시든 꽃이었습니다.

'에이, 바람에 날려 온 거네.'

그러고 고개를 들어보니 어느새 그곳에 와 있었는지 그 고양이가 한쪽 구석에 서서 민이를 보고 있었습니다. 그런데 그 고양이의 표정이 참으로 묘했습니다. 뭔가 우쭐거리고 있는 것처럼 보였거든요. 이상한 일이었습니다.

다음 날에는 더 많은 꽃이 마지막 계단에 놓여있었습니다. 고양이도 구석의 그 자리에 있었고요. 그 다음 날에도 똑 같은 일이 벌어졌습니다.

민이는 고양이를 의심하게 되었습니다. 바람에 날려 왔다면 그 꽃들이 그 계단에만 그렇게 놓여있을 수가 없는 일이었으니까요.

점심을 먹고 있던 민이는 할머니에게 자신이 직접 본 일을 들려주었습니다. 민이는 고양이의 행동을 몰래 지켜보았고, 그 고양이가 꽃들을 물고 와 계단에 갖다놓는 것을 목격했거든요.

"봉순이가 너랑 친구하고 싶은가 보다. 날마다 꽃을 선물한 걸 보니 말이야."

봉순이는 고양이의 이름이었습니다. 원래는 옆집 할머니네 고양이였는데, 잠만 그 집에서 자고 낮 시간의 대부분을 민이 할머니네로 와서 지냈습니다. 두 분은 다정한 친구 사이였고, 그래서인지 봉순이도 두 집을 마음대로 건너다녔습니다.

"다 시든 꽃인데 그게 선물이에요?"

민이는 고개를 갸웃거렸습니다.

"암, 고양이로서는 할 수 있는 가장 큰 선심이고 선물이지."

"그런가……."

점심을 먹고 나자 옆집 할머니가 놀러왔습니다. 옆집 할머니는 사람들이 '안심댁'이라고 불렀습니다. 할머니들은 소파에 앉아 이런저런 얘기를 나누었습니다. 민이도 할머니 옆에 앉아 텔레비전을 보고 있었습니다. 그러다가 옆으로 쓰러져 깜빡 잠이 들었나봅니다.

몸이 불편해 편히 돌아눕는데 민이의 귀에 이런 얘기가 들렸습니다. 안심댁의 말이었습니다.

"봉순이가 말이야. 우리집 마당에 떨어진 꽃을 날마다 수도 없이 물고 나가더라고. 그러더니 그걸 민이한테 선물했단 말을 듣고 내가 놀랐잖아."

"맞아, 나도 놀랐어."

봉순이는 길고양이였습니다. 몇 년 전의 어느 추운 겨울날, 봉순이가 어린 새끼고양이를 데리고 안심댁 집 앞에서 울고 있었습니다. 안심댁은 모녀 고양이를 집으로 들여 엄마에게는 봉순이라는 이름을, 딸에게는 미오라는 이름을 지어주었습니다.

미오는 쑥쑥 컸습니다. 그러더니 언제부터인가 점점 배가 불러

왔습니다. 그러고는 새끼 셋을 낳았습니다. 그런데 새끼를 낳자마자 홀연히 집을 떠나버렸습니다. 어미가 없어도 안심댁이 우유를 먹여 키웠지만, 그래도 어미 노릇은 할머니인 봉순이가 톡톡히 해냈습니다.

잘 때는 손주 셋을 끌어안은 채 빈 젖을 물리고 잤습니다. 아침이면 고양이 세수를 시키고 나서 밖으로 데리고 나가 운동을 시키고 생존훈련을 시켰습니다. 그러고는 식사 때를 놓치지 않고 손주들을 데리고 와 먹이고 재웠습니다.

그러다가 손주들이 어느 정도 크고 이제는 더 이상 봉순이의 손길이 필요하지 않게 되자, 안심댁은 손주들을 다른 집에 입양 보내게 된 거였습니다.

"그때도 제 손주들을 살뜰히 보살핀다고 그런 건지 어떤 건지 봉순이가 나한테도 선물을 가져왔었더랬지."

안심댁이 껄껄껄 웃으며 말했습니다.

"그랬었지, 선물이라곤 해도 처음엔 참새, 쥐, 바퀴벌레, 비둘기, 뭐 그런 거 였잖아."

"응, 그래. 내가 그때마다 놀라서 펄쩍 뛰니까, 저도 눈치를 챘는지 다음부턴 나뭇잎을 물고 왔잖아. 노란 단풍, 빨간 단풍, 알록달록 고운 단풍잎들로……."

"봉순이가 참 눈치가 빨라."

"그러니까 민이한테도 꽃 선물을 한 거 아니겠어? 자기 딸 미오가 그런 거처럼, 민이도 엄마가 집을 나가버려 할머니가 키우게 된 아이로 생각하고 제 깐에는 마음이 짠해 그런 걸 물고 온 거 아니겠냐고."

"그래서 나도 놀랐던 거지."

안심댁이 돌아가고 나자 민이도 잠을 깼습니다. 벌써부터 깨 있었지만 자는 체하고 있었던 거지요.

민이는 마당으로 나갔습니다. 봉순이가 종이박스 안에서 옆으로 누워 게으른 얼굴로 민이를 빤히 보았습니다. 민이가 다가가자 봉순이가 일어나더니 쪼그리고 앉은 민이를 보며 마주 앉았습니다.

민이가 손을 내밀어 봉순이를 쓰다듬자 봉순이가 눈을 스르르 감았습니다. 그러더니 갸르릉 소리를 내며 몸을 민이에게 맡겼습니다.

"봉순아, 선물 고마워."

봉순이는 알아들었다는 듯 얼굴에 스마일을 만들며 웃었습니다.

"근데, 고맙긴 한데, 날 불쌍하게 볼 건 없어. 난 엄마가 집을 나가버린 것도 아니고 할머니랑 살아야 되는 것도 아니거든. 그냥 한 달 동안만, 엄마가 출장 갔다 돌아오실 때까지만 여기서 살면 되는 거거든."

그 말도 알아들었는지 봉순이가 눈을 잠깐 홉뜨더니 다시 감으면서 스마일을 만들었습니다.

"하여간 봉순이 네 선물은 진짜 내 맘에 들어. 우리 친구하자,

봉순아."

  봉순이가 눈을 뜨고 일어나 민이 무릎 위로 올라섰습니다. 민이
는 봉순이를 품에 꼭 끌어안고 집으로 들어갔습니다.

마르와 황금빛 종소리

황명희

"냠냠, 욤욤, 아 맛있다."

마르는 굴참나무 아래서 귀리과자를 먹고 있었어요. 그 때 어디선가 종소리가 들리더니 순식간에 마르의 다리 밑으로 안개처럼 낮게 깔리기 시작했어요.

"으 으――"

갑자기 마르의 몸이 굴참나무보다 높이 붕 뜨기 시작했어요. 마르는 깜짝 놀라서 귀리과자를 떨어뜨려버렸어요. 마르는 과자를 주우려고 했지만 몸은 점점 높이 올라갔어요. 그러다가 어느 순간 갑자기 땅으로 내려가기 시작했어요. 땅에 내려왔다 싶었는데 갑자기 하늘 높이 올라가기 시작했어요.

"아 앙 무서워, 무서워. 누구 없어요? 나 좀 내려줘요!"

종소리도 계속 댕그르르 울렸어요.

마르는 종소리가 들리지 않을 정도로 엉엉 울었지만 아무도 오지 않았어요.

마르는 어쩔 수 없이 울음을 멈추고

종소리가 나는 다리 쪽으로 손을 뻗어 만져 보았어요.

"참 신기해. 어떻게 종소리가 만져지지? 오선지 같기도 하고 구름으로 만든 의자 같이 느껴지기도 하고. 종소리가 마술을 부리는 걸까? 아니면 내가…"

"아 모르겠다. 꿈이겠지?"

마르는 이제까지 일어난 일들이 믿어지지 않아 볼을 꼬집어보았지만 꿈은 아니었어요.

"그런데 종소리가 날 왜 데려가지? 혹시 할아버지 귀리 과자를 몰래 먹은 걸 알고…"

마르는 자신이 잘못한 일들이 생각나자 또다시 눈물이 나왔어요.

"할아버지 잘못했어요. 다시는 안 그럴게요. 할아버지, 할아버지! 저 좀 구해주세요. "

마르는 있는 힘을 다해 할아버지를 불렀어요.

그렇지만 종소리는 점점 마르를 굴참나무와 멀어지게 했어요.

"그런데 나는 어디로 가는 거지? 벌 받으러 가는 걸까?"

마르는 걱정이 되었지만 어느 순간 잠이 들어버렸어요.

얼마 후 마르는 잠에서 깨어났어요.

종소리가 더 이상 들리지 않는다고 생각한 순간

마르의 몸이 아래로 스르륵 내려졌어요.

"여기가 어디야? 할아버지 무서워요. 으으 "

마르는 어둠이 눈에 익자

자신이 산 속의 큰 나무 아래 있다는 것을 알았어요.

이름 모를 짐승의 울음소리가 들려와서 온 몸이 오싹해졌어요.

"툭 툭…"

그때 가까이에서 무언가를 던지는 소리가 들려왔어요.

등에 식은땀이 흘렀어요.

큰 나무 근처에서 어떤 남자가 구덩이를 파고 있는 모습이 보였어요.

그 옆에는 아이를 업은 여자가 울고 있었어요.

마르는 얼른 큰 나무 뒤에 숨었어요.

"여보, 이 차가운 땅에 아이를 어떻게 묻어요? 흑흑…"

여자가 흐느끼면서 말했지만 남자는 묵묵히 땅을 파기만 했어요.

"여보, 다른 방법을 생각해 봐요. 어머님이 아시면 어떡하려구요."

여자가 애원하면서 말했어요.

"똘이가 밥 더 달라고 조르면 어머니는 아마 다 줄 거예요.

양식도 얼마 없는데 그렇게 되면 어머니는 힘이 없어서 금방 돌아가실거요."

한참 후 남자가 힘없이 말했어요.

아무 말 없이 듣고만 있던 여자가 갑자기 휙 돌아서더니 달리기 시작했어요.

"여보! 똘이 엄마, 돌아와요."

남자는 삽을 내던지고 여자를 쫓아갔어요.

'뭐야, 할머니가 애한테 밥 좀 덜어준다고 살아있는 아이를 묻

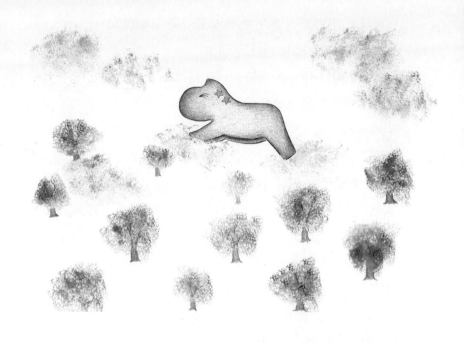

어?

마르는 숨을 죽이고 그 광경을 보고 있었어요.

"우리 할아버지 귀리과자를 몇 번이나 훔쳐 먹은 내가

만약 이 곳에 살고 있다면? 으으 너무 무서워. 이건 말도 안 돼."

마르는 몸이 오싹해졌어요.

'아이가 너무 불쌍해! 저 아저씨는 너무 나빠!

내가 아이와 아줌마를 태우고 달아날까?

마르가 혼잣말을 중얼거릴 때였어요. 여자가 털썩 주저앉았어

요.

"여보, 이러지 마오. 아이는 또 낳으면 되지만

어머니는 한 번 가시면 두 번 다시 돌아올 수 없잖소.

그러니 마음을 다잡읍시다."

남자가 말하자 여자는 계속 울기만 했어요.

남자는 여자를 꼭 껴안아 주었어요.

두 사람은 비틀거리며 다시 올라왔어요.

그 광경을 보던 마르도 눈물을 흘렸어요.

"아 불쌍해. 너무 안타까워.

그래도 아무 것도 모르고 자고 있는 저 아이를 죽게 할 순 없어.

또 아이를 낳는다고 해도 같은 아이는 아니잖아."

마르는 입을 앙다물었어요.

남자가 구덩이를 다시 파려고 삽을 드는 순간이었어요.

마르는 그 삽을 확 빼앗아버렸어요.

"어머니께 효도하는 마음은 알겠지만

그렇다고 아이를 묻는 것은 나쁜 일이에요"

마르가 큰 소리로 말했어요.

"아악-"

두 사람이 깜짝 놀라는 모습이 보였어요.

"신령님 죽을죄를 지었습니다,

죽을죄를 지었습니다. 용서해 주십시오."

두 사람은 얼른 엎드려 빌고 또 빌었어요.

"댕그렁- 댕그렁-"

그때 남자가 파던 구덩이에서 종소리가 들려왔어요.

마르는 알 수 없는 힘에 이끌리듯 얼른 구덩이를 팠어요.

구덩이 속에서는 황금빛이 조금씩 새어 나오고 있었어요.

구덩이를 팔수록 황금빛은 더 환하게 쏟아지고

종소리도 더 크게 들려왔어요.

종이 모습을 드러내기 시작했어요.

웅장하고 아름다운 종이었어요.

말로 표현할 수 없는 은은한 종소리도 났어요.

"이 종소리는 날 태워온 종소린데."

마르가 놀라고 있을 때

갑자기 종소리가 아까처럼 낮게 깔리더니

마르를 싣고 날아가기 시작했어요.

얼마만큼 시간이 지났을까,

종소리는 마르를 낯선 곳에 내려주었어요.

그곳은 궁궐이었어요.

"처음 들어보는 종소리야, 이렇게 아름답고 포근한 소리는 처음이야. 그렇지?"

대낮같이 환한 궁궐에서 많은 사람들이

이런 말을 주고받으며 분주히 움직이고 있었어요.

"여봐라! 이 종소리가 어디에서 나는지 알아 보거라!"

임금님이 내리는 명령을 따라 신하들이 바쁘게 움직이고 있었어요.

마르는 임금님 앞으로 가서 그 부부의 일을 말씀드렸어요.

임금님은 고개를 끄덕이며 듣더니 신하를 불렀어요.

"여봐라! 마르를 따라 가서 기와집과 곡식을 내리고 그 종을 궁궐로 가져오너라!

그리고 그 부부도 궁궐로 데려 오도록 해라!'

임금님이 명령을 내리자 종소리가 낮게 깔려왔어요.

마르는 종소리를 타고 임금님의 신하와 함께 그 부부의 집에 들어섰어요.

자초지종을 듣게 된 그 부부와 할머니는 눈물을 흘리면서 마르에게 큰 절을 했어요.

그때 종소리가 마르의 발밑에 낮게 깔려왔어요.

마르의 몸이 두둥실 뜨기 시작했어요.

그 부부와 할머니는 깜짝 놀라더니 곧 손을 흔들어주었어요.

"종소리야, 이젠 할아버지에게 데려다 주면 좋겠어. 할아버지
가 걱정하고 계실거야."

마르는 종소리가 구름 속처럼 포근하게 느껴져서 어느새 잠이
들고 말았어요.

얼마나 지났을까요.

마르는 구수한 귀리과자 냄새 때문에 잠에서 깨어났어요.

마르가 먹다가 흘린 귀리과자에 개미가 새카맣게 모여 있는 게
보였어요.

"마르야, 마르 요 녀석 어디 갔다 온 거여? 어디 갔다 온 거여?"

할아버지가 나무 뒤에서 불쑥 나오면서 말했어요.

할아버지를 보자 마르는 눈물을 왈칵 쏟으면서 힘껏 껴안았어
요.

"에구, 멀리 갔다 온 사람처럼 얘가 왜 이래."

"할아버지 흐흑. 전 할아버지가 이 세상에서 가장 좋아요. 으
앙"

대구에 산다,
대구를 읽다

100人100作

수필

위대한 참 자신을 발견하는 길

김민경

다른 사람들에게 해를 끼치지 않고, 자신보다는 남을 먼저 생각하고 위하는 사람들은 마음이 평화롭다. 그들은 쉽게 화를 내지 않으며, 처음 보는 사람에게도 친절한 미소를 아끼지 않는다. 그런 행동은 고요하고 평온한 마음에서 비롯된다.

마음을 거스르는 행위나 나쁜 생각, 나쁜 행동을 피하고 좋은 생각과 좋은 일을 행하면 마음이 정화되어 빛을 발한다.

석가모니 부처님께서 여덟 가지의 바른길을 제시하여 많은 사람들에게 마음의 평온과 깨달음을 안겨주었다. 여덟 가지의 바른길을 마음의 기준으로 삼고 생활하여 전생에서부터 쌓아온 자신의 카르마(업보·원죄)를 수정하여 마음의 조화를 이룰 때 비로소 내재된 힘과 능력을 발휘하여 마음의 빛을 밝힐 수 있다.

여덟 가지의 바른길은 바르게 보고, 바르게 생각하고, 바르게 말하고, 바르게 일하고, 바르게 생활하고, 바르게 정진하고, 바르게 정념하고, 바르게 반성하는 것이다.

바르게 본다는 것은 사물의 바깥이 아닌 내면을 들여다보고 진실을 알아보는 눈을 말한다. 선입관을 가지고 사람이나 사건을 바라보는 것이 아니라 객관적인 시선으로 바라보는 마음, 육체의 눈으로 세상을 바르게 보기 위해서는 눈을 깨끗이 하는 것보다 마음을 더 깨끗이 해야 한다. 마음이 비뚤어져 있으면 세상 또한 비뚤어진 모습으로 수용되고 인식하게 된다.

바르게 생각한다는 것은 만일 바르게 보았지만 바르게 생각하지 않는다면 결과는 좋지 않을 것이다. 이 세상의 모든 사물은 생각에서 시작되었고 생각이 형상화되어 만들어진 작품들이다. 누군가 기록하고 싶다고 생각하지 않았다면 문자는 없었을 것이고, 날고 싶다고 생각하지 않았다면 비행기를 만들지 못했을 것이다. 만일 당신이 어떤 사람을 죽도록 미워해서 그 사람이 교통사고를 당하거나, 어디서 떨어져 죽었으면 좋겠다는 생각을 한다면 그 사람과의 관계는 점점 나빠지게 되고 결국에는 미워했던 만큼의 과보가 자신에게로 다시 돌아올 것이다.

바르게 말한다는 것은 말을 솔직하고 바르게 해야 한다는 것이다. 우리는 하루에도 셀 수 없을 정도로 말을 많이 한다. 말이 많은 만큼 말이 짓는 악업은 크고 심각하다. 거짓말, 꾸미는 말, 아첨하는 말, 상반되는 말, 상스러운 말, 모함하는 말, 가슴 아프게 하는 말 등 그중에는 의도하지 않았지만 상대방을 평가하거나, 개인적인 비밀을 다른 사람에게 옮겨서 싸움을 일으키는 경우도 있다. 말은 마음을 알리는 수단이기 때문이다.

바르게 일한다는 것은 일에 자부심을 가지고 자신의 열정을 쏟아 일하는 마음, 어떤 일을 하든지 감사하는 마음으로 일해야 한다. 일에는 귀천이 없다.

사람은 저마다의 그릇에 맞는 일을 하면서 전체의 조화를 이루고 있다. 삼라만상이 다 그렇다. 최선을 다해서 일할 때 최고의 행복과 만족을 느낄 수 있는 것처럼 일은 삶을 행복하게 해주는 매개체이다.

흔히들 "먹고 살기 위해 이 짓을 하지, 돈만 있다면 뭐가 아쉬워 이런 일을 하겠어. 돈만 벌면 당장 때려치울 거다."라고 말하곤 한다. 일은 생활을 하기 위한 수단도 되지만 일을 통해 얻는 것은 봉사와 협동과 조화의 정신이다. 일을 통해서 책임과 협동의 마음을 길러야 한다. 그럴 때 노사의 분쟁도 없어진다.

바르게 생활한다는 것은 조화로운 생활태도를 말한다.

조화로운 삶을 살기 위해서는 먼저 현실에 만족할 줄 알아야 한다. 눈에 거슬리지 않고 유유히 흘러가는 상태를 자연스럽다고 말한다. 자연은 결코 조화를 깨뜨리지 않는다. 수많은 먹이사슬 속에서 먹고 먹히지만 그것은 전체의 조화를 유지하기 위한 살육이지, 과욕은 절대로 아니다. 자기 조화를 이루기 위해서는 자신을 엄격하게 바라보는 태도가 있어야 한다. 자기 성찰을 통해서 성격의 장·단점과 습관을 깨닫고 수정하거나 더욱 발전시킬 수 있다.

바르게 정진한다는 것은 가족과 사회의 단체 생활을 하면서 타인과의 관계를 조화롭게 하는 것을 말한다.

사람은 결코 이 세상을 혼자 살아갈 수 없다. 세상에 태어나자마자 부모님과 가족이라는 단체에 소속되고, 자라면 학교와 직장

등 단체생활을 하게 된다.

　가족이나 친구, 자신과 가까운 사람은 자신의 참모습을 비추는 거울과도 같은 존재다. 다른 사람의 말과 모습을 보면서 자신의 장점, 단점, 성격 등을 깨달을 수 있다.

　자기 우월주의에 빠진 사람들은 대개 자신의 모든 것을 소중하게 생각하기 때문에 다른 사람들에게 열려 있지 않다. 자신감은 살아가는 데 아주 중요한 것이지만, 자칫하면 다른 사람은 물론 자신에게 해를 끼칠 수 있다.

　바르게 기원한다는 것은 인간이라면 누구나 더 나은 미래를 꿈꾸고 생각하고, 마음속으로 이루어졌으면 하고 기원하는 것을 말한다. 희망이 클수록 노력하는 강도가 커지기 때문에 꿈을 많이 가진 사람들은 대개 부지런하다. 희망을 갖는 것은 좋은 일이다. 하지만 희망이 자신을 위한 것이라면 욕심이나 욕망으로 바뀌어 자신을 괴롭힐 수도 있고, 다른 사람을 경쟁상대로만 생각하는 경우가 생긴다.

　생각이나 말처럼 소원을 비는 마음 또한 중도를 지켜야 한다. 또 예뻐지고 싶다, 돈이 많았으면 좋겠다 등 권력과 명예로운 위치, 물질적인 것을 원하게 되면 부와 물질적인 풍요에 젖어 자신의 마음을 들여다보는 시간을 잃게 된다. 인간은 자신의 이익을 생각하지 않고 서로 돕고 함께 살아간다면 자연처럼 조화로운 모습이 그려질 것이다. 자신의 욕심을 채웠을 때 느끼는 행복보다, 남을 배려하고 돕고 조화로운 관계가 유지될 때 더욱 더 큰 행복과 마음의 평온을 느끼게 될 것이다.

염원이나 기도는 영혼에 의해서 이루어진다.

무엇인가를 갈망하는 것은 자신의 조화로운 삶을 넘어서 직장과 사회, 국가, 세계를 위해 좋은 영향을 미치게 된다. 만일 자신이 원하는 것을 성취했을 때는 자만하지 말고 감사하는 마음과 태도를 가져야 한다.

바르게 반성한다는 것은 모든 집착에서 벗어나 중도의 잣대로 반성하여 삶의 자세를 정도正道에 정착시키는 것이다. 사람이라면 누구나 욕심을 가지고 있다. 검소한 생활을 하는 사람일지라도 지식 습득의 욕구라든가 사람에 대한 욕심 등 물질적인 면이 아닌 정신적인 면에서 사치나 욕심을 부릴 수도 있다. 극단으로 치우치지 말고 언제나 평상심을 유지하는 것을 중도라고 한다.

한쪽으로 치우친 사람은 진정한 행복을 느낄 수 없다.

영무

김아가다

영혼을 불러내는 요란한 북소리가 가라앉자 관중의 숨소리마저 잦아든다. 이내가 깔린 어둠 안으로 소복을 한 남자가 향로를 들고 서푼서푼 걸어온다. 향이 게워내는 냄새가 춤꾼의 몸 안으로 들어가니 연기처럼 그의 몸이 흐느적거리며 한판 춤사위를 벌린다.

인간문화재 H 선생의 영무(靈舞)를 감상하는 중이다. 영무는 저세상으로 떠난 슬프고 외로운 영가의 한을 달래주는 춤이다. 영무를 보는 동안 남편의 무덤을 여닫았던 죄의식이 꿈틀거린다. 숨이 막혀 더는 참을 수 없어 내 혼이 스르르 빠져나간다. 그의 춤에 하나가 되어 무대 위를 휘젓는다. 흐느낌이다. 보고 있지만 들리는 소리에 몸이 젖고 있다. 켜켜이 쌓아두었던 설움이 소낙비처럼 후드득후드득 떨어진다. 고여 있던 물기를 한소끔 쏟아내고 나니 안절부절못했던 가슴속이 차분히 가라앉는다.

얼마 전이다. 미국에 사는 아이들이 봉안당을 마련했다는 연락이 왔다. 햇빛 잘 드는 곳에 유리창으로 안이 잘 보이는 집 한 채를 사두었다는 것이다. 보기 좋도록 똑같은 모양의 도자기 두 개를 준비해 두었으니 저희 아버지를 미국으로 모셔오라고 했다. 꼭 그렇게 할 필요가 있을까 하고 물었더니 부모의 흔적을 간직하고 자식의 도리를 해야 한다고 했다. 매달 관리비를 내고 있으니 빈집으로 두지 말자고도 했다.

부모를 생각하는 마음이 기특했지만, 한편으로는 이건 아니지 싶었다. 밖에 나가 살다가도 죽어서는 고향 땅에 묻히기를 원하는데 거꾸로 나가는 일이니 마음이 썩 내키지 않았다. 의미 없고 부질없는 일이라 말하고 싶으나 아이들의 생각이 확고해서 더는 말을 하지 못했다. 하기야 품을 떠나간 자식을 그리워하던 아비였고, 누워서도 자식들 곁에 가고 싶다던 남편이었다. 그가 벗어두고 떠난 껍데기가 이국땅으로 이사 할 준비를 했다. 산목숨은 내 것이지만 사후는 자식들의 몫이라 생각하니 마음이 바빠졌다.

고개를 숙인 춤꾼이 무대 위를 빙글빙글 돌고 있다. 손을 하늘로 올리고 발을 동동 구른다. 북소리가 둥둥 울리자 춤꾼의 걸음이 가벼워지면서 머리는 하늘을 우러른다. 내 심정을 어이 저리도 알까. 갈 길 잃은 나도 빙글빙글 돌았다. 어찌할까. 어디로 갈까. 그리움의 땟자국이 아직 남아있는데 보내놓고 허전한 마음을 어이할까. 그렇구나. 조금만 떼어서 보내고 나머지는 나 죽고 나면 너희 마음대로 하라고 일러주리라.

명복공원으로 가서 드디어 봉함을 뜯었다. 유골함에 눈에 익은 이름이 적혀있다. 칠 년의 낮과 밤을 어둠 속에 있던 남편이 세상에 다시 나타났다. 뚜껑을 여니 누런 황토가 가득했다. 황토는 습기와 벌레를 차단하려고 덮어둔다고 했다. 그가 불가마로 들어갈 때 까무러친 나는, 뒷수습하는 것을 하나도 보지 못했다. 분골이 아니고 쇄골이라 했다. 준비해간 한지에 뼈를 한 조각 꺼내서 조심스럽게 담았다. 냉기와 정적을 깨트리는 한마디가 흘러나왔다.

"여보, 미국 가요. 당신 좋겠다. 아이들이 보고 싶어 하네."

지하실이라 목소리가 울려 이 벽 저 벽을 치며 돌아온 소리가 귓속에서 윙윙거렸다. 혹여 누가 볼까 봐 가슴이 콩닥거렸다. 두리번거리며 그를 품에 안고 자동차를 탔다. 집으로 오면서 그동안 있었던 일을 남편에게 조곤조곤 알려주었다. 오랜만에, 그의 부재로 맺힌 매듭을 한 가닥씩 풀어내니 속이 시원했다.

어둑한 땅속에서 껍질을 벗고 세상에 나온 매미처럼 남편이 내게 와 있다. 시간의 힘이었을까. 공간을 뛰어넘은 자의 능력이었을까. 무섭거나 두렵지 않았다. 영정 사진을 탁자 위에 세우고 하얀 상자에 수건을 깔았다. 유골을 내려놓으며 당신 침대라고 말했다. 죽은 이와 대화를 하고 잠을 자는 내 행동이 그다지 손가락질 받을 일은 아니리라. 남편을 미라로 만들어 몇 해를 동거했다는 매스컴에 떠들던 그 이야기가 방법이 다를 뿐이지 남의 일이 아니었다.

소문을 들은 친구가 큰일 날 짓 했다면서 당장 원상복구 시키라고 했다. 미국으로 가는 시간이 한 달이나 남았는데 그때까지 집에 두면 상하게 된다고 난리였다. 신체 일부를 갈라놓지 말라고도 했다. 순교자들의 유해도 세계 곳곳에 흩어져 있는데 뭐 그리 문제가 될까마는 말리는 사람이 많은 걸 보니 잘못되었다는 생각이 들기도 했다.

제자리에 가져다 두는 것도 문제였다. 변덕스러운 사람이 될 게 뻔했다. 또 고민이 시작되었다. 아이들에게 전화했더니 꽤 놀란 모양이었다. 엄마가 뼈 한 조각 꺼내 와서 마음고생 한 것이 미안했는지 원하는 대로 하라고 했다. 나에게 선택권이 주어진 것이다. 나 죽고 나면 그때 너희 뜻대로 하라고 말해주었다.

이박삼일의 재회는 끝이 났다. 염치없지만 관리인에게 유골을 제자리에 두겠다고 말했다. 무덤을 여는 것은 불법이었다. 그도 내게 생각이 짧았다고 했다. 세상살이가 마음먹은 대로 살아갈 수 없는 일이다. 법도가 있고 순리대로 살아가는 것이 사람 도리인 것을 부족한 생각으로 잘못을 저질렀다. 하마터면 남편은 떠돌이가 될 뻔했다. 그의 영정 앞에 좋아했던 술 한 잔 올리고 용서를 청했다.

춤꾼이 하늘을 향해 비손한다. 우리네 삶에 좋은 일만 가득하라고 기원하는 의식이리라. 조명이 서서히 밝아온다. 북소리가 낮은음을 내면서 조용히 가라앉는다. 장단과 가락의 선율 따라 뛰어오르고 사뿐히 내려앉기를 반복하면서 춤꾼은 수많은 언어를 몸으로 말했다. 흐느끼고 말하며 이박삼일의 고뇌와 번민 속으로 나를 데려갔다. 하늘을 찌르는 손끝을 바라보며 땅을 구르는 발자국 소리 따라 한판 즐기고 나니 세상사 부질없고 이승의 인연 끝나면 공(空)이라는 소리가 들린다. 그것은 북소리의 신명이었다.

브래지어를 풀다

김아인

"소식 들었어? OO씨가 유방암 절제수술을 했다는데…."

"어머, 어쩌다가. 난 금시초문이야."

"그래도 다행히 수술이 잘 됐다나 봐."

전화선을 타고 건너오는 친구의 뒷말에 바짝 긴장한 마음을 푼다. 항암치료 받느라 머리카락이 다 빠져서 까까머리가 되었단다. 그 모습을 자신의 SNS에다 올렸고, 동문들 사이로 한 입 두 입 퍼져나간 모양이다. 본인은 무슨 마음에서 공개를 했는지 몰라도 사진을 바라본 이들은 마음이 아프다 못해 선뜻 이해하기가 쉽지 않다는 것이다. 심각하지 않으니까 그랬겠지, 내 나름대로 긍정의 해석을 덧붙이며 긴 통화를 끝냈다. '나 괜찮아' 자기 암시거나 자기 격려 같은 거 아니었을까? 머리를 민 그 심정은 오죽했겠나 생각하니 너무 짠하다.

여성의 상징인 가슴 한 쪽을 도려냈다는 비보는 같은 여자로서 충격일 수밖에 없다. 믿어지지 않는 나쁜 소식에 '무소식이 희소식'이란 말을 붙잡고 괜한 꼬투리를 잡는다. 언젠가부터 자연스레 소원해졌지만 그녀와는 만학시절 한때 베스트프렌드라고 불릴 정도로 아주 친하게 어울렸었다. 그만큼 더 놀랍고 안타까운 것이리라. 수화기를 놓은 손이 별안간 내 가슴으로 간다. 오랫동안 무심코 지낸 그곳의 안부가 궁금해서다. 염려 따위는 끼어들 수 없도록 점자를 읽어가듯이 가만가만 어루만져본다.

몸이 열린다는 것은 얼마나 거룩한가. 나는 두 녀석을 모두 조산했다. 예정일이 한참 남았는데 양수가 다 빠져버렸고 그럼에도 몸이 열리지 않아서 제왕절개로 낳았다. 그 바람에 초유만 겨우 몇 방울 먹이고 참젖을 생억지로 뗐다. 병원생활을 하는 일주일 동안 항생제며 진통제 등의 주사를 맞고 약을 먹어야했기 때문에 그 상황에서 모유 수유를 고집한다는 것은 불가능한 일이었다. 사실 그럴만한 철도 용기도 부족했다. 그나마 아이들 입맛이 까다롭지 않아서 분유를 잘 먹었고 다행이라 생각했다. 문제는 산모인 나한테서 일어났다. 큰애를 낳고 무사히 퇴원을 했으나 몸조리를 하던 중에 갑자기 열이 끓어올라 40도를 넘나들었다. 무지몽매한 나는 그게 당연한 증상인 줄 알고 참았다. 가뜩이나 엄살 심한 겁쟁이가 필요 없는 인내심을 발휘한 것이다.

이틀 뒤에 병원으로 갔다. 친절히 맞이해도 두려움이 앞서는 곳 아닌가. 그런데 의사는 이 지경이 되도록 뭐하다 이제야 왔냐고, 마치 누이 나무라듯이 다짜고짜 야단부터 쳤다. 유종乳腫이었다. 젖을 삭히는 마이신을 먹고 안심한 사이 제대로 가라앉지 않아서 퉁퉁 부었다가 곪은 상태였다. 계속해서 도는 젖이 배출이 안 되니까 젖몸살이 났고 그게 곪느라 고열이 끓었던 것이다. 압축기로 뽑아내고 마사지를 해줘야 한다는데 제대로 알 리가 없었다. 출산하면 원래 그런 거려니, 무지와 방심으로 화를 키운 격이었다. 부모가 되긴 했어도 남편이나 나나 미성숙한 어른이었던 거다. 벌겋게 곪은 부위를 연세 지긋한 의사 선생님은 마취는커녕 생으로 찢어 피고름을 짜내듯이 훑어내고 심지를 박았다. 찢어진 생살이 아파서 택시를 타고 돌아오는 30여 분 동안 울음이 그쳐지지 않았다.

살다보면 예기치 않게 찾아오는 질병들이 있다. 내 몸에서 눈곱만한 것이라도 뭔가를 감지했다는 것은 위험을 알리는 신호다. 그 자각을 놓치지 말아야 내일을 보장받을 수 있고 일상을 유지할 수 있는 건 당연한 이치다. 건널목을 건널 때 아스라이 들리는 신호음 같은 덜컥거림을 내 몸이 먼저 알고 알려주니 얼마나 고마운가. 자정능력이 충분히 발휘되던 젊은 시절에는 예사로 넘겨도 별다른 탈이 일어나지 않았다. 하지만 이순이 코앞인 지금은 미세한 기별에도 불안이 검은 안개처럼 둥둥 떠다니며 염려증을 유발시킨다. 호미로 막을 것을 가래로 막는다는 속담처럼 일을 크게 키우는 꼴이 될까봐 건강 프로그램 따위에 쫑긋 귀를 세우지 않을 수 없다. 이런 현상이 낯설고 수긍하기 어려우면서도 서서히 익숙해져간다는 사실감이 서글프다.

브래지어 착용이 유방암 발생률을 70%나 높인다는 인터넷 기사를 읽는다. 민감하게 다가온다. 요즘 들어 유난히 유방암 수술했다는 이야기가 자주 들리기 때문일 게다. 여자에게 브래지어는 족쇄처럼 느껴지는 속옷임이 분명하다. 족쇄가 억압이 아니라 안

전성을 확보해준다고 믿는다. 와이어와 후크로 단단히 결박해야만 안심하는 경향도 있다. 그러니까 여자에게 브래지어는 단순히 언더웨어란 개념을 넘어 신체보호와 여성미를 동시에 아우르는 의복이다. 아직 브래지어 착용과 유방암 사이의 인과관계에 대해 입증된 논문이 나온 것은 아니라 한다. 하지만 몸을 옥죄는 지나친 타이트함이 유방암 발생률을 높인다는 근거들만으로도 당장 벗어던져야 할 것 같은 필요성이 절박해진다. 원시적인 차림일수록 혈액순환이 원활하여 건강에 도움이 된다는 말은 지극히 설득력 있게 와 닿는다.

이쯤 되면 브래지어를 선정적인 용품으로만 여길 것이 아니라 인간애적인 시각에서 바라볼 일이다. 딜레마랄까? 건강을 위한답시고 과감히 벗어버리자니 구경거리 제공이 될 것 같고 예를 차리자니 소중한 내 건강을 위협받을 것 같다. 어느덧 사랑도 시들해진 나이, 샤워할 때 말고는 좀체 풀 일이 없지만 오늘 실험삼아서 브래지어를 푼다. 잠잘 때조차 꼭꼭 싸여 있던 그것이 해방을 맞는 순간이다. 아뿔싸! 과잉친절이 불편한지 온 말초신경이 가슴께로 모여든다. 압박의 빗장을 풀어주면 자유로워할 줄 알았건만 뜻하지 않은 배려가 당혹스러운가보다. 예민해진 세포들이 방어 태세에 돌입한 듯 오소소 날을 세운다. 예상 못한 반응에 도리어 내가 더 움찔한다.

사람만큼 환경에 쉽게 적응하는 동물도 없지 싶다. 암모니아 독성에 질식할 것 같은 재래식 화장실의 경험이 이를 뒷받침해준다. 코를 틀어막고 들어가지만 금세 익숙해지듯이 요즘은 집에서 아예 노브라 상태로 지낸다. 허전하고 민망하던 기분은 온데간데 없고 풀어진 가슴이 느슨한 해방감을 즐긴다. 이렇게 편한 걸 진작 풀지 못한 것이 아쉬울 지경이다. 가끔 외출할 때 어쩔 수 없이 그걸 걸칠라치면 오히려 답답증을 느낀다. 가는 봉제선 하나에도 살갗이 거부 반응을 일으킨다.

　무슨 일이든 걱정할수록 걱정은 더 무서운 무게로 억누르는 법 아닐까? 건강이라는 대전제 앞에서 가설과 추론에 귓바퀴가 얇아지는 나이라지만 그렇다고 너무 예민하게 빠져들 이유는 없을 거 같다.

미뢰

김은주

맛봉오리가 들썩인다. 혀 아래서 찰랑찰랑 침이 고이나 싶더니 그새 할머니 앞에 쪼그리고 앉았다. 딱 손바닥만 한 칼이다. 크지도 작지도 않은 칼로 참 기막히게 썬다. 약간 옆으로 기울인 어깨는 모로 꼰 고개 따라 흔들린다. 큰 고무통에 도마를 걸치고 손은 부지런히 웅어熊漁를 썰며 앞에 앉은 나를 쳐다본다. 눈은 이미 도마를 떠났는데도 칼질은 여전히 맞춤하게 움직인다. 착착 칼 너머 국수 가닥 같은 웅어가 쌓인다. 호객행위는 없다. 그저 한번 쳐다보고는 다시 써는 일에 집중할 뿐이다. 한참을 지나도 가지 않고 있는 나에게 할머니 낡은 나무상자를 발로 밀어준다. 나를 쳐다보지도 않고 나무상자를 밀어주는 발은 맨발이다. 양말 없이도 난전에서 견딜만하니 봄이 그예 다 갔나 보다. 차양 사이로 들어온 볕에 나무상자 사뭇 따뜻하다. 쉬어 가도 좋다는 할머니 마음이다. 말하지 않고도 훈훈한 마음을 듬뿍 쏟아내는 할머니는 여간내기가 아닐성싶다.

보고 있으니 먹고 싶고 먹고 싶으니 앉았다. 삐걱거리는 나무상자에 앉아 길게 고개를 빼고 하얀 웅어 속살을 본다. 착착 깔축없이 써는 칼솜씨를 보며 어디 세월이 공으로 갔을까 싶다. 도마와 칼이 합일슴—을 이루는 저 경지는 아마도 묵은 세월에서 나온 것이 분명하다. 할머니가 입은 적삼과 아래 속곳을 보니 봄과 여름이 함께 있다. 봄이 오나 싶더니 그새 갔다. 봄과 여름 사이 딱 요맘때가 아니면 결코 먹을 수 없는 것이 웅어다. 얼추 봄꽃이 지고 막 숲이 통통하게 살이 오르는 보리누름 즈음이 낙동강 웅어가 한창인 때다.

누룩 사러 고개 넘어 창녕장에 오니 시절 인연이 닿았는지 귀한 웅어를 만났다. 작정하지 않고 만나니 더 반갑다. 국밥집 뒷골목에 좌판 하나 두고 앉아 할머니 봄과 여름 사이를 곡진하게 썰고 있다. 움푹하게 볼우물이 패인 도마를 보니 세월이 그곳에 소복하다. 칼이 도마를 삼키는 동안 할머니는 철 따라 다른 고기를 썰며 계절을 건넜으리라. 긴 세월을 그저 보내지 않은 할머니의 칼솜씨가 웅어에 감칠맛을 더한다. 곰곰이 생각해보니 맛과 오래됨은 늘 한 몸처럼 같이 다닌다. 칼이 닳아 오래된 맛에는 아무나 흉내 낼 수 없는 진솔함이 배어있다.

할머니 칼끝에는 할머니만의 짭짤한 간기가 숨어있다. 간이 어디 소금에만 있으랴. 칼끝에서 무슨 양념이 나오는지 전어도 우럭도 할머니가 썰면 그 맛이 다르다. 고기의 두께와 써는 방향에 따라 전혀 다른 맛이 나기 때문이다. 도톰하게 썰어야 제 맛인 회도 있지만 뼈째 먹는 웅어는 가로로 놓인 뼈를 살짝 비틀어 써는 재주가 있어야만 씹는 내내 고소함을 느낄 수 있다. 뼛속 사정을 훤히 알고 있어야 가능한 일이다. 산란을 위해 먼 바다에서 민물까지 안간힘을 다해 거슬러 올라온 내력을 아는 사람만이 그 참맛을 느낄 자격이 있다. 맛은 혀가 느끼는 것이 아니라 뇌가 느끼는 것이 분명하다. 혀 안에 3천 개의 미뢰가 꽃봉오리처럼 혀를 감싸고 있어도 끝내 맛을 느끼는 것은 뇌를 통한 온몸이다. 할머니 세 가지 양념장과 함께 웅어 한 접시 소복하게 썰어낸다. 낡은 접시가 금방 환해진다.

웅어 맛은 솔직하고 소박한 데 있다. 소박하니 꾸밀 것이 없고 솔직하니 속내가 훤히 보인다. 맑고 투명한 웅어를 먼저 산초가 들어간 초장에 찍어 한입 먹어본다. 쌈과 채소를 곁들이지 않고 오롯이 웅어의 살만 즐긴다. 쫀득한 살에 풋 갈대 향이 스친다. 낙동강 하구언의 갈대밭과 먼 바다 냄새도 함께 난다. 익히지 않고 생것에만 숨어 있는 살아있는 맛이다. 알싸한 산초 향이 매운 초장과 어우러져 웅어는 금방 입안에서 사라진다. 사라진 후에도 오래 혀 밑에서 단내가 올라온다.

다음은 겨자장과 함께 먹어보니 톡 쏘는 맛과 함께 웅어 특유의 맛이 느껴져 그 오묘한 향을 뭐라 말로 표현하기 어렵다. 간장에 푼 고추냉이의 매운맛이 순한 웅어 살을 단숨에 감싸 안는다. 씹으면 씹을수록 입안이 화하다. 박하사탕을 먹고 난 뒤 입안에 이는 시원한 바람 같다. 후후 바람 소리를 내면 금방 입안에서 강바람이 불어올 것 같다.

마지막으로 할머니가 비장의 무기처럼 내놓은 묵은지와 된장이다. 회에 무슨 된장이냐 싶겠지만 썻은 묵은지에 된장을 넣고 웅어 한 점 올려 먹으니 새콤한 김치맛과 구수한 된장이 절묘하게 섞여 웅어 맛을 더욱 돋운다. 오래 씹으니 상큼한 수박 향이 나는 빙어 못지않다. 할머니가 내어준 장醬과 고기는 서로 스미되 들뜨지 않고 씹을수록 섞여 다른 맛을 낸다. 스미고 섞여 이루어 내는 맛, 참으로 재미롭다.

재미난 맛은 매 순간 변한다. 본디 맛이란 참으로 주관적이라 똑같은 음식을 먹고도 다 다른 맛을 이야기한다. 각자가 지닌 추억과 시간을 함께 버무려 먹으니 그 맛이 다를 수밖에 없다. 마지막 한 점까지 다 먹고 일어서니 어디 배만 부르랴. 미뢰를 풍요롭게 자극하던 할머니의 칼솜씨가 웅어보다 더 맛깔스럽다. 무릇 칼 속에도 맛이 있나니. 미뢰를 살아 꿈틀거리게 하는 오지고 푸진 맛.

* 미뢰 - 혀에 있는 맛을 느끼는 꽃봉오리 모양의 기관

도심의 새

김태엽

늦가을의 정취가 온 세상을 뒤덮고 있다. 한국의 경치를 금수강산이라고 하는 말이 실감나는 계절이다. 가을은 결실의 기쁨도 있지만, 온갖 색깔로 물든 나뭇잎들이 우리들 마음을 위로해 준다.

산에도 단풍이고 거리에도 단풍이다. 아파트가 들어선 도심에도 늦가을의 단풍이 그 자태를 뽐내고 있다. 아파트의 건물과 건물 사이에 자라는 여러 종류의 나무에도 단풍이 한창이다. 빨강, 노랑, 주황, 갈색의 단풍이 무르익어간다. 사람도 나이 들어 단풍과 같이 긍정적인 관심을 받으면 얼마나 좋을까. 젊어서부터 정직하게 열심히 일하고 베푸는 마음으로 살아가면 그렇게 될 수 있을까. 지나온 시간 동안 내 나름으로 최선을 다했음에도 아쉬움이 가득 남아 있다. 그러니 인간사를 어찌 무한한 자연의 질서에 견줄 수 있겠는가.

우리가 사는 아파트에는 소나무와 대나무 그밖의 낙엽수들이 함께 자란다. 건물을 지은 지 꽤 오래되어 나무들이 크다. 푸른 솔

잎과 죽엽이 잡목의 단풍을 배경으로 더욱 푸르게 보이고, 곱게 물든 단풍이 소나무, 대나무와 어우러져 그 빛깔을 자랑한다. 굳이 멀리 단풍놀이 가지 않고도 가을빛을 즐길 수 있다. 아파트 사이사이에 큰 나무들이 뒤섞여 있어 작은 숲을 이룬다. 시멘트로 지은 딱딱한 아파트지만 나무들이 있어 제법 아늑하고 부드러운 주거공간이다. 사람들이 공동으로 생활하는 아파트에 온갖 나무들이 함께 자라는 모습이 이제 낯설지 않다. 사람이든 식물이든 홀로 살아가면 외롭다. 서로 의지하며 어울려 있으면 좋다. 아침마다 창문을 열고 내다보는 가을 경치가 풍경화처럼 정겹다. 9층에서도 바깥의 단풍과 소나무가 잘 보여서 마냥 즐겁다. 옆 아파트의 큰 소나무들도 가까운 우리 집에서는 한눈에 들어온다. 그러니 두 아파트의 나무들이 모두 우리의 정원수다.

이른 아침 거실에서 밖을 보며 맨손 체조하는 게 내 일상이다. 바깥의 키 큰 소나무가 보란 듯이 싱그럽다. 사람과 나무가 서로 바라보며 아침을 맞는다. 나무와 사람들이 함께 살아가는 공간이다. 나무와 사람 사이의 거리감이 별로 없다. 푸른 나무에 친밀감이 간다. 나무는 나를 의식할까. 사람이 나무를 괴롭히면 나무가 아파할 게다. 나무는 사람에게 맑은 공기와 많은 걸 제공한다. 나는 나무에 뭘 주었는가. 물을 한 번 주었는가. 비료 한 줌 뿌렸는가. 받기만 해 왔다. 고마운 마음이라도 가져야지. 집 안에서 보는 나무는 산에서 만나는 나무와 다르다. 식물과 동물은 생명체라는 공통점을 가진다. 식물이 존재하지 않으면 동물의 존재도 불가능할 것이다. 그러니 모두 공동운명체로 살아가는 존재다.

미국 '과학한림원'의 최신 회보에 스페인 바르셀로나의 '환경전염병학연구소'에서 발표한 논문이 실렸다. 2012년 1월부터 14개월간 그 지역의 7~10세 어린이 2,593명의 인지능력변화를 측정했는데, 학교 주변에 숲이 많고 적음의 정도에 따라 어린이들의 지적능력 향상과 관련이 있다는 결과가 나왔다. 그 이전까지 숲이 정신건강에 좋다는 연구보고가 있었으나, 지적능력을 개선한다는 연구는 처음이라 한다. 이뿐 아니라 어린이들이 자연 속에서 성장하면 더 적극적이고 활동적으로 행동하고, 자제력과 창의력을 갖게 된다는 연구 결과도 있었다. 이것은 어린이에게는 물론이고 성인의 경우에도 적용될 수 있을 것이다. 어쩌면 나이가 들수록 더 그럴 듯하다. 가능하면 나무가 많은 산이나 숲이 우거진 곳에서 시간을 보내자. 다행히 우리가 사는 아파트에는 나무가 많다. 그리고 가까이 나지막한 산이 있다. 주민들이 아침저녁으로 찾는다. 심지어 늦은 밤에도 산에 오른다. 대부분이 이 산 때문에 다른 곳으로 이사하지 못한다는 말을 한다. 나도 그렇다. 숲과 사람과의 관계를 굳이 연구하지 않더라도 이미 그 결과를 경험으로 알고 있는 게 아닌가. 우리 조상들이 수천 년 전부터 자연 가까이서 살아왔다. 삶을 통한 그들의 지혜로운 경험이 현대의 과학적인 연구결과와 크게 다르지 않다. 이론과 경험은 모두 필요하다. 하지만 우리들 삶의 경험이 어려운 이론보다 더 실감나는 현실이다.

아파트 마당에서 보는 나무들과 위에서 내려다보는 나무들의 모습은 같지 않다. 아래서 보는 나무는 위로 자란 모습을 보지만,

위에서는 좌우로 자란 나무의 모습을 본다. 내려다보면 갖가지 색깔의 나무 잎사귀들이 뒤엉켜 있어서 마치 여러 색깔의 물감으로 모자이크한 방석을 펼쳐놓은 듯하다. 옆에서 보는 나무는 키가 각기 다르지만, 위에서 보는 나무는 키의 차이가 잘 드러나지 않는다. 서로 다른 높이의 나무들이 평평한 푸른 색 방석 같이 보인다. 아래로 가볍게 뛰어내리더라도 평퍼짐한 나무숲이 떠받쳐 줄 것만 같다. 오래 전 어느 가을날, 지리산 천왕봉에서 붉게 물든 산 아래쪽을 향하여 뛰어내리고 싶은 충동을 느꼈던 생각이 난다.

큰 나무 위로 새들이 날아다닌다. 철새들이 날아드는 것은 거의 볼 수 없다. 대부분 텃새들이다. 자주 나타나는 새의 종류가 여러 가지다. 까치, 까마귀, 참새, 비둘기 등등 이름을 알 수 없는 새들도 많다. 목과 다리가 긴 왜가리와 비슷하게 생긴 새도 이따금 찾아든다. 사람에게도 나무와 숲이 필요하지만 새들은 나무와 숲이 그들의 집이다. 새들이 거기서 잠을 자고 생활하는 공간이고, 둥지를 틀고 알을 낳고 새끼를 키우는 보금자리다. 바람이 불어도 비가 내려도 새들은 나무에서 지낸다. 새가 찾지 않는 나무는 기능을 상실한 나무다. 나무와 새는 떨어질 수 없는 자연의 일부다. 우리 아파트의 나무에도 새들이 집을 짓고 새끼를 키운다. 도심에 있지만, 나무가 무성해서 새들이 많이 찾아든다. 가까운 곳에 산이 있는데도 그렇다.

비행기가 날아가는 길이 있듯이 새들도 날아다니는 길이 있는 모양이다. 높은 층수의 아파트가 동서쪽으로 뻗어 있어서 새가 남북으로 오가려면 그 위로 날아야 한다. 실제로 건물 바로 위로 날아다니는 새는 적다. 그보다 훨씬 높은 허공으로 날아다니는 새는 많다. 대부분의 새들은 건물이 뻗어 있는 동서쪽 방향으로 날아다닌다. 새들이 날아다니는 길을 건물이 가로막고 있으니, 건물 늘어선 방향으로 날 수밖에 없다. 새들이 남북 방향으로 날고 싶어도 높은 건물 때문에 다른 방향으로 우회한다. 새가 사방으로 자유롭게 날지 못하는 곳이 아파트가 밀집한 도심이다. 그러나 도심에 사는 새들은 그 나름대로 적응한다. 아파트 근방에 사는 새들은 활동에 제약을 받긴 하나, 주변의 환경조건에 적응하는 방식을 익힌다. 가끔 건물을 마주하고 날아오르려다 실패하는 새가 있다. 두어 번 시도하다가는 방향을 틀어서 날아간다. 생명을 가진 존재들은 본능적으로 생존 방법을 스스로 터득하는가 보다. 아파트 단지 안에서는 두어 마리씩 난다. 나란히 날거나 앞뒤로 줄 지어 날아간다. 더러는 길을 잃었는지 혼자서 이리저리 헤매는 새도 있다. 사람도 자신의 인생길을 바로 찾지 못해 시행착오를 겪듯이. 새나 사람이나 헤매기는 마찬가지다. 눈을 크게 뜨고 조금 멀리 내다보면 건물을 피해 날 수 있고, 사람도 생각의 관점을 조금만 바꾸어도 더 나은 길을 찾을 수 있을 것이다. 어떤 새는 건물의 창을 벗어나지 못하고 거기서 맴돌기만 한다. 또 아래위로 오르내리기만 할 뿐 좌우의 방향으로 날아가지 못한다. 사람들은 새가 어디든 자유롭게 날아갈 수 있는 줄 안다. 날개가 있으니 어디나 마음대로 날아갈 수 있을 것 같다. 박목월의 시 '그리움'에는 구름이 날개 펴고 산을 넘어간다는 구절이 나오고,

또 영어에 "내가 새라면 너에게 날아갈 텐데."라는 문장이 있다. 새의 날개는 자유를 상징한다. 하지만 구름도 바람에 의해 날아가는 방향이 정해지고, 새도 장애물이 있으면 마음대로 날아가지 못한다. 사람에게 자유가 최고의 가치지만, 그 자유에도 한계가 있기 마련이다. 무한한 자유는 세상 어디에도 존재하지 않는다. 날개를 가진 새도 날아가지 못하는 데가 있다. 아파트에서 그걸 쉽게 볼 수 있다. 사람이 자신의 자유를 누리려면 다른 사람의 자유도 함께 보장해야 한다. 그렇지 않으면 자유의 평등성이 깨진다. 저마다의 자유를 위해선 공익이 전제되어야 한다. 남의 자유를 제한하고 자신의 자유를 누리려는 것은 자유의 본질을 상실한 불평등이다. 개인의 자유는 공존의 순리에 맞아야 하다. 제한된 자유의 소중함을 모르면 진정한 자유는 저만큼 멀어질 것이다.

이 세상 그 어떤 존재도 자유를 독점할 수는 없다. 풀 한 포기도 나무 한 그루도 그렇다. 허공을 나는 새나 땅을 딛고 사는 사람도 마찬가지다.

커피칸타타

박기옥

내 이럴 줄 알았다. 집에서 새는 바가지가 밖에선들 무사하랴. 이번에는 커피다. 데이트 나갔던 딸아이가 찬바람을 일으키며 제 방으로 쌩 들어간다. 엄마 등쌀에 세 번이나 만났는데 만날 때마다 자판기 커피만 권하더라는 것이다. 식사비에 버금가는 커피는 사치라는 주장이었다고 한다. 딸은 커피를 음식 값과 비교하는 남자가 불편했고 남자는 여자의 커피 선호가 거북했던 모양이다. 난감한 일이다. 화성 남자와 금성 여자가 만난 건가.

젊은 날의 내 모습이 떠오른다. 둘만의 오붓한 자리를 마련한 남자가 다방에서 커피를 시켰을 때였다. 오후였는데도 남자는 '모닝커피' 란 것을 시켰다. 커피에 계란 노른자를 띄워주는 '특커피'였다.

그의 입장에서는 여자에게 비싸고 좋은 것을 사 주고 싶었는지도 몰랐다. 그러나 나는 평소에도 날계란이 싫었다. 비릿한 맛이 커피에 섞이는 건 더욱 싫었다. 커피 한 잔에서조차 영양가를 따지는 남자도 재미없었다.

난처했던 일은 그 다음에 일어났다. 상식적으로 계란 노른자는 스푼으로 조용히 떠서 한 입으로 먹는 법이다. 그런 다음 커피는 커피대로 마시면 될 일이다. 그런데 남자는 스푼으로 노른자를 깨뜨리더니 커피를 홀홀 젓는 것이 아닌가. 순식간에 커피는 커피 죽이 되고 말았다. 그는 그것을 입가에 몇 방울 묻혀가며 허겁지겁 떠먹었다. 아, 그 코믹하고 갑갑한 모습이라니!

딸아이가 제 방에서 비디오의 볼륨을 높인다. 하필이면 바흐의 〈커피 칸타타〉다. 영주領主의 딸이 시집은 안가고 커피 마시는 데만 정신이 팔려 있다. 영주가 단단히 화가 났다.

"아, 이 몹쓸 딸 같으니! 커피 좀 그만 마시고 시집이나 가라니까!"

"오, 아빠 그런 말씀 마세요. 커피를 못 마시면 나는 아마 구운 염소고기처럼 쪼그라들고 말 거예요. 천 번의 키스보다 더 달콤하고 맛있는 이 커피를!"

똑, 똑. 아이의 방문을 연다. 쟁반 위에 에스프레소 두 잔을 준비했다. 일반 커피의 열배를 농축하여 진하고 쓴 맛이다. 비디오를 끄고 아이 옆에 앉아 눈을 맞춘다.

"요즘은 애견카페에서도 커피향내를 풍겨 개들이 신났다네요."

아이가 내 눈치를 보며 선수를 친다.

"자판기 커피도 취향이야. 바흐도 달짝지근한 일회용 커피를 좋아했다더구만."

에스프레소를 한 모금 마신 딸이 얼굴을 찡그린다. 바로 이 때다! 주먹을 들어 딸의 머리를 힘껏 쥐어박는다.

"인생이 본디 쓰디 쓴 거다. 아무려면 남자가 커피보다 못할까."

부지깽이로 쓴 편지

박동규

　나의 시골 동네에 또출 아제가 살고 있었다. 집안이 찢어지게 가난하여 또출 아제는 남의 집 머슴으로 일하며 새경을 받아서 식구가 오순도순 살았다. 외아들인 창래는 머리가 영리하여 고등학교는 시골에서 마치고 대학은 서울에서 공부하였다.

　또출 아제는 아들의 장래를 항상 걱정하였고, 자식의 후일을 생각하면서 부부는 열심히 일한 대가로 받은 새경으로 아들의 뒷바라지를 열심히 하였다.

　어느 날 또출 아제는 아들 창래의 안부가 걱정이 되어 누런 시멘트 포대 종이를 구해서 검정이 붙어 있는 부지깽이로 '人人人人人' 하고 편지를 썼다.

　그리고 남은 시멘트 포대 종이의 조각을 가위로 오려서 편지 봉투를 만들었다. 주소는 서당에 가지고 가서 붓으로 적어 달라고 하여 서울에 있는 아들 창래에게 부쳤다. 또출 아제는 자식에게 편지를 썼다는 자부심에 매일 같이 흐뭇한 마음으로 머슴살이도 신나게 하였다.

며칠 후 서울에 있는 아들에게서 편지의 답장을 받은 또출 아제는 신명이 났다. 옆집에 가서 편지를 읽어 달라고 하니, 아버지의 편지는 잘 받았으며 공부 열심히 하고 있다는 내용이었다.

창래는 방학 때면 고등고시 준비를 위하여 시골에 내려와서 공부를 하였다. 토담집 작은방에 밤낮이 구별되지 않도록 멍석을 방문과 광창에 치고는 용변 보는 시간도 아까워 요강도 방안에서 사용하며 지독하게 공부하였다.

가끔 밥을 먹기 위하여 바깥을 나올 때면 호롱불에 머리가 그슬었고, 얼굴은 씻지 않아 엉망진창이 되어 있었다.

대학 졸업과 동시에 창래는 고등고시에 합격하여 검사가 되었고, 서울의 부잣집 딸과 결혼하여 고래 등 같은 기와집에 살게 되었다. 워낙 가난한 또출 아제는 결혼식에 참석하지 못하고 또출 아지매 혼자만 보냈다.

다음 해 손자의 백일을 맞아 자식 집에 가기 위하여 또출 아제는 검정고무신을 짚수세미로 닦고, 평소에 입던 옷을 빨고, 두루마기도 풀을 먹여 다듬이질하여 줄을 반듯하게 세웠다.

수수를 디딜방아에 빻아서 가루를 내어 수수부꾸미를 만들고, 찹쌀인절미와 절편을 만들어 삼베 보자기에 싸서 당일 새벽에 서울 가는 경기여객의 첫차를 타고 을지로 6가 버스종착지에 도착하였다.

아들의 집에 도착한 또출 아제는 으리으리한 기와집에서, 윗옷을 벗고 도끼를 들고 집안의 귀퉁이에 쌓인 장작을 패기 시작하였다.

어느덧 창래의 집 마루엔 손님들이 모여들기 시작하였다. 판사, 검사, 경찰서장, 여러 친구들이 모여서 와자지껄하였다. 그 중에서 창래와 가장 가까운 판사 친구가 "저기 마당에서 장작을 패시는 어른은 누구신가?" 하고 물었다.

창래는 새까만 얼굴에 검정 고무신을 신고 남루한 옷을 입은 자기의 아버지를 보니 순간적으로 창피하고 부끄러운 생각이 들었다.

"으음, 우리 집 하인이야." 이렇게 말을 하고 말았다.

또출 아제는 머리에 피가 거꾸로 솟구침을 느꼈다. '저 저 놈이 내가 얼마나 저를 애지중지 키웠는데…. 저런 말을….'

또출 아제는 부르르 떨리는 마음을 가누지 못하고 대청마루로 달려갔다. 그리고는 마루에 서서 "예, 저는 이집 하인이 맞습니다. 그렇지만 창래는 제가 낳았습니다. 창래 주인님! 하인은 물러 갑니다." 하고는 가지고 갔던 수수부꾸미, 찹쌀인절미, 절편을 싸 가지고 시골집으로 내려왔다.

백일잔치에 온 손님들은 "사람이 어찌 그럴 수가 있느냐? 쯧쯧!" 혀를 차면서 한 사람 두 사람 자리에서 일어나더니 모두 돌아가고 말았다. 갑자기 일어난 일에 창래는 뒤통수를 망치에 얻어맞은 듯이 정신이 아뜩하였다.

다음 날 창래는 고향의 부모를 찾아 갔지만 또출 아제의 "너는 내 자식이 아니다."는 말로 끝내 만날 수가 없었다. 서울의 직장에 돌아온 창래는 친구를 비롯한 주위 사람들의 냉소와 손가락질에 사직서를 내고는 결국 다른 직장을 구하였다.

얼마 후 창래는 아버지가 보낸 부지깽이로 쓴 편지를 가지고 서당 선생님을 찾아가서 그 내용을 알게 되었다. '사람(人)이면 다 사람(人)인가 사람(人)다운 사람(人)이 참다운 사람(人)이지.'

　죽을 때까지 자식과의 연을 끊은 또출 아제의 집터는 잡초가 무성하지만 아직도 시골구석에 보름달같이 온아우미溫雅優美한 이야기로 남아 있다.

억새는 홀로 울지 않는다

박미정

　동네 한 모퉁이에서 우연히 또 만났다. 시각장애 1급 장 지부장이다. 그 옆에서 길을 안내하는 여인은 그의 아내다.

　5, 6년 전, 내가 사회봉사를 활발히 하던 시절이었다. 시에서 주관하는 '시각 장애인 등반행사'에 봉사자로 참여하게 되었다. 해마다 시각장애인의 날에는 시 주관으로 '흰 지팡이날' 행사를 추진했다. 등반행사도 그중 하나로 봉사자 교육을 이수한 사람만이 참여할 수 있었다. 시각 봉사는 몸으로만 하는 것이 아니었다. 앞이 보이지 않기 때문에 출발에서 마무리까지 회원에게 주위의 배경이나 위험 물체에 대한 자세한 음성 전달이 매우 중요했다.
　행선지는 해발 756m의 화왕산이었다. 경남 창녕군의 군립공원으로 임진왜란 당시 곽재우 장군이 화왕산성에 의지하여 왜병을 물리친 곳이다. 일행을 실은 버스가 화왕산 주차장에 도착했다. 담당 팀장에게 산행에 필요한 기본적인 설명과 주의사항을 듣고 복지관에서 준비해 온 회원(시각장애인)의 도시락을 각 봉사자들이 챙겼다. 자료를 확인하니 시각장애인협회의 지부장이 나의 산행 동반자로 선정되어 있었다. 솔직히 일반 회원보다는 부담이 되었다. 서로 자기소개를 했다. 그는 어렸을 때 사고로 눈을 잃었다고 했다.

시작의 종소리로 발도장을 찍었다. 2인 1조가 되어 팔짱을 꼈다. 나는 우선 준비운동 겸 회원의 시각상태와 보폭을 확인하기 위해 주차장을 한 바퀴 돌아보았다. 복지관에서 건네준 자료처럼 그는 아무것도 보이지 않았다. 시각장애 1급은 정상 시력이 0.02다.

산행준비 마지막 단계는 화장실에서 소변보기로 생리현상을 맞추기로 했다. 되도록 봉사자가 회원을 배려하여 미리 소변을 보는 시간대를 조절한다. 등산 중에 시각장애를 가지고 있는 회원을 데리고 화장실을 자주 가는 것이 쉽지 않기 때문이다.

10월의 화왕산 날씨는 등산하기에 딱 좋았다. 시원한 바람과 눈부신 햇살은 그의 마음을 들뜨게 했나 보았다. 불어오는 바람과 새소리에 그는 잠시 목을 길게 빼어 자연의 소리를 '감과 촉'으로 느끼는 듯 보였다. 그 모습이 소년처럼 천진난만하여 마음이 아파왔다. 봉사자는 회원이 원하는 만큼 안내를 한다. 그는 목적지를 정상으로 정했다. 정상을 끝까지 오르는 1급 회원은 흔치 않았다. 2, 3급 회원은 물체 감지는 할 수 있으니 산 오르기가 훨씬 수월한 편이다.

팔을 돌려보고, 다리의 근육을 풀고 난 후 우리는 정상 돌진을 위해 손을 잡았다. 나는 빨리 억새밭이 보고 싶었다. 그러나 내심 산 중간 지점에 있는 환장고개가 걱정이 되었다. 고도의 오름이 환장할 정도로 힘이 든다고 하여 환장고개라 한다.

한 시간쯤 지났을까. 땀이 범벅이 된 그가 바윗돌에 발이 부딪혀 체중 전부를 나의 팔에 실어왔다. 나 또한 나무 밑동에 발이 걸려서 하마터면 좁은 산길에서 두 사람이 가파른 골짜기로 굴러떨어질 뻔했다. 아찔한 현기증이 등줄기를 훑었다. 누가 먼저랄 것도 없이 제자리에 털썩 주저앉고 말았다. 환장할 환장고개가 코앞에서 애를 태우고 있었다. 차라리 포기하고 싶었다.

"그 놈의 정상은 어디에 있는가?"

퍼질러 앉은 채로 울고 싶었다. 행사 시의 불상사를 대비하여 회원과 봉사자의 1일 상해보험을 넣는 이유를 이해할 수 있었다. 엎어진 김에 쉬어가야겠다는 생각에 간식 보따리를 풀었다. 먼저 그에게 간식과 물로 시장기를 면하게 하고 남은 물을 벌컥벌컥 소리 내어 마셨다. 몇 분이 지나자 호흡이 편안해졌다. 침묵 속에서 나는 생각했다. 그가 내 손을 놓지 않는 한 포기할 수 없다. 아직 시간은 충분하다.

용기를 내어 그의 손을 다시 잡았다. 다리에 힘이 빠져 후들거렸지만 숨쉬기는 한결 편안했다. 나는 그와 노래를 불러보았다. 옆으로 지나가는 일행들이 웃으며 응원했다. 그러나 시간이 흐름에 따라 몸의 균형이 조금씩 깨어지고 있었다. 그를 밀고 당기는 나의 팔은 서서히 감각을 잃어갔다. 발바닥이 화끈거리고 땀과

흙에 절은 등산복은 노숙자를 생각나게 했다. 그와 잡은 손안에 고인 땀이 물이 되어 질퍽질퍽 밖으로 탈출하며 난리를 쳤다. 바람도 잠이 든 오르막길에서 두 사람의 신음 소리가 높아질 즈음 산정상이 눈앞에서 손짓을 했다. 나도 모르게 환희의 목소리로 부르짖었다.

"지부장님 정상이 우리 앞에 있습니다."

'눈앞에 보인다.'는 말은 차마 할 수 없었다. 그는 감격과 안도의 미소를 지으며

"봉사자님 고맙습니다."

우리는 서로 얼싸안았다. 누가 먼저랄 것도 없이 어깨를 들썩이며 울음을 터뜨리고 말았다. 일반인보다 두 시간이나 더 걸린 그와 나의 사투였다.

우리는 잠시 억새밭에 앉아 커피 한 잔의 여유를 가졌다. 6만 평의 광활한 대평원의 억새밭이 솜이불을 두른 듯 장관이었다. 무리지어 핀 억새는 홀로 울지 않았다. 정상을 향해 밀고 당기며 한 몸으로 울었던 우리처럼 불어오는 바람결에 서로를 부둥켜안고 '으악으악' 울음을 토했다. 오죽하면 억새를 '으악새'라고도 하겠는가.

동네 어귀를 지나 멀어져가는 그들 부부의 뒷모습이 다정했다. 고통을 이겨낸 사람에게서만 볼 수 있는 안정감이 그들 부부를 결속하고 있음에 틀림없었다. 나는 무리지어 울던 억새를 떠올리며 걸음을 옮겼다.

내 안의 뜰

박정자

　우리 집 앞에는 공터가 있다. 그곳에는 곡식도 채소도 심지 않는다. 하지만 텅 빈 곳은 아니다. 이름 모를 풀들이 빈틈없이 가득 살고 있다. 복지시설 건축지라고 한다.

　내 마음에도 뜰 하나가 있다. 내 안의 뜰에도 잡초가 우거져 들꽃이 피기도 하고 독초가 자라서 아프게도 했다. 독초는 뽑고 꽃만 남겨놓고 싶지만 처음부터 구별하기는 쉽지 않다.

　살다보면 생각과 다른 현실을 만나기도 한다. 나는 직장생활을 하면서 아이들 셋을 키우느라 바빠서 절절매며 뒤돌아볼 겨를도 없었다. 그들을 다 독립시키고 나니 마음이 홀가분하여 이제 자유롭게 살 것 같았다. 그러던 어느 날 다른 곳에 살고 있던 두 분이 나를 찾아오셨다. 친정 엄마는 시골에서 살다가 치매가 와서 혼자서 생활을 할 수 없었고, 시어머님은 둘째 동서 집에서 손자를 돌보다가 장남인 우리 집으로 오셨다. 친정 엄마는 직장 다니는 나를 위해 아이들을 맡아 보살펴 주었다. 모두 나에게는 당당한 분이시다. 두 분은 처음에는 친구처럼 좋아하셨지만 그것도 잠깐이고 어린아이처럼 수시로 삐치는 것이다.

시골 생활에 익숙한 엄마와 서울 생활에 길든 시어머님은 습관과 생각이 늘 달랐다. 시장에서 파 한 단을 사 오면 엄마는 화분에 심어놓고 한 뿌리씩 뽑아 먹으면 된다고 하지만 어머님은 깨끗하게 씻어 적당히 잘라서 비닐용기에 담아 냉장고에 보관하면 편리하다는 차이다. 소소한 일이지만 누구도 양보할 기미가 없다. 나는 그 후로 뿌리 잘린 파를 사기로 했다.

두 어른과 함께 살게 되면서 수시로 발생하는 스트레스는 내 안의 뜰에 뿌리를 내리면서 기쁨과 즐거움을 뽑아냈다. 출가한 딸은 내가 그랬듯이 친정 엄마인 나에게 아이들을 부탁했다. 그들은 내 삶의 자유를 뽑아버렸다. 남편은 퇴근 시간 기다림으로 지치게 하던 일은 없어졌지만 퇴직 후에는 대부분 집안에서 머물고 외출이 드물다.

나는 예전보다 더 편하지도 않고 마음에 쉼도 없었다. 남편은 집안 분위기가 불편해지면 시어머님 방으로 가서 장모님은 몸이 불편하시니 어머니가 참으라고 이야기를 하는 눈치다. 그러고 나면 표정이 굳어진 모습으로 아들이 장모만 좋아한다고 식사를 거른다. 상황 파악 안 되는 친정 엄마는 사돈 어디가 아프냐고 위로한답시고 이야기를 건다. 내 입장은 이러지도 저러지도 못한 채 답답한 시간이 늘어 갔다.

정보지를 통해 수필 교실을 찾아갔다. 수필 공부가 재미있었다. 나의 답답한 마음을 누구에게 하소연할 수도 없는 터라 글로 쓰기 시작했다. 다른 곳에 신경을 돌려보려는 생각이었다. 글로 쓰려면 이론을 정리해야 되고 자기반성도 하게 된다. 그렇게 글을 쓰며 몇 개월쯤 지나자 주위에서 내 얼굴이 밝아졌다고 했다. 남편도 수필을 배우면서 내가 변했다며 좋아하였다.

음악치료가 있다는 말이 있듯이 문학에도 치유의 효험이 있는 것일까. 수필 쓰기를 잘했다고 생각했다. 하지만 내가 등단을 한다는 생각은 엄두도 내지 못했다. 그런데 수필을 지도해 주시던 선생님이 작품을 한번 발표하라고 했다. 수필시대에 「꼴뚜바위」 원고를 보내고 수필로 2010년 11월 신인상을 받게 되었다.

수필 쓰기는 내 삶을 변하게 하였다. 평소에는 스트레스이던 내 환경들이 수필의 자료로 보이는 것이다. 사물을 보는 시각이 더 친밀하게 되고 사람의 삶을 깊이 생각하게 만들었다.

내 안에 힘든 십자가는 다른 사람에게 또 다른 모습으로 존재하고 있었다.

누구에게나 어둠과 밝음이 공존하는 삶의 모습을 보게 된 것이다. 친정 엄마가 노인병원에 입원하신 후 「버즘나무」를 쓰고, 시어머님과 살면서 「시선」을 창작하였다. 명절에 자녀들이 다녀간 후 「추석에」를 쓰고, 블랙스완 영화 관람을 하고는 「완벽한 무대」를 쓰게 되었다. 교회에서 주방 봉사를 하면서도 「밥」을 썼다.

나는 수필을 쓰면서 삶의 활력소가 생겼다. 이렇게 수필을 사랑하게 된 동기는 좋은 선생님을 만났기 때문이다. 소진 선생님이 살갑게 가르쳐 주시고 용기를 주었다.

들꽃도 가꾸면 화초가 된다. 이제 내 안의 뜰에는 잡초가 아닌 아름다운 이야기꽃이 피어나고 있다. 그 이야기는 내 울타리를 넘어 담 밖으로 나섰다.

수필가란 이름표가 붙었지만 도리어 무겁고 부담스러울 때도 있다. 국문학을 한 것도 아니고 독서를 많이 하지도 못했다. 하지만 내가 할 수 있는 범위 내에서 글을 쓰려고 한다. 언젠가 공터에 복지관이 세워지기를 기다리는 주민들의 꿈처럼, 좋은 수필 쓰기를 꿈꾸면서 변함없이 용기를 주시는 소진 선생님에게 감사를 보낸다.

가을과 오미인

배해주

가을이다. 가을은 거둠이 있어 물질적으로 풍요롭다. 덩달아 마음도 푸근해지는 그런 계절이다. 세상이 넉넉해지면 사람들은 맛을 찾는다. 그 맛 하면 빼놓을 수 없는 것이 있다. 오미五味 즉, 다섯 가지 맛이다.

중국 고사에 오미영인구상五味令人口爽이란 말이 있다. '다섯 가지 맛이 입맛을 버린다'는 뜻인데 시고 쓰고 맵고 짜고 달다는 다섯 가지 맛이다. 음식에 비하면 식초, 술, 생강, 소금, 꿀이 그것이다. 제나라 환공은 천하에 미식가였는데 '오미五味가 입맛을 버렸다'라고 자주 말했다. 그러면서 '나는 맛이란 맛은 모두 보았는데 아직까지 인육人肉을 먹어 보지 못했다'라고 하자, 신하이자 천하의 요리사였던 역아易牙는 그 말을 듣고는 자신의 아들을 죽여 요리를 한 후 환공에게 바쳤다. 그러자 무서운 재앙이 닥쳤다. 이런 사실을 알고 있는 환공의 둘도 없는 친구 관중管仲이 환공에게 역아를 멀리하라고 하였으나 그 말이 귀에 들어오지 않았다.

그 후 관중이 죽자 환공은 역아의 관직을 빼앗고 추방했다. 그러나 세월이 흘러 오미五味에 맛들여진 환공은 견딜 수 없어 다시 역아를 불러 오미를 즐겼다. 역아는 거기에 만족하지 않고 반란을 일으켜 환공을 가두고 음식을 주지 않았다. 그러자 환공은 목을 메어 자살했다는 이야기이다.

우리 입맛에는 다섯 가지 맛이 소중하다. 하지만 거기에 빠지면 헤어나지 못한다는 교훈이 담겨있다. 그런 다섯 가지 맛을 가진 열매가 요즘 우리 곁에서 사랑을 받고 있다. 시절이 오미자五味子의 수확기이다. 옛날에는 그리 환영받지 못한 열매였다. 그러나 최근에는 웰빙에다 건강식품이 인기를 누리자 오미자를 찾는 사람들이 부쩍 많아졌다는 소문이다. 여러 지역 중에 문경이 오미자를 제일 많이 생산하는 곳인데 1년에 3천 톤으로 전국 생산량의 45%를 차지하는 양이라고 한다. 그래서 문경에서는 해마다 오미자 축제가 열린다. 올해가 여섯 번째로 갈수록 찾는 사람이 많아지고 있다고 하니, 그 오미五味가 대단한 모양이다.

세상사도 오미五味와 비교되는 그런 일들이 있다. 어떤 사람이 없으면 일이 안되는 그런 경우이다. 하지만 환공이 그 오미 때문에 만사를 그르쳤듯이 그 사람으로 인해 일을 망치는 경우 또한 있다. 하지만 그 사람을 탓해선 안 된다. 오미五味가 입맛을 버리게 하지만 또한 그 오미가 살맛나는 세상을 만드는데 없어서는 안 될 필수 조건이기 때문이다.

이 가을 오미의 계절에 다섯 가지 맛이 나는 오미인五美人을 만나고 싶다. 즉, 부드럽고, 친절하고, 부지런하고, 자상하고, 성실한 그런 맛을 가진 사람이다. 가을 입맛에 오미五味가 있듯이 우리네 인간사에도 오미인이 있다. 맛에는 오미, 인간에게는 오미인이 이 가을을 넉넉하고 맛깔나게 해줄 것이라 기대해 본다.

황금이 소나기처럼 쏟아져도 사람의 욕망은 다 채워지지 않듯이 아무리 맛있는 오미五味라도 우리 모두를 행복하게 할 수는 없다. 그러나 오미인은 세상을 행복하게 하는데 부족함이 없으리라는 작은 믿음을 이 가을에 확인해 보고 싶다.

매화예찬

서정길

봄에 피는 꽃의 특징은 화사함에 있다. 만물이 잠든 때 피어나기에 더욱 정감이 간다. 지천에 흐드러지게 피는 개나리, 온 산을 분홍빛으로 물들이는 진달래며, 단아한 모습의 목련이나 눈이 시리도록 노오란 산수유의 아름다움은 계절의 극치이다. 시골 마을마다 연록의 바탕 위에 핀 살구꽃과 복숭아꽃에도 눈길을 뗄 수 없지만 엄동설한을 이겨내고 고목등걸에서도 꽃을 피우는 매화의 기품은 단연 돋보인다. 우리 선인들도 꽃 중에 으뜸으로 매화梅花를 꼽는데 주저하지 않았다. 옛 선비들은 사군자 중에서도 매화의 고고한 자태를 한 폭의 그림에 담아 자신의 의지로 승화시켰다.

굽이쳐 흐르는 낙동강이 잘 내려다보이는 고향마을에 안동 권씨安東 權氏 문중의 재실이 있었다. 담 모퉁이에는 한 아름이나 되는 목피가 갈라진 시커먼 둥치의 볼품없는 고매古梅가 있다. 그 고매는 봄의 전령사 인양 맨 먼저 연분홍 꽃을 피워 시린 겨울을 떨쳐내는 신비함을 지녔다. 누구하나 애정을 쏟지 않아 버려진 듯

했지만 손끝이 아려오는 추위에도 아랑곳 않고 핀 것이 어린 나에게 신비하기만 했다. 코끝을 가까이 하면 그 깊고 아늑한 향기가 좋아 몰래 꺾어 병에 꽂아 둔 기억이 새롭다.

매년 아내는 매화축제가 시작되는 3월에 섬진강 변을 다녀왔을 만큼 유독 매화를 좋아했다. 수 십리 길을 수놓은 매화를 즐기는 것이 연중 행사처럼 되었다. 매화와 관련된 서적을 탐독하고, 모임에서도 아내의 화두話頭는 매화 예찬론에서 시작된다. 수묵화 전시가 열리는 화랑에서는 매화 그림 앞에서 아예 눈길을 멈추고 만다. 지인에게 보내는 카드조차도 매화 그림을 택할 정도다. 몇 해 전부터는 시각의 즐거움을 미각으로 한 단계 업그레이드 시켜 놓았다. 제법 통통해진 꽃 봉우리를 따다 도자기에 고이 저장하였다가 찾아오는 손님에게는 의례 매화차를 내어놓기도 한다. 찻잔에 띄운 봉우리가 활짝 열리면서 뿜어내는 향기에 모두가 감탄한다. 매화에서 발산되는 향기만큼이나 삶을 풍성하게 꾸며나가곤 했다.

내연산 보경사 어귀엔 아직도 수령 수백 년의 고매古梅가 쓰러져 누워 있다. 갈라진 목피 사이로 어린 가지가 뚫고 나와 음표 같은 꽃망울을 조롱조롱 맺고 있다. 보는 이로 하여금 경탄과 애처로움을 동시에 느끼게 하는 고목, 속이 텅 빈 덩치지만 힘줄 같은 강인함이 자리 잡고 있다. 무릇 생명의 탄생에는 필연적인 고통을 감내해야만 하는지. 찬 기운이 가시지 않는 음지에서도 안간힘을 다해 생명을 키워내는 모습은 영락없는 어머니다. 거미가 자신의 몸뚱이를 새끼의 양식으로 내 주는 것처럼 자식을 위해 희생의 삶을 살아온 노쇠한 어머니 모습이 겹쳐졌다. 일순간 눈시울이 붉어졌다. 일행에게 "팔순을 바라보는 어머니 인생과 고목의 처지가 너무 닮아 가슴이 아프다." 했더니 "죽음은 또 다른 생명을 탄생시키는 우주의 질서"라며 위로를 해준다. 하산하는 동안 쓰러진 고매의 모습이 내내 눈에 밟혔다.

고향 면장으로 발령 받고 난 어느 날, 지리산 벽송사 서암에서 원응元應선사를 뵙게 되었다. 큰스님께서는 하직 인사 때 공직자의 바른 길을 가라며 글 한 점을 주셨다. 생전 처음으로 받은 글이라 집에 걸어두고 싶었다. 가보로 삼으라는 동료의 권유도 있었지만 사무실에 걸어 두고 공직자의 길잡이로 삼기로 했다. 현관 중앙에 걸어둔 그 글귀가 떠올랐다. "百世淸風 千秋香名"라는 내용이다. 만고풍상을 견디어 내고 피어나는 매화의 모습과 너무나 닮았다. 매화 향기처럼 위민봉사하는 공직자에게도 향기로움이 베어나야 한다는 큰 가르침을 마음 깊이 새겨본다.

오십이란 적지 않은 나이다. 삼십 년이란 짧지 않은 공직생활을 해오고 있다. 가슴 뿌듯한 일도 있었지만 적당하게 현실에 안주했던 일도 많았다. 힘든 일이 닥치면 적당하게 얼버무리거나 회피하는 재주야말로 멋지게 사는 것이라 여겼다. 세상과 적당히 타협하고 안주한 부끄러운 기억들이 신 포도주 맛처럼 뇌를 자극한다. 착각 속에 살아온 뒷모습이 한없이 부끄럽다.

새로 지을 집 뜰 앞에 매화 한 그루를 심고 거실에는 큼직한 설중매 한 폭을 걸어야겠다. 아내의 기쁨이 나의 행복이니 매화를 가까이 하는 것도 금슬琴瑟을 쌓는 것이리라. 옛 현인들은 매화를 두고 고결하고 청아한 품성의 기려 청우淸友, 청객淸客, 일지춘一枝春라 하지 않았던가. 화창한 봄날에 예사롭지 않은 멋진 친구를 만났다.

온달을 꿈꾸며

석현수

온달은
반달의 상대어로 만월滿月의
우리 말 표현입니다
온달은
모나지 않아 둥글며
한 달에 한 번씩 비웠다 다시 채워냅니다
온달은
어릴 때는 동경의 대상이었습니다
커서는 소원을 빌었습니다
풀리지 않는 세상살이의 답을 주는
신(god)이자 곧 해결사 였습니다
사연을 간직한 사람들의
하소연처였습니다
상처 받은 사람들의 위로였습니다
온달을

닮아가고 싶습니다

둥글게 살고 싶습니다

너그럽게 살고 싶습니다

베풀고 살고 싶습니다

누군가의 위로가 되고 싶습니다

내 삶의 모습이

저 달과 너무 동 떨어져 있기에

온달 마음 더욱 간절합니다

사람답게 살아야지 할 때

이렇게 사는 게 아닌데 할 때

비워냄 없는 욕심으로 가득 찰 때

마음이 모질어 질 때

떠 올리는

자기성찰自己省察입니다

온달을 그려 봅니다

온달은 어린것들의 유희遊戲요 동경憧憬이며

어른들의 위안慰安이요 신앙信仰이며

모든이의 희망希望이요, 이상理想입니다

온달을 꿈꾸며

온달로 살아가고 싶습니다

일편단심一片丹心 정淨한 마음

모든이의 가슴에

뜨고 지는 온달이고 싶습니다

삐딱선을 타다

성병조

어느 모임에서 들은 이야기가 참 재미있다. 구성원 중 한 사람은 항상 부정적이다. 대부분이 뜻을 같이하는 일이라도 그는 다른 시각으로 태클을 건다. 긍정적인 사람은 항상 긍정적인데 비해 부정적인 사람은 언제나 부정적으로 접근한다. 하도 말썽을 부리니 한 여성회원이 그를 두고 '삐딱선' 이라는 표현을 한 게다. 사전에는 '무언가가 못마땅하여 말이나 행동 따위가 비뚤어져 있는 상태를 비유적으로 이르는 말' 로 나와 있다. 주위에 삐딱선 타는 사람 없는지 모르겠다.

앉은 자리가 꽃자리

신재기

딸아이가 결혼을 하겠단다. 예상했던 바라 놀랍지는 않았으나, 순간 기쁨보다는 허전함이 더 크게 다가왔다. 올 것이 오고야 말았구나! 과년한 딸이 결혼하겠다면 아버지로서는 기뻐하는 것이 마땅하지 않겠는가. 딸 가진 아버지의 심술이란 말인가. 아마 애지중지 키운 내 자식을 빼앗긴다는 상실감이 본능적으로 앞섰으리라. 마음을 가라앉혔다. 그래, 이제 당연히 새로운 짝을 찾아가야지. 그게 세상 순리이기도 하고. 네가 이미 결정한 일인데, 부모의 의견이 무슨 소용이 있겠느냐. 알아서 하려무나. 하여튼 축하한다. 나는 어느새 서운함과 아쉬움을 누르고 적당한 타협의 접점을 찾아가고 있었다. 여유를 가져야 한다며 마음을 고쳐먹었다. 그러자 현실적인 문제가 하나둘 다가왔다.

사랑하기 때문에 결혼한다고 한다. 그렇다. 사랑은 결혼의 조건이고 가정을 이루는 원동력임이 틀림없다. 좋아하니까 함께하고 싶고, 사랑하기에 그 사람과 같이 살고자 하는 것이 아니겠는가.

결혼하여 부부가 동반자로서 인생길을 걸어가는 데 사랑은 꼭 필요한 것임을 누가 부인하랴. 또, 처음 느낀 사랑이 평생토록 간다면 얼마나 좋으랴. 그런데 사랑은 천의 얼굴을 가지고 있어 종잡을 수 없다. 남녀가 만나 사랑을 느끼고, 결혼이라는 제도로 맺어지기까지는 마법이 작동한다. 마법의 보자기가 벗겨진 후에야 두 사람은 진정한 사랑을 가꾸어간다고 볼 수 있다. 그것은 그냥 주어지는 것이 아니다. 오해와 눈물과 화해와 아픔의 시간을 함께하는 과정에서 싹튼다. 이런 과정을 거쳐야 두 사람은 서로의 소중함을 깨닫고, 신뢰의 탑을 쌓아갈 수 있으리라. 사랑보다 더 강한 힘은 믿음일지 모른다. 믿음 없는 사랑은 공허하며, 뿌리를 내리지 못하기 때문이다.

딸이 오랜 연애 끝에 결혼에 이르렀다. 이제 그동안 두 사람이 키워온 사랑의 감정을 현실 생활의 울타리 안으로 끌어들여 아름답게 가꾸어 갔으면 좋겠다.

결혼은 남녀 두 사람이 새롭고 특별한 관계를 맺는 일이다. '나'와 '너'가 만나서 '우리'라는 공동체를 만드는 것이 결혼이 아니던가. 이는 그 어떤 '우리'보다 특별하다. 현대에 와 결혼관이 크게 바뀌었으나 결혼이 각자 삶에 미치는 영향은 지대하다. 중요한 것은 '우리' 사이를 최적의 상태로 유지하는 일이다. 최적의 관계로서 '우리'는 '나'와 '너'의 산술적인 합을 뛰어넘어 새로운 '우리 사이'가 되는 것이다. 윤리나 제도에 의해 강요된 부부 사이는 낱낱의 두 개인을 필요로 묶어 둔 것에 불과하다. 인간적으로 가까운 '둘도 없는 우리 사이' 가 될 때 최적의 상태에 이른다. 이것은 '나' 속에 '너' 가 들어오고 '너' 속에 '내' 가 들어갈 자리를 마련하는 것과 다르지 않다. 그렇다고 '나' 를 완전히 버리고 '너' 속에 묻히는 관계도 일방적이어서 온전하지 못하다. 한 개체의 독립성과 우리의 '하나 됨' 이 동시에 존중되어야 한다는 뜻이다. 그런데 그게 어디 쉽겠는가. 살면서 조금씩 깨달아 갈 수밖에 없다. 깨닫고 나면 벌써 세월은 저만큼 지나고 만다. 후회만 고스란히 남긴 채로.

내 딸이라고 다르지 않겠지만, 온전한 '우리' 로 화합한 결혼생활이 되기를 아버지로서 간곡히 기원해 본다.

많은 사람이 결혼할 때 가장 중요한 것은 결혼 상대라고 생각한다. 배우자가 좋으면 결혼을 잘한다고 한다. 겉으로는 배우자가 성실한 사람이면 충분하다고 말하지만, 대개 그것은 헛말이다. 내심으로는 외모, 학벌, 직장, 집안 경제력 등과 같이 배우자의 조건을 따진다. 이 대목에서 에리히 프롬의 주장이 생각난다. 그는 『사랑의 기술』에서 사랑은 대상의 문제가 아니라, 주체의 능력이라고 했다. 사랑은 대상에 의해 수동적으로 주어지는 것이 아니라, 대상을 사랑할 수 있는 나의 능력으로 이루어낼 수 있다는 말이다. 결혼생활이 삐걱거리거나 부부간에 사랑이 식었다고 판단될 때, 대부분 모든 책임을 상대에게 돌린다. 내가 배우자를 사랑하는 능력이 부족하다는 점은 반성하지 않는다. 백마 탄 왕자가 달려와, 혹은 천사 같은 아름다운 공주가 다가와 나를 사랑해주기를 바라서는 안 될 일이다.

이제 결혼하여 새로운 삶을 꾸려갈 딸이 사랑받기를 바라기보다는 먼저 남편을 사랑하는 사람으로 살아갔으면 한다.

딸의 결혼을 앞두고 나는 지금 안절부절못하고 있다. 축하한다는 주위의 인사에도 기쁘거나 즐겁지 않다. 기쁨이 하나라면 걱정이 아홉이다. 아버지로서 염려가 앞서 딸에게 이런저런 다짐을 받을라치면 '모두 내가 알아서 한다.' 며, 마치 잔소리 듣는 것처럼 달가워하지 않는다. 괜한 걱정을 하고 있는지도 모르겠다. 자신의 일을 지혜롭게 판단할 충분한 나이가 되지 않았는가. 요새 젊은이 중에는 혼기가 넘쳤는데도 결혼을 미루거나 하지 않으려는 사람이 적잖다고 한다. 자식이 적당한 나이에 결혼하는 것은 부모에게 큰 효도라는 말에 다소 위안을 얻는다. 모든 것이 잘될 걸로 믿지만, 한편으로 막연한 걱정이 꼬리를 문다. 하지만 이제 일어나지도 않은 일로 애태우지 말자, 사서 걱정하지 말자, 인생 너무 어렵게 살지 말자, 라고 다짐해 본다. 시인 구상은 〈꽃자리〉라는 시편에서 이렇게 말한다. "반갑고 고맙고 기쁘다.//앉은 자리가 꽃자리니라.//네가 시방 가시방석처럼 여기는/ 너의 앉은 그 자리가/ 바로 꽃자리니라.//반갑고 고맙고 기쁘다."

내 딸아이도 살다 보면 어려움에 부닥칠 때가 있을 것이다. 그럴 때 어려움을 '꽃자리' 로 여기고 지혜롭게 헤쳐 나가기를 간절히 소망한다. "지원아, 네가 결혼하게 되어 아버지는 반갑고 고맙고 기쁘구나."

별을 업은 男子

신형호

세상은 온통 연둣빛이다. 햇살 머금은 은행잎들이 산들바람 한 줄기에 온몸을 뒤집는다. 화려하게 세상을 흔들던 벚꽃도 시나브로 제풀에 사라지고, 꽃이 진 자리마다 떨림으로 핀 새잎이 지천이다. 타성에 젖어 노곤해진 내 삶도 물오르는 수목마냥 활기를 찾는다. *가창 허브힐즈엔 봄이 목까지 차오른다.

조금 전 펼쳐진 야외무대의 춤 공연에는 젊음의 함성으로 산이 움찔거렸다. 말쑥한 정장차림의 사회자 입담에 소풍 온 아이들 얼굴에는 연방 웃음꽃이 핀다. 양손을 쳐들고 파도치듯 흔들기도 하고, 박자에 맞춰 손뼉을 치고, 소리 지르는 즐거움에 푹 빠져 있다. 뒤편 언덕 위 돌의자에 앉은 나도 젊은 *비보이의 춤에 환호를 보낸다.

언제부터였을까. 내 옆자리에 슬며시 다가선 남자가 있었다. 훤칠한 키에 삼십 대 초반쯤 되었을까. 차림새가 눈을 끌었다. 줄무

닉 티셔츠에 때 묻은 청바지가 후줄근하다. 등에는 세 살가량의 계집아이를 업었고, 오른손에는 소풍 가방을, 왼손에는 여섯 살쯤 보이는 사내아이의 손을 꼭 잡고 있었다. 주위를 돌아보아도 다른 사람은 없었다. 순간적으로 스쳐간 눈동자엔 알 수 없는 우수憂愁가 깔린 듯했다.

내 관심의 초점은 이 새로운 이방인에게 모였다. 무대에서 열연하는 비보이의 춤도, 사회자의 우스개도, 관객들의 반응도 뒤로 한 채, 바닷가에서 옆걸음으로 걷는 게를 관찰하듯, 관심이 없는 척하며 조심스레 지켜보았다. 빨간 모자를 쓴 계집아이의 눈이 별보다 아름다웠다. 무슨 까닭으로 아빠가 아이를 업고 왔을까. 휴일도 아닌 평일에 아이를 업고, 손을 잡고 나들이 나온 아빠. 며칠 동안 면도도 하지 않은 듯 꺼칠해 보이는 턱수염이 도수 높은 안경과 함께 내 가슴에 파고들었다.

얼마 전 친구들과의 모임에서다. 나날이 변해가는 사회에 어떻게 적응하는가가 주된 화제였다. 특히 남자들의 위상에 대한 이야기가 많았다. 갈수록 고개 숙인 남자들의 얘기로 끝이 없었다. 요즘 젊은이들은 이혼할 때 여자가 아이를 맡지 않겠다는 추세가 늘어난다고 한다. 물론 여자가 아이를 책임져야 한다는 법은 없다. 하지만, 부정보다 모정이 강한 것이 생명의 섭리인데……. 새 삶에 걸림이 된다고 아이를 포기한다는 것은 무엇인가 잘못돼가는 게 아닐까.

다시 남자의 손을 보았다. 툭박지다. 손가락 마디가 굵고 힘든 일을 해온 듯 억세고, 손등에는 힘줄이 불끈 솟아 있다. 몸에서 쓰디쓴 씀바귀 냄새가 풍긴다. 아이들의 엄마는 어디에 있는 것일까. 아픈 사연을 안고 헤어졌을까. 불치의 병을 앓아 하늘나라의 별이 된 것일까. 혼자 생각에 꼬리를 단다. 알 수 없는 연민이 치밀어왔다. 일어서서 심호흡을 한번 하고, 건너편 나뭇가지 끝에 새로 피기 시작한 잎을 바라보았다.

공연이 끝나고 점심 먹으러 가는 동안에도 머릿속에는 온통 그 사내 생각이 떠나지 않았다. 등에 업힌 계집아이의 까만 눈이 별처럼 떠올라 괜스레 푸른 하늘을 쳐다보았다. 평일이라 식당 안은 인기 없는 연극 공연장처럼 한산하였다. 깔끔하게 단장된 마루에 앉아 비빔밥으로 요기하고 느긋이 쉬고 있을 때이다. 한 젊은 부부가 아이 둘을 데리고 들어온다. 두 살과 다섯 살 쯤 되어 보이는 아이들이 마루를 뒤뚱뒤뚱 뛰어다니다가 서로 부딪혀 넘어진다. 자지러지게 우는 작은아이를 엄마가 안고 달랜다. 조금 후, 언제 그랬느냐는 듯이 빵긋 웃으며 내게 와서도 재롱을 부린다. 엄마의 손길 아래 이리저리 돌아다니는 모습이 귀엽다.

그때, 계집아이를 업은 한 남자가 들어온다. 공연장 뒤에서 본 그 사람이다. 이곳저곳 구경을 마치고 점심을 먹으러 온 것이리라. 그들도 내 옆에 자리를 잡았다. 조심스레 내려놓은 계집아이는 아이답지 않게 조용히 앉아 말이 없다. 이따금 맞은편 엄마 품에 안긴 아이를 물끄러미 쳐다보기만 할 뿐이다. 주문한 음식이 들어왔을 때 계집아이가 수저통을 열려다 물컵을 엎질렀다. 남자와 아이의 옷에 물이 주르륵 쏟아진다. "엄마!" 하고 놀란 아이는 울먹이며 어쩔 줄을 모른다. 당황하며 휴지로 황급히 정리를 하는 그의 눈동자가 촉촉이 젖어 반짝 빛났다.

잠시 후, 천천히 정성 들여 돈가스를 잘게 잘라주는 남자의 손에 사랑이 뚝뚝 묻어난다. 아이들이 맛있게 먹는 모습을 지켜보는 그는 마치 명징한 호수 같다. 자신도 천천히 비빔밥을 비벼 입에 넣는 얼굴이 묵직한 바위 닮아 믿음직하다. 불현듯, 그의 얼굴 뒤로 한 여자의 형상이 환영幻影처럼 피었다가 사라진다.

등에 별을 업고, 사내아이를 앞세워 문을 나서는 그의 머리 위로 무심한 햇살만 푸지게 쏟아진다.

책이여 영원하라

이경희

　내 주변에는 책을 재산목록 1호로 꼽는 이들이 꽤 많다. 세상의 모든 가치 중에 책을 우선순위에 두는 이들이다. 유유상종類類相從이라고 나 역시 그런 부류에 속하는 인간이다. 딱히 재산이라 내세울 만한 것도 없거니와 이사할 때 가장 덩치가 큰 것이 책이기 때문이다. 새 책을 펼쳤을 때 코끝을 스치는 냄새도 좋아한다. 또, 오래된 책에서 나는 곰팡내 비슷한 퀴퀴한 냄새조차 기분을 좋게 만든다. 책을 사들여 책상 위에 쌓아두면 마냥 행복하다.

　인터넷이 등장하기 전만 해도 책은 귀한 재산이었다. 금박이 번쩍이는 양장판 전집이나 하드커버를 한 두툼한 책은 교양인의 상징이었다. 책은 비싸고 귀한 특별한 존재로 인식되던 시절이었다. 그래서 자식이 책을 산다면 돈을 빌려서라도 손에 쥐어주곤 했다. 어느 날부터 동네 서점이 자본의 폭력에 견디지 못하고 사라졌다. 아쉽고 애석하다. 동네의 문화 사랑방이던 서점이 하나 둘 없어지고 그 자리에 휴대전화 대리점이 들어섰다. 책문화의 몰락이다.

20세기 근대의 지성사를 이끌어왔던 책이 지닌 독특한 가치는 점차 사라지고 있다. 대신에 상업성과 여가 소비를 추구하는 다양한 책들이 그 자리를 메워간다. 다른 상품과는 차별대우를 받던 책이 유감스럽게도 하나의 상품으로 전락했다는 말이다. 나도 다시 볼 가능성이 없는 책은 읽고 나서 버리거나 주변 사람에게 줘버린다. 책은 이제 극진히 모셔야 할 귀한 존재가 아니다. 그저 흔한 물건일 뿐이다.

호주 맥쿼리대학교(Macquarie University)의 미디어학과 교수인 서먼 영(Sherman Young)은 단호하게 "책은 죽었다(The Book Is Dead: long live the book)"라고 선언했다. 서먼 영이 말하는 책이란 "사상을 탐구하고 인간과 인간 사이의 대화를 촉진하는 책"을 말한다. 다시 말해 인간의 정신을 고양하고, 깊은 사유를 이끄는 무겁고 진지한 책을 지칭한다. 요즘 문화적 소품처럼 나오는 처세술이나 여행안내서, 다이제스트판 책들, 소형잡지 등은 '책 문화(book culture)'에 낄 수 없는 것들이다. 저자는 책 산업이 지니던 가치와 정체성이 변화했다고 말한다.

컴퓨터라는 뉴미디어는 책이 누려온 권좌를 뒤흔들어 놓을 만했다. 사람들은 이제 더 이상 종이책을 찾지 않는다. 종이책이 지닌 물리적 형태는 전자시대와 어울리지 않는다. 종이책은 아날로그 시대의 사유체계에서 벗어나지 못하는 나 같은 이들이나 종이책을 만질 때 전해오던 짜릿한 감촉의 쾌감에 중독된 자들만이 찾게 될 것이다. 대신 전자책이나 웹진이 중심에 이미 자리했다. 책이라는 존재의 정체성은 내용으로만 정의되지 않는다. 책을 둘러싼 주변과의 상호작용 속에서 개념이 만들어진다. 그렇다면 책은 '내용' 뿐만 아니라 포괄적인 '책문화' 라는 관점으로 바라볼 필요가 있겠다.

　책은 단순히 지식이나 정보만을 전하는 매체가 아니다. 책을 선택하고, 읽고, 저자와 대화를 나누고, 읽고 나서 글을 쓰고, 책꽂이에 꽂아두는 모든 행위에 관여한다. 이러한 전 과정을 통해 독자는 책과 깊은 대화를 나눈다. 설사 읽지 않은 책이라도 책을 바라보는 행위 자체가 이미 독서의 한 부분이라 볼 수 있다. 독서라는 행위를 통해 인간은 사유한다. 지식을 소비하는 것과는 차원이 다른 것이다. 셔먼 영은 "책은 죽었다"라고 외치지만, 역설적이게도 책은 영원하리라 믿는다. 종이책만이 지닌 몰입과 내면화된 상호작용의 가치는 점점 커질 테니까. 그리고 나와 타자 사이의 깊이 있고 의미 있는 대화를 이끄는 중요한 동력이니까.

알피니즘(Alpinism)을 태운 영혼

이병훈

　함께했던 꿈들은 그리운 산의 눈보라 속으로 떠나갔다. 생명의 무거움도 잊고 사는 듯한, 오직 산에 대한 마음과 열정 하나로 순수 알피니즘(Alpinism)을 추구했던 산 벗들, 명치가 아파오는 그리움과 미안함이 발자국마다에 그들 이름을 새겨 넣는다. 현희, 준석이, 우택이. 그들은 살아남은 자에게 망각보다 긴 기억을 남겨주고 가슴에 묻혔다.

　알피니즘이란 유럽의 알프스산을 중심으로 일어난 근대 산악 운동의 이념으로 알프스산군의 밑자락에서 초등시대인 황금시대 철의시대를 거쳐 지구의 최고봉인 히말라야로 펼쳐졌다. 당시 유럽과 영국의 귀족 사회에 고결한 품격과 자존감이 산을 통한 자아실현의 한 방식으로 시작된 것이 알피니즘의 이념이고 등산철학이다. 그런 순수한 정신으로 산에 동화된 산악인이라면 이 알피니즘을 자신의 행동철학으로 굳게 지키려 했으며 더 나아가 자신이 순수 알피니즘의 수행자로서의 역할에 최대의 가치를 부여했다고 할 수 있다.

마치 끝없이 펼쳐진 평원을 달려야만 존재를 확인하는 말의 푸른 갈기처럼 더 높은 곳을 향해 늘 펄럭이기를 갈망했다. 또한 이것이 알프스로, 히말라야로 좀 더 다가가고자 하는 힘줄이 되었다.

언젠가 겨울 설악산 적설기 종주훈련에서다. 등반대가 길을 잃고 링반데룽(Ring wanderung)으로 탈진했을 때 마지막 남은 생라면 한 개로 대원 네 명이 생명의 여린 가닥을 함께 움켜잡기도 했지만 서로 격려하며 결코 절망하지 않았다. 또한 공룡능선에서 하이포서미아(Hypothermia) 현상으로 현희의 입술이 새파랗게 넘어 갈 때, 자신들의 겉옷을 벗어 주고서, 뒤에 찾아오는 뼛속까지 아린 추위에도 결코 포기하지 않았다. 이 모두가 다 알피니즘을 같이 배우고 뜻을 같이한 산악인으로서의 헌신적 동지애였고 사랑이기도 했으며 궁극적으로는 넉넉한 산의 품속에 함께 있었기 때문에 가질 수 있는 자존의 희생정신이고 여유였으리라.

그 후 미련하리만큼 우직했던 준석이는 같이 간 대원을 구하려다 히말라야 얄룽캉의 크레바스(Crevasse)에서 영원의 미궁으로 젊디젊은 꿈이 되어 묻혀 갔고, 특유의 유머 감각으로 주변을 항상 밝게 비추었던 뚝심의 클라이머 우택이는 리더의 책임감과 등정의 중압감으로 8,000m의 외로운 고도에서 비박(Bivouac)을 하다 에베레스트 능선을 떠나지 못하는 눈바람이 되었다.

당차고 야무졌던 현희는 여성산악운동의 선두주자로 에베레스트의 등정을 성공하고 돌아와서도 알라인게엔(Alleingehen)으로 다시 등정 해 보겠다며 개척과 도전이라는 쉼 없는 욕구를 버리지 못했다. 그러던 어느 날 네팔에서 카라반에 들어간다고 연락을 해 왔다. 히말라야의 만년설에 산 친구를 둘씩이나 묻은 나로서는 가슴이 철렁 내려앉았다. 여자 혼자서 지구의 지붕이라 하는 자이언트(Giants)급 산에 오른다는 것은 너무도 위험한 등반이라는 것을 잘 알기 때문이었다. 하지만 현희는 여성으로서는 보기 드물게 히말라야 등반을 여러 번 경험한 베테랑(Veteran) 산꾼이라는 것과 그녀의 의지와 집념을 누구도 꺾을 수 없다는 사실에 무사 등정을 기원했지만 "내게 산과 형이 있어 참으로 행복해. 이렇게 산을 타다 산에서 죽어도 후회는 없어!"라고 하던 그녀의 마지막 목소리는 수화기를 타고 가늘게 떨려 왔으며, 어디에선가 하늘을 보며 누웠을 모습이 눈물로 안개처럼 뭉게뭉게 피어올라 한참동안 내 삶의 중심을 잃고 멍든 가슴으로 힘들게 살게 하였다.

세상은 편리함을 앞세우는 문명의 이기와 너와 나를 구분 짓는 자기중심주의로 기계문명과 더불어 바쁘게 흘러가고 있다. 요즈음엔 등산이 대중화되어 산에 올라가는 사람이 넘쳐나지만 알피니즘의 정신에 바탕을 둔 순수등반은 찾아보기가 힘들며, 상업적인 영리주의로 차츰 왜곡 변질되어 가고 있다. 또한 산과 자연에 대한 진정한 배려란 찾아보기가 힘들고 오로지 인간 '자신의 편리'만을 위한 행위에 산은 점점 병들어 가고 있다.

우리나라 근대산악운동의 개척기에 헌신적으로 등반운동을 계도하였던 '한솔' 이효상 선생님은 늘 "산악운동은 궁극적으로 정신순화운동이지 단순한 신체활동이 아니다."라는 말을 입버릇처럼 하셨다. 이런 정신적 가치에 바탕을 둔 활동이 동적행위 결과로만 가치가 평가되어지는 현실이 참으로 안타깝고 아쉽다.

개척과 도전의 열정으로 순수인간정신을 추구하는 알피니즘은 한국의 전통적 선비정신과 그 맥을 같이 한다고 볼 수 있다. 우리에게 선비의 고결함이 잊혀진 지 오래듯이 알피니즘도 이 시대의 물질문명의 흐름에 편승하여 절대적 가치를 잃어가고 있다.

순수 알피니즘을 목말라 하며 세상의 언저리에서 열정을 태웠던 그리운 산 벗들, 그들은 이 시대의 진정한 알피니스트로 살다가 갔다. 언제나 그 자리에서 말없이 서있는 산을 보며 열병처럼 혼자서 두근거려 했다. 히말라야의 저 순백의 만년설에서 살아 숨쉬는 푸른 영혼들이여! 속절없이 사라져 가는 한국 알피니즘의 그림자를 잡고, 설움에 겹도록, 설움에 겹도록 그대의 이름을 목메어 부르노라. 현희야! 준석아! 우택아!

사랑이 온다

이영철

내 안에는 웬 슬픔이 그리도 많은지
길을 걷다, 책을 읽다, 꿈을 꾸다
잠시라도 멈추어 서면 여기저기서 그 아이들 몰려나온다.

한동안은 어찌할 방법을 몰라 함께 울었다.
그러다가 아이들 찾아올 틈 주지 않으려
잠시도 쉬지 않고 달리며 웃고 떠들었다.
그러나 그 고단함 먹고 슬픔은 더 크게 자랐다.

기쁨과 슬픔이 쌍둥이라는 것, 한참이나 지나서 알았다.

천국이 없으면 지옥도 없듯
밝음이 없으면 실패도 없듯
성공이 없으면 실패도 없듯
가지지 않으면 잃을 것도 없듯

오지 않으면 갈 일도 없듯
눈물이 없으면 웃음도 없고
슬픔이 없으면 기쁨도 없다는 것을
결국 나도 알았다.

그래서 이제는 슬픔이 찾아오면 도망치거나 소리 질러 내쫓지
않고 함께 차도 마시고 창을 열고 하늘도 보여준다.
같이 노래도 듣고 진심으로 따뜻하게 친구로 대해준다.
그리고… 함께 그림을 그린다.

근원을 알 수 없고 시도 때도 없이 찾아오는
내 슬픔은 내 삶이고, 내 그림 저 아래
아련하게 고여 있는 깊고 애잔한 사랑이다.

가끔 세상이 참 팍팍하고 먹먹하다.
스스로를 사랑할 힘이 필요하다.

힐링을 하자면 삶을 뒤흔드는
수많은 쌍둥이 감정들로부터 좀 헐렁해져야 한다.
마음이 느슨해져야 이기고도 지는 괴로움이 없어지고
지고도 이기는 편안함이 찾아온다.

그렇게 세상 모든 생명은 똑같이 존중받고

사랑받아야 한다고 믿는다.
아무리 고단하고 힘겨워도 슬프고 그리운 삶의 끝은
늘 희망이어야 한다고 믿는다.

내 여린 마음속에도 세상을 환하고 향기롭게 만드는
들꽃밭이 있다는 사실을 일깨워 준
혜민 스님께 감사드린다.

마음이 따뜻하고 아름다운 사람들과
길냥이를 포함해서 나와 인연이 된
수많은 순수한 생명들과 함께
이 책의 의미를 나누고 싶다.

마음 창을 활짝 열기만 하면
꿈을 꾸듯, 춤을 추듯 사랑이 온다.

가시 이불

이정기

　전시회장의 분위기는 낮게 가라앉아 있다. 적막한 공간의 눅눅한 채취, 그리고 조용히 밝혀진 조명 아래 관람객들은 한가롭게 배회하고 있다. 하나, 둘, 셋, 넷 그리고 다섯, 여섯, 그림 속의 영혼들이 소리 없는 울림으로 내게 다가선다.

　그들의 함축된 은유와 환상 그리고 내적 울림에 도취되어 있는 순간, 한 작품 앞에서 발을 멈췄다. 그것은 콜라주 기법의 회화 작품이다. 탱자나무 가시를 이불처럼 덮고 있는 수많은 유방들, 봉긋봉긋한 젖가슴 위에 아슬아슬하게 덮인 날카로운 가시는 숨만 크게 쉬어도 피가 줄줄 흐를 것만 같다. 형체는 너무나 또렷한데 도무지 이해가 되지 않는 해독 불능의 암호 앞에 선 기분이다.

　모든 예술 작품은 저절로 감상되는 것이지 말로 설명할 수 있는 것이 아니라고 했던가. 굳이 작품에 대한 작가의 의도를 알려고 하지 말고 그냥 생각하며 볼 일이다. 하지만 그 모호함과 난해함에 온 정신이 빼앗겨 마음속에서 많은 질문들이 쏟아져 나온다. 황량한 현실에서 방황하는 한 인간의 갈등인가, 너무 소중해서 아무에게도 빼앗길 수 없어 저토록 처절한 가시무덤을 만들었는가. 수많은 대답들이 떠오르고 사라지곤 한다.

전시장에는 세상 속 이야기와 인간과 자연의 감성들을 실감 있게 표현한 작품들이 많았지만 유독 이 작품 앞에서 넋을 놓고 있다. 그것은 아마 지울 수 없는 아픈 상처가 내 가슴에 박혀 있기 때문이리라. 벗어날 수 없는 삶의 횡포에 휘둘려 마른 가슴으로 몸부림치던 그 시절의 초라한 나의 모습이 뇌리를 스친다.

내 젖무덤에 파묻힌 아이의 발그레한 볼이 떠오른다. 솜처럼 편안한 마음으로 자신을 내 가슴에 맡기고 있던 작은 천사. 엄마의 젖꼭지를 통해 모성을 빨아들이던 예쁜 아이의 얼굴이 한 순간에 슬픔과 그리움의 그림자로 덮인다. 그와 떨어져 살았던 나는 그것이 고통이었다.

젖먹이 어린 자식을 멀리 떼어 놓아야 했던 한 시절이 가시가 되어 내게로 달려든다. 천사 같은 아이의 모습만 생각해도 내 젖가슴은 사정없이 가시로 찔리는 아픔이 밀려들었다. 엄마의 젖가슴을 더듬는 아이의 조막손이 환영으로 보였고, 밤새 열병을 앓아야 했었다. 일상적인 삶의 고통과 인고가 안으로 엉켜, 터져 나오는 신음소리조차도 가슴으로 울면서 살던 시절이 전설처럼 떠오른다.

두 손으로 받들어 밀어올린 젖가슴을 향해 가시들이 사정없이 달려든다. 그리고 불타는 욕망에 여인의 가슴을 애무하던 남자의 손과 얼굴이 눈앞을 스친다. 작가는 아름답고 성스러운 여인의 젖가슴에 가시면류관을 씌울 만큼 고통스러운 세월이 있었을까.

아니면 모성에 대한 그리움이 죽도록 사무쳤을까. 그의 아픔이 나의 아픔으로 전하여 온다.

내가 나서 자라던 고향에 과수원을 빙 둘러친 탱자나무 울타리가 있었다. 그 시절엔 하얗게 피는 탱자나무 꽃이 좋았고, 가을이면 황금빛 열매와 그 향기가 좋았다. 한가한 시간이나 마음이 복잡할 때는 그곳을 자주 걸었다. 가끔 가시에 찔리고 할퀴어 뽑힌 쥐 털을 볼 수 있었고, 때로는 살점이 떨어진 것도 발견되었다. 그땐 가시에 찔리는 아픔이 어떤 것인지 생각하지 못했다. 하지만 그것을 깨닫는 데는 그리 많은 시간이 걸리지 않았다.

한겨울이었다. 이리저리 마구 뒤덮여 있는 탱자나무가시 사이로 빨간 쥐새끼들이 꼼지락거린다. 방금 태어났나 보다. 어미 쥐의 털인 듯 잔털이 소복이 쌓인 가시덤불 속의 빨간 새끼 쥐들을 정신없이 들여다본 적이 있었다. "이 바보 같은 쥐새끼야, 어쩌자고 가시 속에 네 새끼를 낳았더냐. 일부러 가시 속에 새끼를 낳았는가, 새끼를 낳고 가시로 덮었는가?"

바르르 떨고 있는 생쥐들. 조금만 꼼지락거려도 피가 흐를 것만 같다. 적으로부터 새끼를 지키기 위해 가시 이불을 덮을 수밖에 없는 처절한 모성이 애처롭다.

작가는 너무나 소중한 자기의 사랑을 가시로 덮어 두고 영원히 바라만 보고 싶었을까. 가까이하기엔 마음에 담긴 상처가 너무 크고, 잊어버리기엔 더 큰 사랑이 가시가 되어 전신을 찌르는 아픔을 겪어야만 했던가.

예술 작품은 눈으로 보지 말고 마음으로 보라고 했다. 나를 오래도록 붙잡아 두었던 그 작품은 지난날의 기억들을 다시 떠올리게 했다. 어린 시절 가슴 아리게 했던 어미 쥐의 모성을, 그리고 직장 때문에 어린 자식과 떨어져 살았던 기억들이 아픔으로 다시 떠오르고 있다.

전시된 다른 작품들도 각각 자기만의 소리들을 내고 있었다. 사람과 사람이 대화하는 공간이었다. 이웃과 이웃이 소통하는 공간이 되었다. 색채와 형태가 주는 다양성을 즐기고 아름다움에 스스로를 몰입시켰다. 손끝에 의해 만들어진 것이 아니라 작가의 내면과 영혼으로 작품이 완성된 것이다.

현실적인 삶에 잡혀 있으면서도 사막의 신기루를 쫓아야하고, 낭만을 희구하면서 생활을 걱정해야하는 예술가들이 고달파 보인다. 인간으로서의 야망과 이상 사이를 끝없이 방황하는 작가들의 고통이 안개비가 되어 내 가슴 속을 적신다.

미완의 삶

이정혜

　우리의 삶은 언젠가는 미완으로 끝난다. 꿈도 마찬가지다. 이루면 좋겠지만 이루지 못하더라도 꿈을 향해 달려가는 열정은 아주고귀한 것이다. 평생 이루지 못할 꿈을 안고 사는 사람들도 많다.미완의 꿈도 아름답고 소중한 것이다. 꿈은 그 사람에게 존재의이유가 되기도 한다.

　삶이 미완성이듯 꿈도 미완일 경우가 많다. 나는 가끔 뉴스를통해 급작스런 사고나 질병으로 죽은 사람 이야기를 들으며 그의삶과 꿈을 그려본다. 특히 그 죽음이 젊은이에게 해당되면 더 안타까운 심정으로 그의 삶과 꿈을 생각하며 인생은 미완성으로 끝남을 실감한다. 누구에게나 세상만사가 내가 생존할 때만 유효하다. 노래 가사처럼 인생은 미완성이다. 그런데도 완전한 그 무엇을 성취하기 위해 끊임없이 질주한다. 성취하면 아주 만족스럽고그 성취감으로 인해 오래오래 행복할 줄 안다. 나도 늘 그랬다. 그러나 그 행복은 길지 않다. 오래전 나는 책 한 권만 출간하면 행복할 줄 알았다. 동화집 1집을 내고 그 성취감으로 아주 행복했다.

그러나 잠시였다. 그 후 몇 권을 더 냈지만 역시 그 성취감은 잠시였다. 이제는 안다. 누구에게나 행복은 오래 머물지 않는 속성이 있음을.

나는 죽기 전에 한 권의 수필집을 더 출간하고 싶다고 늘 생각했다. 시력도 떨어지고 기억력도 둔해져 더 나이를 먹기 전에 올해쯤 원고를 완성하리라고 새해 첫날 마음먹었다. 기쁘기도 하고 마음에 짐이 되기도 한다. 몇 시간째 컴퓨터 앞에 앉아 자판을 두드리면 허리가 아프고 눈도 침침하다. 생각하고 또 생각하고 고민에 고민을 거듭한다. 젊은 날의 연서처럼 썼다 지우기를 매일 밥 먹듯 되풀이한다. 늘 완전하지 않는 미완의 글이다. 내 글은 나를 위해서 또 누군가를 향해서 쓰는 한 장의 소박한 편지와도 같다. 아프고 슬프고 외로운 사연을 더러는 신나고 재미나는 사연을 그 누군가와 공감하고 싶어 쓴다. 누군가 나의 편지를 읽으면 이렇게 말할 것 같다.

"뭐야, 이건 나한테 보낸 편지네. 내 이야기잖아!"

"이건 너무 뻔한 이야기잖아. 그래도 가슴이 따뜻해지네."

"에고, 나같이 아프고 힘든 사람도 있군. 위로가 되네."

내 글이 지친 한 사람을 위한 따뜻한 손 편지가 되면 좋겠다. 무작정 계획 없이 때론 의무감으로 쓴다. 오늘은 미완의 꿈도 아름답고 소중함을 깊이 깨달은 운 좋은 날이다.

나는 출간과 상관없이 그냥 쓸 것이다. 내일 삶이 끝나서 내 꿈이 미완으로 끝나도 오늘까지 내 꿈은 성취된 것이다. 죽음 앞에서 미완으로 남은 과제를 끌어안은 게 인생일 것이다. 또 내가 출간하면 그 성취감은 언제나 그랬듯 잠깐임을 믿어 의심치 않는다. 미완의 삶을 사랑하는 법을 진작 배웠더라면 늘 이루기 위해 애간장을 태우며 살지는 않았을 것이다.

해돋이

(Impression : Sunrise)

전성찬

클로드 오스카 모네 (Claude-Oscar Monet) 1840 ~ 1926

    그라브르의 고향집에서 내려다본 항구의 즉흥적인 인상을 담은 작품으로, 1872년에 완성 하여 1874년 인상파전에서 처음으로 전시되었다. 비평가 루이 르로이는 '날로 먹은 장인 정 신의 자유에 깊은 인상을 받았다. 그림 뒤의 벽지가 훨씬 완성도가 높게 보인다.' 라고 비평 하며, 인상주의라는 말을 붙여주었다. 그런데, 모네와 그 친구들은 루이 르로이의 비평을 기 분나빠하지 않고 그대로 받아들이며, 인상주의라는 말이 만들어지게 되었다.

비록 루이 르로이는 '그림답지 못한 그림' 이라고 놀렸으나, 위대한 예술가 모네는 넓은 아 량으로 자신의 작품에 대한 비평을 기꺼이 받아들여 미술사에 인상주의라는 위대한 족적을 남기게 되었다.

모네는 검은색을 사용하지 않고 그림을 그렸는데, 밤은 검은색이 아니라 빛이 없기 때문에 어둡게 보이는 것이라는 것을 과학적으로 이해하고 있었기 때문이라고 한다.

※ 그림에는 바다와 하늘의 경계가 보이지 않는다. 단지 바다와 하늘의 경계는 바다에 반 사된 빛의 기둥으로만 짐작할 수 있다. 바다와 하늘의 경계가 없다보니 그림 속 수평선이 더욱 깊게 느껴진다.

매일 같이 떠오르는 태양에게
바다는 이야기 했다.
항상 나와 같이 있어 달라고…

매일같이 일렁이는 바다에게
태양은 답해주었다.

흔들리지 말고 나만 바라보라고…
천천히 흘러가는 구름에게
어부는 물어보았다.
왜 나를 떠나가느냐고…

오랜 시간 늙어가는 어부에게
구름은 답해주었다.
변하지 않는 영원은 없다고…

황홀한 죄 하나 짓고 싶다

정아경

금지된 공간, 금지된 시간 ,금지된 시선 ……

그녀는 지금 '금지' 라는 벽 앞에 서서 자유를 꿈꾼다. 아무도 그녀에게 강요하지는 않았다. 다만, 그녀 스스로 구속했을 뿐이었다. 그래야만 한다고, 그러면 다들 알아줄 것이라고 믿었던 탓일 것이다. 마치 도덕교과서를 실천하듯 제1과를 이행하고 나면 다음엔 2과, 3과를 펼쳤다. 세월은 흘렀다. 세상도 변하고 그녀도 변해갔다. 자신을 옥죄었던 굴레들이 하나씩 가면을 벗고 진실의 모습을 드러내었을 때, 그녀는 아연실색했다. 그것은 배신감이었다. 사람에 대한 배신, 세상에 대한 배신, 이데올로기에 대한 배신이었다. 딸은, 엄마는, 아내는 자기를 내세워서는 안 된다는 가치를 지키고 살아온 세월에 대한 버림이었다. 이제 엄마도 엄마인 생 좀 챙겨요,라는 아들의 말 앞에 그녀는 잃어버린 자신을 찾을 길이 없어 하염없이 가라앉았다.

그녀에게도 내일을 꿈꾸었던 창창했던 시간은 있었다. 산을 가면 초록이 되었고, 바다에 가면 파도가 되었다. 활어처럼 싱그러운 자신의 육체를 자신의 감정을 위해 채웠던 시간에 대한 기억은 다시 그렇게 살고 싶다는 희망을 갖게 하였다. 희망은 절망과 맞닿아있다 했던가. 문밖에 있는 현실은 절망의 동의어였다. 그녀에게는 이미 오래도록 자신을 조종했던 습관들이 있었다. 습관은 그녀를 통제하는 계율처럼 순간마다 그녀의 발목을 잡았고 매번 그녀는 넘어졌다.

누적된 습관은 의식도 잠식한다. 온 몸에 새겨진 타인에 대한 습관들은 오히려 그녀를 편안하게 했다. 그러나 이제는 타인을 위해 습관처럼 움직이고 나면 그녀는 아팠다. 스스로 벗어나고자 하는 의식과 누적된 습관사이에서 그녀는 종종 패배하지만 다시 자신을 추스르고 달랜다. 늦은 나이에 홀로서기는 쉽지 않다. 자신보다 타인에 대한 습관이 더 오래 쌓인 그녀에게 주체적으로 산다는 것은 너무나 어렵기만 하다.

아무것도 금지되어 있지 않은 것처럼 보이지만 아무것도 가능하지 않은 시대를 살아가는 우리에게 금지된 것들은 즐비하다. 주체의 시선은 사라지고 자유만이 넘쳐나는 오늘날 끝없는 욕망만이 질주하게 한다. 타인의 아픔을 상상하지 않는 평범한 악마들이 넘치는 거리에서 비슷한 욕망을 주워 담으며 그 욕망을 채우기 위해 전력질주 할 수 밖에 없는 문 밖의 현실은 여린 그녀에게 상처만을 주었다. 단지 목숨을 이어가고 싶지만은 않다는 욕망이 인간다운 삶을 원하게 한다. 자신에게 집중할 때 순간은 바스락거리며 다가온다. 꼼짝 않는 평온보다 치열함을 선택한 이상, 상처는 그녀에게는 훈장이다. 푸른 멍을 달고도 그녀는 흥성거리며 하루를 열어갈 것이다.

가을 속에 살아있음을 감사한다며 그녀가 메시지를 보내왔다. 국화꽃을 찍어 보내고, 코스모스 속에서 활짝 웃는 그녀를 보내기도 한다. 부지런히 돌아다니며 사진과 짧은 글을 보내오는 그녀는 이미 가을이었고 붉게 물들고 있었다. 일에 파묻혀, 자식에게 매몰되어, 때늦은 공부로 책 속에 갇혀 있는 나에게 그녀는 노란주의보를 내린다. 빨간불이 켜지기 전에 고개를 들고 하늘을 보라고 그리고 너를 돌아보라고…….

가을이다. 살아있음이 아무 죄가 되지 않는 이런 날에는 맹목의 황홀한 죄 하나 짓고 싶다.[1]

---

1) 문현미 시인의 '사랑이 읽히다' 에서 발췌.

파란 그림

추선희

계절은 제 알아서 온다.

하지만 내가 부러 계절을 당기기도 한다. 언제나 그것은 제 계절 보다 반 발자국 정도 앞선다. 계획하지 않고 의도하지 않지만 겨울의 끝자락 쯤 봄의 입김이 앞산 너머에서 간간히 훅, 하고 밀려들 때, 누군가의 전화로 마음이 달큰해질 때, 나는 파란 그림 한 점을 꺼낸다. 거실의 중심에서 따스한 빛을 발하던 노란 산수화를 내리고 겨우내 옷장과 벽 틈에서 쉬고 있던 그것을 내건다.

그것의 제목이 파란 그림은 아니다. 하지만 나는 파란 그림이라 생각하고 파란 그림이라 부른다. 색은 나의 시선을 잡는 첫 신호이다. 누군가를 바라볼 때도 가장 먼저 색이 눈에 들어온다. 그림에서도 대개 그러하며 소재와 선은 그 다음 차례로 느릿느릿 오곤 한다.

몇 년 전 파란 그림이 우리 집으로 왔다. 그것을 차 뒷자리에 비스듬히 세워두고 밤을 달려 집으로 오던 날 참으로 즐거웠다. 그 몇 해 전 친구의 부탁으로 일면식도 없는 한 작가의 작품평을 영

240

역해주었다. 그 인연으로 작업실 구경을 갔는데 그곳의 그림들이 나를 단박에 사로잡았다. 그림을 보는 순간 눈은 빛났고 영혼은 배가 불러왔다. 집으로 돌아오면서 나는 난생 처음 그림을 사기 위해 적금을 들어야겠다고 마음먹었다. 돈을 모아서 그 작가의 그림을 한 점이라도 사고 싶었다. 그날 본 그림 중 하나라도 날마다 볼 수 있다면 얼마나 행복할까. 내 집에 들이고 싶다는 탐심이 일어났다.

아무 때나 들러 작품을 구경하라는 말에 용기를 내어 다시 작업실을 찾았다. 작품들을 한 번 더 보고 싶었기 때문이다. 그즈음 그는 작품에만 전념하기 위하여 몇 안 되던 수강생도 모두 내보내고 아침부터 자정까지 작업만 한다고 하였다. 전업작가의 치열함과 더불어 고단함이 설핏 보였다. 듣고 보니 캔버스나 물감 값도 엄청났다. 주제넘은 질문을 넙죽넙죽 잘하는 내가 이번에도 그랬다.

"후원모임 가진 작가들도 많던데 선생님도 그런 것 하나 만드는 게 어때요?"

대답이 없었다.

"제가 친구들이랑 한 번 만들어볼까요?"

"그래주면 고맙지요."

가벼운 마음으로 친구 두 명과 한동안 푼돈을 모아 보내드렸다. 작업실 월세에라도 조금 보탬이 되었으면 해서였다. 그러면 조금 더 마음 편하게 작품 활동을 할 수 있겠거니 내 마음대로 생각했다.

일 년 쯤 지났을까. 어느 날 작가에게서 전화가 왔다.

"이제 그만 도와주셔도 됩니다."

한 수집가의 눈에 띄어 대규모 전시가 잡혔다는 것이었다.

"언제 친구분들과 한 번 오십시요. 작품 한 점씩 드리겠습니다."

어느 저녁 들뜬 마음으로 작업실에 갔다. 그는 사십 호 쯤 되는 여러 작품들을 액자틀에 바꿔 끼워 보이면서 마음에 드는 것을 고르라고 했다. 우리 집 거실에 무엇이 어울릴지를 생각하니 선택하기가 쉽지 않았다. 이것도 마음에 들고 저것도 좋았다. 결국 거실에 어울릴 것인가, 무엇을 그린 것인가, 따위는 모두 잊기로 하였다. 그 밤 그 순간 내 마음 가는 대로 고르기로 했다.

이른 봄 밤이 깊어지고 있었다. 나는 근시이지만 좀체 안경을 쓰지 않는다. 안 보이는 게 나은 일이 점점 많아지니 그러하다. 보고 싶은 것은 결국 모두 가까이 오므로 더욱 그렇다. 어렴풋한 눈으로 몇 미터 뒤에서 그림을 고르던 내 눈이 한 순간 반짝였다. 파란 빛으로 꽉 찬 그림 한 점이 액자 속으로 밀려 들어왔다. 아, 시원하다. 저 안으로 들어가서 좀 쉬었으면. 무엇을 그린 건지 알 수 없었지만 이미 상관이 없어졌다. 그 파란 색에 강렬하게 매료되었다. 밤의 가로수를 내려다보고 그린 것이라고 했다. 그렇지, 밤은 언제나 푸른 기를 머금고 있지. 인간들이 잠드는 밤 가로수는 제 빛을 버리고 푸른 빛에 잠기는지 모르지.

그렇게 파란 그림 한 점이 우리 집으로 왔다. 봄과 여름 내내 나는 파란 그림 앞을 왔다 갔다 한다. 거친 붓질로 파랗게 그려진 가로수의 굵은 둥치와 공작새 날개 같은 잎사귀들을 보고 있으면 밤, 가로수, 하늘, 별, 우주, 이러한 것들이 마음속으로 밀려든다. 어둠에 싸여 다만 직립으로 서 있는 파란 가로수의 심정이 된다. 고요해지거나 비워진다.

　나는 비슷한 어둠에 싸여 그림을 바라본다.
　파란 어둠 한 조각이 건너와 나를 물들인다.
　의도 없이 우연히 다가온 것에는 그림이건 사람이건 더한 기쁨이 있다.

막걸리와 국수

하정숙

　새벽 빗소리에 잠이 깨어 더 이상 잠을 이룰 수가 없었다. 삼촌의 모습이 흔적처럼 떠다니는 꿈을 꾼 탓이다. 덧든 잠을 이으려 뒤척여 보았지만 빗소리만 점점 더 크게 들려왔다.

　삼촌의 마지막 흔적을 뿌리던 날도 이렇게 새벽부터 비가 내렸다. 앞차다고 집안에서 모두 입을 댔다던 삼촌은 술병으로 돌아가셨다. 큰 키 때문에 구부정해 보이기까지 하던 삼촌 앞에는 늘 양은 주전자가 놓여 있었다.

　초등학교 3학년 때인가? 4학년 때인가? 술 주전자 심부름만큼은 남동생 둘의 몫이었는데 그날은 집에 나 혼자뿐이어서 동생들을 찾던 삼촌은 빈 주전자를 흔들며 나를 다그치셨다. 주저하며 주전자를 내미는 내게 가게 아줌마는 단지 속 막걸리를 젓지도 않은 채 바가지로 퍼 담으며 외상값이 밀렸다고 잔소리를 덧붙였다.

　친구들이라도 볼까 봐 막걸리 주전자를 등 뒤에 숨긴 채 종종거리며 집에 오니 해장술 탓인지 삼촌은 그새 잠들어 계셨다. 살며시 부뚜막에 걸터앉은 나는 삼촌이 그렇게도 찾으시는 막걸리 맛이 갑자기 궁금했다. 방 안을 기웃거린 후 주전자 코에 입을 바짝 대고 뿌연 액을 몇 모금 홀짝이니 쌀뜨물 색깔의 막걸리가 입 안에 텁텁하게 감돌았다. 그리고는 잠에 취했는지, 술에 취했는지 부뚜막에서 꼬박대다 삼촌의 호통에 그만 부엌 바닥으로 나동그라졌다.

삼촌은 속이 탄다며 시원한 국수를 찾으셨다. 엄마가 하던 것을 떠올리며 찬장을 뒤져 포대 종이에 감긴 국수를 물과 함께 양은 솥에 넣어 연탄불에 올렸다. 시장하다고 채근하는 삼촌의 성화에도 국수는 왜 그리 더디 끓던지⋯⋯. 얼마나 지났을까? 거품을 내며 들썩거리는 소댕꼭지를 부엌 바닥에 내동댕이치고 말았다. 솥 안엔 온통 하얀 '밀가루 풀국'이었다.

나는 그날 처음 맛본 막걸리가 깨기도 전에 꾸중 때문에 또 정신없이 취했다. 그렇게 막걸리와 속풀이 할 국수를 좋아하시던 삼촌은 장가도 못 가본 채 서른 중반을 겨우 넘기고 돌아가셨다. 그리고도 오랜 시간이 지난 뒤에야 나는 신체상의 이유로 결혼을 할 수 없었던 삼촌의 갈등을 알았다.

삼촌은 원래부터 술에 찌든 모습이 아니었다. 추운 겨울날, 삼촌의 월급날이면 나는 초저녁부터 삼촌을 기다렸다. 삼촌의 낡은 가죽점퍼 안쪽에서는 어김없이 따끈한 호떡 봉지가 나왔다. 삼촌이 사 온 수박에 바늘로 깬 얼음을 섞어 양재기 가득 만들어 먹던 화채는 지금도 삼복더위면 내 삶의 마들가리에 달고 시원한 맛으로 찾아든다.

일요일이면 삼촌의 출근용 자전거는 어김없이 우리 삼 남매 차지였다. 막냇동생은 자전거 앞 짐받이에, 나와 큰동생은 뒤 짐받이에 앉아 삼촌 허리를 바짝 붙잡고 동촌 강으로 갔다. 삼촌이 그물을 간추려 강물 위에 던졌다 건져 올리면 우리는 그물코에 매달린 물고기를 통에 빼 담으며 입술이 새파래지도록 하루해를 보내곤 했다.

유난히 삼촌을 따랐던 나는 영화를 좋아하는 삼촌을 따라 초등학교 입학 전부터 극장을 들락거렸다. 몰래 뒤를 따라가서 매표구 앞에서 갑자기 나타나는 나를 삼촌도 어쩌지 못하셨다. 그 덕에 어린 시절부터 가수들이 극장에서 하는 쇼도 볼 수 있었다. 삼촌의 무동을 타고 눈이 빨개지도록 울며 본 영화 「저 하늘에도 슬픔이」 장면은 지금도 잊을 수가 없다.

나는 삼촌이 사다 주신 만화책을 보며 일찍 한글을 깨쳤다. 그래서인지 유난히 책 읽기를 좋아하자 삼촌은 칠성시장 근처의 헌책방을 뒤지셨다. "밥은 굶어도 공부는 해야 한다."라고 하시며 『어린이』, 『새소년』, 『어깨동무』 등 잡지를 한 권 값에 여러 권을 꼬박 꼬박 사다 주셨다. 학교에서 상장이라도 받으면 온 동네 아저씨들에게 '자랑 술'을 사셨다. 그런 삼촌이 계셨기에 나는 일찍 돌아가신 아버지의 빈자리를 느끼지 못했는지도 모른다. 그렇게 내 감성을 키워 주셨던 그 기억들은 자라면서 목에 걸린 생선 가시처럼 늘 나를 아프게 했다.

그러나 조카들에게 점점 더 애정을 쏟을 무렵, 삼촌의 청춘은 이미 시들고 있었다. 차돌에 바람 들면 푸석돌보다 못 하다고 하시던 할머니의 안타까움에도 아랑곳없이 삼촌은 점점 푸서리가 되어 갔다. 변해 가는 삼촌의 모습을 이해하기에 나는 너무 어렸을까? 삼촌을 이해하기보다는 점점 삼촌 곁에서 멀리 달아나던 나는 어느 순간부터 오히려 삼촌을 미워하기 시작했다.

그러던 삼촌은 밥 대신 허기를 채워 주던 마지막 막걸리 한 잔을 채 비우지 못하고 삶을 마쳤다. 식구들은 후손 하나 남기지 못하고 떠난 삼촌의 시신을 화장하여 강에 훌훌 떠워 보냈다. 그렇게 나들잇벌도 제대로 입지 못하고 먼 길 떠난 삼촌의 흔적은 강물 따라 흘러갔다.

물 따라 흘러간 아련함 때문일까? 조카들을 위해 자신의 아픔까지 술로 참아내던 삼촌을 그렇게 슬프게 보낸 내 가슴에 삼촌은 자꾸만 비가 되어 내린다. 부뚜막의 막걸리 맛이 입 안에 돌고, 혹시 국수라도 삶을 때면 나는 언제나 '밀가루 풀국'이 떠오른다. 그럴 때면 어느새 내 가슴에 삼촌은 감성 깊던 청년의 모습으로 되살아난다.

그리움이란 철이 들수록 옹이가 되나 보다. 삼촌에 대한 아린 기억은 앙금처럼 앉아 있다가 내 삶의 갈피에서 한 번씩 일렁인다. 이제 철없고 빳빳하기만 하던 내 세월도 숨이 죽는 것일까? 내 매정한 기억 속에서 너무나 외로웠을 삼촌을 생각하며 나는 오늘 삼촌의 '빈 잔'이 되어 본다. 지금은 더 좋은 막걸리도 사 드릴 수 있고, 못 마시는 술이지만 대작도 하면서 삼촌 가슴속의 응어리를 풀어 줄 수 있을 만큼 내 세월도 나이를 먹었음이리라.

달아나 버린 잠에 이른 아침을 준비하러 쌀을 씻는데 쌀뜨물이 삼촌이 그렇게나 좋아하시던 막걸리 빛깔 같아서 또 눈앞이 흐려진다. 앞치마로 눈을 훔치고 바라본 창밖에는 술 고프고 마음 고픈 사람 있으면 받아 주고 채워 주라는 듯 술 같은 비가 계속 내리고 있다.

대구에 산다,
대구를 읽다

100人100作

소설

밤에 부른 노래

류경희

도로변을 따라 죽 심겨져 있는 노란 해바라기들이 갑자기 퍼붓기 시작한 소낙비에 이리저리 흔들리고 있었다. 긴 꽃대에 접시 같은 꽃을 단 해바라기들은 금방이라도 휘어질 듯 휘청거리면서도 쓰러지지 않았다. 오히려 샛노란 꽃잎들에서 뿜어져 나오는 그 빛깔이 비 내리는 어두운 하늘을 환하게 해주고 있었다. 투두둑 투두둑, 비가 차창을 세차게 두드려댔다. 세인은 차를 갓길에 세웠다. 비 때문에 앞이 잘 보이지 않는데다가 가슴이 짓누르듯 아파왔기 때문이다. 세인은 가슴을 압박하던 안전벨트를 풀었다. 짧은 한숨이 새어나왔다. 굵은 빗방울들이 차 유리를 흠뻑 적시며 흘러내렸다. 세인은 핸들 위에다 두 팔을 얹고 그 위에다 얼굴을 묻었다. 현수가 있는 시내 변두리의 고시원을 찾아가는 길이다. 소낙비가 그칠 때까지 잠시 쉬었다 가고 싶었다.

현수의 방을 찾아갔을 때 현수는 깊은 잠에 빠져 있었다. 손바닥만 한 벽 창문이 나뭇잎처럼 하나 달려있는 눅눅한 방에서 습한 냄새가 났다. 창문은 북쪽으로 나 있어 햇빛이 들어오지 않았다. 세인은 방바닥에 털썩 주저앉았다. 피곤한지 깊이 잠들어 있는 현수의 여리고 창백한 얼굴을 보자 세인은 그만 가슴이 내려앉는 것 같았다. 저 애가 내 아들인가? 세인은 현수가 집을 떠나 밖을 떠돌면서 현수가 어디 있는지 찾아다니느라 애를 태워야 했다. 초라한 쪽방에 아무렇게나 버려진 종잇조각처럼 누워 있는 현수를 보면서 세인은 자신이 아들에게 무엇을 잘못했는지 생각했다. 현수는 이 년 전까지만 해도 세인에게 흐뭇함과 기대감을 안겨주는 아이였었고, 더없이 착한 아들이었다. 그런데 지금 현수는? 거기까지 생각이 미치자 세인은 그만 목이 메어 울음이 터질 것 같았다. 세인은 현수 곁에 조용히 앉았다. 너무 곤히 잠들어 있는 아들을 깨울 수가 없었다. 세인은 무릎을 세워 거기 얼굴을 묻었다. 몇 달 동안 연락을 하지 않던 현수가 세인에게 연락을 한 것은 고시원 방값 때문이었다. 월세로 지불하는 방값만 대주면 생활비는 스스로 해결하겠다는 현수의 목소리는 너무 당당했고, 만약 들어주지 않으면 연락을 아예 끊어버리겠다고 어처구니없는 협박까지 했다. 세인은 현수의 그 요구를 들어주었다. 어이없는 협박 때문이 아니라 여전히 사랑하는 아들이기에. 집도 없이 부랑아가 되어 온갖 위험 속에 떠돌아다니는 것보단 그래도 거할 처소가 있으면 안전하리라는 생각이 들었고, 무엇보다 언제라도 현수를 찾아갈 수 있으리라는 기대 때문이었다.

정작 고시생은 없다는 고시원은 쪽방과 다름없었다. 좁은 복도를 왔다 갔다 하는 사람들의 발소리, 타국에서 온 이방인들의 낯선 언어들, 사람들의 웅성거리는 말 속에 섞여서 들려오는 더러운 욕설들. 이런 소음들이 방음이 제대로 되지 않는 벽 너머로 들려와서 쪽방은 더욱 초라하고 생경스러웠다. 순간 세인은 밖과는 전혀 다른 세계에 발을 들인 것 같은 불안감에 휩싸였다. 이름만 고시원이지 실제로는 오갈 데 없는 사람들의 집합소나 다름없었기 때문이다. 현수가 왜 집을 뛰쳐나와 이토록 좁고, 어둡고, 침침한 방에서 홀로 살아가는 것인지 생각할수록 기가 막혔다.

자고 있는 현수의 얼굴은 땀에 젖어 있었다. 더위 때문에 몇 번 몸을 뒤척이던 현수가 부스스 눈을 떴다. 현수의 나른한 눈빛이 세인의 눈과 마주쳤다. 현수는 아무 말도 하지 않고 벽 쪽으로 얼굴을 돌려버렸다. 세인은 그런 아들의 어깨에 손을 얹었다.

"왜 이렇게 위험하고 힘들게 살아? 그만 집에 돌아가자."

"돌아가고 싶지 않아. 난 이대로가 좋아."

현수는 벽을 향한 채 고집스럽게 말했다.

"아빠와 형도 널 기다려 그만 돌아가자."

"제발, 나를 그냥 좀 내버려 둬! 다시는 찾아오지 마!"

현수는 홱 고개를 돌려 세인의 얼굴을 쏘아보며 소리쳤다.

세인은 순간 가슴을 칼로 베인 듯이 아릿한 통증을 느꼈다. 현수의 그 고집이, 어긋나버린 마음이 세인의 마음을 아프게 짓눌렀다. 세인은 현수가 집을 떠나 떠돌고부터 늘 가슴에 눈물이 고여 있어 때때로 참을 수 없을 만큼 솟구치곤 했다. 세인은 아들을 어떻게 다루어야 할지 알 수 없었다. 손 안에 있다 어느 순간 푸드덕 날아가 버린 한 마리 새. 현수는 그 새와 같았다.

벼랑 끝에 어린 산양 한 마리가 초췌한 모습으로 떨고 있었다. 낮에 어미 양이 독사에게 물려 죽어버리는 바람에 어린 산양이 바위와 바위 사이를 헤매다 가파른 벼랑 끝까지 내몰린 모양은 참으로 애처롭고 가련했다. 비쩍 마른 여윈 몸이 추위와 외로움으로 바르르 떨고 있었다. 검고 큰 두 눈이 두려움과 슬픔으로 축축하게 젖어 있어 금방이라도 눈물이 흘러내릴 것 같았다. 그런 산양 주위를 코요테와 늑대들이 빙빙 돌고 있었다. 밤이 깊어지면 더 이상 숨을 곳을 찾을 수 없는 눈 먼 산양을 먹잇감으로 노리고 있는 것이다. 어두운 밤하늘에 둥근 달이 떠올랐다. 순식간이었다. 늑대들이 어느새 산양을 뜯어먹고 있었다. 붉은 살점에서 뚝뚝 피가 떨어졌다.

세인은 무심코 그가 보고 있는 다큐멘터리에 시선을 주다가 그만 주르륵 눈물을 흘리고 말았다. 산양의 그 애처로운 모습이 마치 집을 떠나 헤매고 다니는 현수를 보는 것 같았기 때문이다. 세인은 거실에서 나와 베란다 앞에 섰다. 눈물이 쉼 없이 흘러내렸다. 그가 없었다면 크게 소리 내어 통곡이라도 했을 것이다.

죽은 제 아빠를 유난히 사랑했던 현수. 현수가 집을 떠나 헤매는 것이 엄마의 재혼 때문이라는 사실이 세인의 마음을 저리고 아프게 했다. 현수는 엄마가 죽은 아빠도 배신하고 자신도 배신했다고 생각했다. 사춘기 소년이 가질 수 있는 생각이지만 지나치게 예민했다. 현수가 5학년 때 남편은 간암으로 죽었다. 세인은 아이들과의 생활을 위해서 보험설계사로 일했었는데, 그때 지금 남편인 그를 만났다. 그는 그 지점에 새로 부임한 부장이었다. 늘 환한 얼굴과 소탈한 성격이 호감을 주는 사람이었다.

어느 날 아침, 사무실에 조금 일찍 도착한 세인은 복도 끝에 있는 자판기에서 커피를 뽑아 혼자 마시고 있었다. 그때 뚜벅뚜벅 세인 곁으로 그가 걸어왔다.

"함께 마셔요."

커피를 마시면서 그는 몇 년 전에 아내가 교통사고로 죽었다고 아무렇지도 않게 말했다. 성격이 워낙 밝고 낙천적이라 전혀 눈치 채지 못했었다. 그는 세인의 신상에 대해서 자신의 손금을 들여다보듯 다 알고 있었다. 세인이 깜짝 놀라자 그건 세인에 대한 관심과 애정 때문이라며 싱긋 웃어 보였다. 선량한 웃음이었다.

"보험설계사 일, 많이 힘들죠?"

그는 세인의 눈을 똑바로 바라보았다. 그 눈빛에 진심이 담겨 있었다.

그가 보기에 보험설계사 일은 세인에게 적합한 일이 아니었다. 많은 사람을 만나야 하고, 그들을 말로 설득해야 하고, 자신의 고객으로 만들어야 하는 일. 그리고 끝까지 관리해야 하는 이런 일들은 내향적인 성격의 세인에게는 힘든 일임이 분명했다. 실적도 늘 고만고만한 수준에서 머물렀다. 그즈음 세인은 일의 힘듦을 쉽게 드러내지 않고 성실하게 일했지만 보험설계사 일에 서서히 지쳐가고 있었다. 친척과 지인들의 도움으로 버텨온 일이었다. 회사는 쉽게 들어갈 수 있었지만 일은 결코 쉽지 않았다. 세인은 잠시만이라도 수고로운 생활의 짐을 내려놓고 쉬고 싶은 마음이 간절했다. 그런 세인의 마음을 꿰뚫어 보듯이 그가 말했다.

"지금 세인 씨에게는 쉴 수 있는 쉼터가 필요해요. 너무 지쳐 보여요. 물론 나도 기댈 수 있는 세인 씨 같은 좋은 사람이 필요하고요."

그는 기꺼이 세인이 쉴 수 있는 쉼터가 되어 주겠노라고, 와서 편히 쉬어라고 웃으면서 말했다. 자신의 아내가 죽은 것을 이야기할 때처럼 아무렇지도 않게, 그래서 오히려 진심을 느끼게 하는 그런 말투였다. 오십 대 초반의 남자가 가질 수 있는 안락한 생활의 여유를 그는 가지고 있었고, 세인은 그것을 거절해야 할 아무런 이유가 없었다. 솔직히 생활능력이 부족한 세인에게 그는 갑자기 신이 주신 행운의 선물박스 같은 존재였다. 더구나 그의 하나뿐인 딸은 러시아에서 유학 중이었다.

세인이 그와 재혼한다고 했을 때 큰 아들 민수는 세인의 결정에 말없이 따라주었고, 엄마의 행복을 함께 기뻐해 주었다. 그러나 고등학교 1학년이던 현수는 끝까지 재혼을 반대했다. 엄마에게 실망했다면서 반기를 들었다. 그때부터 현수는 세인에게 뾰족한 가시가 되어 마음을 아프게 찔렀다. 세인이 재혼하자 현수는 어느 날부터 학교를 가지 않았고, 나쁜 친구들과 어울려 오토바이를 타고 돌아다니더니 결국 집을 나가버렸다.

"현수는?"

그가 세인의 안색을 살피며 물었다.

"돌아오고 싶지 않대요."

"나이가 그만하면 부모를 이해할 만도 한데…."

시선을 다시 텔레비전에 둔 채 조금 퉁명스럽게 그가 말했다. 그는 현수가 집을 나가도 같이 찾으러 나간 적이 없었다. 문득 세인은, 자기 아들이었다면 그렇게 했을까 싶어서 조금 섭섭한 마음이 들었다. 결국은 피 한 방울 섞이지 않은 타인일 뿐이다. 세인 역시 러시아에서 유학 중인 그의 딸에게 무관심한 것과 같은 것이다. 이따금씩 메일로, 전화로 안부를 주고받으면서 말로는 걱정하고, 사랑한다고 하지만 늘 진정성이 부족하다고 세인은 자책하곤 했다. 남편도 자신의 감정과 별반 다르지 않은 것이다.

"요즘 아이들은 인내심이 너무 부족해. 참을 줄을 모른다 말이야. 그러면서 얼토당토않게 자신들의 요구는 너무 많지. 현수도 세상 가운데서 힘들고 어려운 일에 부딪히면서 배워나가야 해. 학교 교육보다 어쩌면 세상 가운데서 더 필요한 것들을 배워나가는지도 모르지."

혼잣말처럼 그가 말했다. 그의 말은 하나도 틀리지 않았다. 그러나 그 하나 틀리지 않고 똑 부러지는 말이 세인에게는 무척 거슬렸다. 노골적으로 난 친아버지가 아니라고 말하는 것 같아 세인은 더욱 섭섭했다. 마음에 담고 있던 말들을 쏟아내고 싶었지만 세인은 꾹 눌러 참았다. 현수가 자신의 친아들이었다면 그렇게 말하지 않았을 것이다. 밥은 먹는지, 병이 난 건 아닌지, 거리를 떠돌다가 나쁜 친구들이랑 어울려 죄를 짓지나 않는지, 그런 게 걱정이 되어 밤잠을 설치면서 염려하고 또 염려했을 것이다. 세인은 문득 함께 살아가면서도 자식에 대한 마음이 다르다는 게 새삼 외롭고 쓸쓸해졌다.

세인은 산책하기에는 많이 늦은 시간이었지만 민수가 아직 오지 않았고, 아파트의 산책로를 걷고 싶은 마음에 거실을 나섰다.

함께 갈까, 묻는 그에게 혼자 걷고 싶다고 했다. 그는 알았다는 듯이 고개를 끄덕이며 그대로 텔레비전을 봤다. 거대한 아프리카의 초원지대가 동화책 속의 천연색 그림처럼 펼쳐지고 있었다. '동물의 왕국'은 그가 가장 좋아하는 다큐멘터리다. 약육강식의 그 원시적인 자연의 법칙이 결국 인간의 삶과 닮지 않았느냐며, 언제나 푹 빠져서 보는 것이다. 가냘픈 사슴의 목을 물어뜯는 사자의 크르릉 대는 소리가 현관문을 나서는 세인의 등 뒤로 따라나왔다.

산책로를 따라 나무들이 늘어서 있었다. 봄날을 꽃으로 아름답게 장식했던 벚꽃나무와 목련나무, 라일락들이 감나무, 물푸레나무와 어우러져 이제는 꽃 대신 그 무성한 잎들로 여름을 풍성하게 해주고 있었다. 문득 세인은 멈추어 서서 고개를 들었다. 별들이 반짝이는 밤하늘에 하얀 하현달이 걸려 있었다. 푸르른 밤하늘에 걸려있는 하현달은 서늘해 보였다. 점점 기울어가는 달빛의 그 서늘함이 세인의 마음에 애잔함으로 다가왔다. 세인은 다시 걸었다. 나무 사이에 문지기처럼 서 있는 가로등이 걷고 있는 밤길을 환히 비추어 주었다.

세인은 걸으면서 현수를 생각했다. 지금이라도 현수에게 달려가고 싶지만 현수의 그 완강한 거절을 감당할 자신이 없었다. 세인은 다시 가슴을 찌르는 통증이 느껴졌다. 세인은 천천히 걸었다.

세인보다 앞서 걷고 있던 신혼부부로 보이는 이들이 뭐가 그리 좋은지 잡은 손을 흔들면서 까르르 웃음을 터트렸다. 그때 누군가 세인의 어깨에 손을 얹었다. 깜짝 놀라서 돌아보니 민수였다. 사범대생인 민수는 주말인데도 늦게까지 독서실에서 공부하고 집으로 오는 길이었다. 현수와는 다르게 늘 강한 아이였다. 뿌리가 땅 속 깊이 든든히 박힌 나무처럼 결코 꺾어지지 않고 자신의 삶을 살아갈 수 있는 아이였다. 무엇보다 타인을 이해하는 부드러움과 성실한 마음을 갖고 있었다. 세인이 재혼하겠다고 했을 때 진심으로 기뻐한 사람도 민수였다. 아마 민수가 반대했었다면 세인은 재혼을 포기했을지도 모른다.

민수가 입가에 미소를 지으며 세인을 바라봤다. 세인은 민수의 손을 잡았다. 단단하면서도 부드러운 손이 느껴졌다. 세인은 민수의 손을 잡고 모처럼 정답게 걸었다.

"엄마, 왜 혼자 산책하세요?"

언제나 새아버지와 함께 산책한다는 것을 알고 있는 민수는 뜻밖이라는 듯이 물었다.

"가끔은 혼자 산책하고 싶을 때도 있잖아."

힘없는 목소리로 세인이 말했다.

민수는 엄마가 동생 때문에 많이 힘들어 한다는 것을 알고 있었고, 그런 엄마가 가엾어 보였다. 아버지가 살아계셨을 때, 현수가 아버지를 유별나게 사랑했다는 것을 알기에 현수를 이해하면서도 한편으로는 여전히 어린아이처럼 제 감정대로 행동하는 것이 안타까웠다.

언젠가 현수는 오토바이를 타고 골목길에서 달리다 주차해 놓은 남의 차를 들이박는 사고를 낸 적이 있었다. 연락을 받고 달려간 엄마가 차 주인에게 부서진 차를 완전하게 수리해 주는 조건으로 합의를 본 뒤, 현수의 손을 잡아끌다시피 해서 집으로 데리고 왔다. 현관에 들어서자마자 현수는 엄마의 손을 거칠게 뿌리치며 말했었다.

"내 아버지도 아닌데, 난 아버지라고 부를 수 없어. 내겐 오직 돌아가신 아버지뿐이란 말이야. 강요하지 마! 절대로 난 아버지라고 부르지 않겠어. 엄마는 행복하게 살아, 난 이 집을 나갈 거야. 다시는 돌아오지 않아!"

반성은커녕 폭탄을 터트리듯 엄마에게 모진 말을 쏟아낸 뒤 현수는 다시 집을 나가버렸다. 민수는 그런 동생을 붙잡을 수 없었다. 이미 형의 말을 들을 아이가 아니었다. 그때 이후로 민수는 동생의 얼굴을 보지 못했다.

"현수 때문에 힘드시죠?"

민수가 다정한 목소리로 말했다.

세인은 대답 대신 민수를 잡은 손에 힘을 주었다. 내 핏줄이구나 생각하니 갑자기 민수가 그렇게 의지가 될 수 없었다. 나무에서 작은 박새 한 마리가 푸드덕 날아갔다. 새가 앉았던 나뭇가지가 가볍게 흔들렸다.

"그래, 현수 때문에 한시도 편하지 않아. 재혼한 게 나만의 행복을 위한 건 아니었을까, 그런 생각이 들어서."

그렇게 말하는 세인의 눈이 아파왔다.

"엄마, 아니에요. 잘 선택하신 거지요. 우린 결국 우리 자신의 삶을 찾아 떠나가잖아요. 아마 현수도 머지않아 돌아올 것이고, 엄마를 이해하겠지요."

"정말 그렇겠니?"

세인은 민수의 말이 큰 위로가 되었다. 자신을 이해해 주는 민수가 새삼 고맙고 든든했다. 산책로를 따라 손을 잡고 걸으며 세인과 민수는 집으로 돌아왔다.

현수는 오전 내내 잠을 자고 오후 한 시가 되어서야 고시원에서 나와 일하고 있는 피자집으로 향했다. 집을 떠나서 맨 먼저 부딪힌 건 매일의 양식을 스스로 구해야 한다는 것이었다. 그래서 선택한 일이 피자 배달하는 일이다. 오토바이를 타고 동네 곳곳에 피자를 배달하기 위해서 달려갔다. 현수는 피자를 배달하는 일이 세상에서 가장 쉬운 일처럼 느껴졌다. 오토바이를 타고 달리면서 차들과 사람들 사이를 아슬아슬하게 빠져나갈 때 생생한 긴장과 완전한 존재감을 느꼈다. 순간순간 크게 소리라도 내지르고 싶은 충동을 참았다. 학교를 자퇴하게 된 결정적인 계기가 오토바이 폭주로 인한 사고 때문이었다면, 매일의 양식을 구하기 위해 쓸모를 발휘한 것도 오토바이였다.

"그래, 몸은 약해 보이는데 오토바이는 탈 줄 아나?"

피자집 주인은 그렇게 물었었고, 현수가 잘 탄다고 하자 그날부터 바로 일할 수 있게 되었다. 고소한 피자 냄새를 맡으면서 배달하는 일이 현수에게는 꽤 괜찮은 일이라고 생각되었다. '직업엔 귀천이 없다' 고 사람들은 말하면서 정작 얼마나 귀천을 따지고 구별하는지, 현수는 그런 사람들에게 보란 듯이 즐겁게 일하는 모습을 보여주고 싶었다. 피자를 배달하는 일이 얼마나 즐거운 일인지를.

"에덴의 동쪽 피자 두 판!"

주인아저씨는 문을 열고 들어오는 현수를 보자 배달 상자에 피자를 넣으면서 말했다. 에덴의 동쪽은 오토바이로 달려서 10분 정도 거리에 있는 아파트 단지다. 현수는 꽤 달릴 수 있겠구나 생각하면서 헬멧을 썼다. 고급 피자 한 판 값 정도에 피자 두 판이 나가는데다 맛도 괜찮은 편이라 피자는 잘 팔렸다. 현수가 자정이 지나서 고시원에 돌아올 때쯤이면 몸은 땀과 열기에 젖어 뜨거운 햇빛에 시든 풀잎처럼 완전히 지쳐버리고 말지만, 그래도 오토바이를 탈 때 현수는 가장 행복했다.

벨을 눌렀을 때 현수 또래의 얼굴이 유난히 하얀 여학생이 문을 열어 주었다. 거실에는 모임이 있는지 여학생들이 상에 둘러앉아 지저귀는 새들처럼 즐겁게 재잘거리고 있었다. 거실 입구에다 피자를 내려놓는 현수를 여학생들이 호기심 어린 눈빛으로 슬쩍슬쩍 쳐다봤다. 현수는 조금 행동이 어색해졌다. 언뜻 여학생들이 입은 푸른색 교복이 눈에 들어왔다. 현수는 그 교복이 자신과 그들을 다른 세상의 사람으로 구분하는 것 같아 왠지 자신이 초라해지는 것을 느꼈다. 피자를 내려놓자 여학생이 미리 준비한 돈을 내밀었다. 하얀 손이 정결해 보였다. 현수는 딱 맞게 내민 돈을 주머니에 넣으면서 현관문을 열었다. 여학생들의 눈길이 모두 현수의 등에 꽂히는 것을 따갑게 느끼면서 현수는 문을 닫았다. 무엇 때문인지 까르르 웃는 여학생들의 웃음소리가 문밖까지 들려왔다.

현수는 아파트를 벗어나자 아스팔트를 질주했다. 질주하면서 자신의 초라함을, 여학생들의 그 까르르거리던 웃음소리를 모두 털어버리고 싶었다. 팔월의 따가운 햇볕 때문에 현수의 얼굴에는 눈을 제대로 뜰 수 없을 만큼 땀이 흘러내렸다. 여기저기서 불안한 자동차의 소음이 들려왔다. 현수의 오토바이는 자동차 사이를 아슬아슬하게 뚫고 쏜살같이 달렸다. 차 안의 사람들은 모두 공포를 느꼈지만 정작 현수는 아무 공포도 느끼지 않았다.

세인은 그와 오랜만에 교외에 있는 아담한 전통찻집에서 마주 앉았다. 찻상에 놓인 다구들은 모두 백색의 도자기로 정갈해 보였다. 따라 들어온, 긴 머리를 단정하게 말아서 정수리까지 틀어 올린 주인 여자가 다관에 찻잎을 넣어 많이 우려낸 후 드시라고, 그래야 향기로운 차향을 오래 맡을 수 있다고 일러준 뒤 뒷걸음 치듯 조심스럽게 방을 나갔다. 뭔가 여운을 남기는 듯한 여자의 태도가 은은한 차향을 닮았다고 세인은 생각했다.

바깥에는 갑자기 소낙비가 쏟아지고 있었다. 빗소리를 들으면서 세인은, 우려진 차를 무늬 없는 소박한 찻잔에 천천히 따라서 그에게 건넸다. 정결한 모시 방석에 앉아 마당의 파초가 소낙비에 한껏 젖는 소리를 들으며 향긋한 차를 마시니 복잡한 머릿속이 맑아졌다. 가슴의 통증도 한결 가시는 것 같아 세인은 모처럼 여유로웠다. 찻집에서 나는 온갖 향기로운 차향이 앉아 있는 세인의 마음을 편안하게 해주었다.

마당에 비 내리는 소리, 나뭇가지에 비를 피해 앉은 새들이 이따금 지절거리는 소리, 들릴 듯 말 듯 나누는 사람들의 낮은 목소리, 그런 좋은 소리들이 다관에서 잘 우려진 차향과 어우러져 세인의 마음에 오래 잊고 지내던 소박한 안정감을 가져다주었다. 현수 때문에 마음의 여유를 잃어버려 그와 함께 외출조차 편하게 하지 못했었다. 그러나 그 밤, 민수와 산책로를 함께 걸으면서 민수가 가져다주었던 위로가 세인에게 큰 힘이 되었다. 민수의 말대로 언젠가 사랑하는 현수가 돌아오리라, 세인은 그렇게 믿어졌다. 세인은 차향을 맡으며 혀끝에 감도는 은근한 맛을 음미하면서 천천히 차를 마셨다.

그는 세인의 얼굴이 모처럼 편안해 보이는 것을 다행이라고 생각하면서 한 모금 차를 들이켰다. 여름에도 차는 따뜻한 것이 좋다. 세차게 쏟아지는 빗소리를 들으며 차를 마시니 깊은 산 속 어딘가에 와 앉아 있는 것 같다. 그런 고요한 마음 가운데 문득 현수가 떠올랐다.

현수가 자신 때문에 집을 나갔다는 것이 그의 마음을 무겁게 짓누르고 있었다. 세인에게도 그런 자신의 마음을 말하지 않았다. 세인의 마음에 고통을 더 보탤 뿐이라는 생각 때문이었다. 하지만 세인은 그의 그런 무관심해 보이는 묵묵한 태도를 섭섭해 했다. 그가 진심으로 현수를 걱정한다는 것을 알지 못했다.

그는 현수를 이해할 수 있었다. 현수는 다른 애들보다 솔직한 성품을 가지고 있었고, 그래서 자신의 감정을 잘 숨기지 못했다. 마주치면 무뚝뚝하고 화난 듯이 그를 바라보던 현수. 그가 처음 세인의 아이들을 만났을 때 민수보다 현수에게 더 마음이 간 것은 현수의 얼굴이 세인을 많이 닮기도 했지만, 현수에게는 뭔가 깨어질 것 같은 연약함과 불안함, 섬세한 감정들이 그 아이의 눈빛에 그대로 드러나 있었기 때문이었다. 사랑이 필요한 아이구나, 생각이 들었다.

반면에 민수는 타고난 지성과 성실함이 한눈에도 듬직했고 신뢰가 갔다. 자신의 인생을 잘 살아가리라는 확신이 들었다. 러시아에서 유학 중인 지선에게 느껴지는 신뢰와 같은 것이었다. 지선은 엄마가 교통사고로 죽고 나서도 언제나 꿋꿋했다. 슬픔을 드러내놓고 슬퍼하지 않을 만큼 생각이 깊었고, 아버지인 그를 생각했다. 그리고 러시아로 유학을 갈 때도 혼자 남겨지게 될 아버지를 진심으로 걱정하면서 떠나갔다. 그가 재혼한다고 했을 때 가장 기뻐해 준 사람도 지선이었다. 지선과 민수는 전혀 다른 핏줄이면서도 서로 닮아 있었다. 그러나 현수는 그들과는 완전히 다른 아이였다. 그래서 그는 현수에게 더욱 애정을 느꼈다.

현수에게는 좋은 아버지가 필요했다. 그는 현수에게 정말 좋은 아버지가 되고 싶었고, 지금도 그 마음은 한결같다. 현수가 저 혼자 세상 속을 헤매다 깨어지고 부서질지라도 많은 것을 깨닫고, 결국 집으로 돌아오리라고 그는 확신했다. 다만 그 시간이 너무 길어지지 않기를 바랄 뿐이다.

"무슨 생각을 그리 골똘히 하세요?"

세인이 생각에 골몰한 그를 보고 말했다.

"현수 생각. 현수가 보고 싶네."

그렇게 말하는 그의 목소리에 울림이 느껴져서 세인은 가슴이 뭉클했다.

그가 현수에게 무관심하다고 속으로 원망했었는데 오해였다는 생각이 들었다. 현수를 마음에 담고 있으면서도 그것을 말로 표현하지 않은 것뿐이라는 생각이 들자 세인은 그런 그가 고마웠고, 오해한 자신이 미안해졌다.

"고마워요."

"고맙다니…."

다시 고요한 침묵이 흘렀다.

소낙비가 그치려는지 빗소리가 처음보다 많이 가늘게 들렸다. 세인은 마당의 파초에 눈길을 주면서 식은 차를 마셨고, 그는 그대로 다시 생각에 잠겼다. 때로 고요한 침묵이 말보다 훨씬 더 마음과 마음을 잇대어 주고 깊은 곳까지 소통시켜 준다. 파초 잎에 떨어지는 잦아드는 빗소리도, 찻잔에서 은은하게 퍼지는 차향도 어느새 두 사람의 마음에 깊이 젖어들고 있었다.

어디선가 대금소리가 들려왔다. 빗소리와 닮았다. 한낱 풀잎에 맺힌 아침이슬 같은 무상한 인생을 대금만큼 잘 표현하는 악기는 없을 것이다.

현수는 피자를 배달하고 오는 길에 차에 부딪힐 뻔했다. 오토바이를 타고 달리는데 햇빛이 너무 눈부셨다. 순간 현수는 현기증을 느꼈다. 머리가 한 번 빙글 도는 순간 깜깜해지며 앞이 보이지 않았다. 오토바이가 비틀거렸고, 뒤에서 달려오던 자동차가 급브레이크를 밟았다. 자동자의 급하고 신경질적인 경적 소리가 몇 번 울렸다. 현수는 간신히 오토바이를 보도 전신주에 기대 세웠다. 지나가던 사람들이 힐끗힐끗 현수를 쳐다봤다. 현수는 이마에 흐르는 땀을 닦고 잠시 앉아 있었다. 어지럼증이 가라앉고 정신이 들자 다시 오토바이를 탔다. 피자집에 도착했을 때 주인은 놀란 얼굴로 현수의 안색을 살피면서 말했다.

"너, 오늘 어디 아프나? 안색이 안 좋아 보인다."

"괜찮아요. 좀 피곤해서 그래요."

현수는 얼굴을 손바닥으로 한 번 감쌌다.

사고가 날 뻔했다는 말은 하지 않았다. 그러면 일자리를 잃게 될지도 모른다.

"너 말고는 당장 배달할 애가 없으니 쉬라고 할 수도 없고…."

주인은 말끝을 흐리며 아파트에 배달이 있는데, 하면서 판에서 피자를 꺼내 상자에 담았다. 현수는 어디요? 하고 아무렇지도 않은 듯 밝은 목소리로 물었다.

현수는 매일의 양식을 내 손으로 번다는 것이 쉬운 일이 아님을 깨달았다. 문득 아버지가 돌아가시고 나서 보험회사에 다니기 시작한 어머니가 매일 지쳐서 돌아오곤 하던 모습이 떠올랐다. 그때 많이 힘드셨겠구나, 현수는 생각했다. 어머니를 사랑한다고 하면서 어머니가 힘들어하는 것에 대해서는 생각하지 못했다. 언제나 필요한 것은 알라딘의 마술램프처럼 주문만 외우면 저절로 생기는 것처럼 당연하게 생각했다. 마술램프에 필요한 것을 채우기 위해서 어머니가 얼마나 힘들게 일하는지는 생각하지 못했다. 현수는 그런 자신이 문득 부끄러워졌다.

현수는 배달 상자를 들고 다시 배달하기 위해서 오토바이에 올라탔다.

"짜샤, 돈 많이 벌었냐?"

자정 가까이 되어 땀에 절어서 고시원에 돌아온 현수를 녀석들이 기다리고 있었다. 현수는 그 녀석들을 보는 순간 달아나고 싶었다. 돈을 빼앗기 위해서 온 것이다. 현수는 녀석들과 함께 오토바이 사고를 냈고, 함께 무리지어 다니면서 힘없는 아이들을 폭행하고 돈을 빼앗기도 했다. 그 돈으로 밤새도록 PC방에서 게임을 하고, 담배를 피우고 술을 마셨다. 그런 것에 빠져있을 때 현수는 자신이 한 편의 영화 주인공이라도 된 듯한 몽롱한 착각에 빠졌고, 현실을 잊어버리곤 했다. 그런데 어느 새벽녘, 녀석들의 자취방에서 술병과 담배꽁초 속에 널브러져 자다 깨어난 자신의 모습을 보자 마치 더러운 하수구를 기어 다니는 거머리처럼 징그럽게 느껴졌다. 그토록 타락해버린 자신이 혐오스러웠다. 현수의 내면 깊은 곳에 남아 있던 성실성이 자신을 돌아보게 한 것이다. 추하고 비참한 몰골의 한 초라한 인간. 현수는 그런 자신을 추스르고 싶었다. 그러나 집으로 돌아갈 용기는 나지 않았다. 대신 현수는 그 녀석들로부터 과감하게 떨어져 나와 홀로 쪽방으로 들어

갔다. 스스로의 힘으로 정직하게 살아보고 싶었다.

"들어갈까? 여기서 기다릴까?"

녀석들은 건들거리며 현수를 노려보았다. 현수는 그런 녀석들의 눈빛을 피하지 않았다.

"없어. 그냥 돌아가."

현수는 녀석들을 똑바로 쳐다보면서 말했다. 녀석들 중에 덩치가 제일 큰 놈이 먹이를 찾아 어슬렁거리는 곰처럼 현수에게 다가왔다. 현수는 그대로 서 있었다. 녀석은 현수의 가슴을 사정없이 주먹으로 쳤다. 현수는 그 자리에 맥없이 쓰러졌다. 녀석들 세 명이 한꺼번에 달려들어 현수를 구타하기 시작했다. 현수는 아무리 맞아도, 맞아서 정신을 잃는 한이 있어도 절대로 녀석들에게 돈을 주지 않겠다고 생각했다. 타협하기 싫었다. 한 번 타협하면 그만 올무에 갇힌 새처럼 자유를 잃어버리고 말 것이기 때문이다. 시간이 얼마나 지났을까. 계단을 올라오는 사람들의 웅성웅성하는 말소리가 희미하게 들려왔다. 소리들은 점점 가까이 다가왔고, 녀석들이 반대쪽 계단을 향해 후다닥 급하게 달아났다. 녀석들의 달아나는 발소리를 희미하게 들으면서 현수는 그만 정신을 잃고 말았다.

현수가 병원에 실려 갔다는 고시원 관리인의 연락을 받은 것은 새벽 한 시가 넘어서였다. 세인은 잠이 오지 않아 책을 읽고 있던 중이었다. 현수가 집을 나가고부터 세인은 하루도 편한 잠을 자 보지를 못했다. 마음속에 바람 같은 것이 가득 차 있어서 그 바람은 밤마다 세인을 뒤척이게 했고, 눈물의 기도를 드리게 했고, 가슴에 깊은 통증을 느끼게 했다. 현수가 반드시 돌아오리라는 것을 믿으면서도 그 아이의 모습이 떠오를 때마다 마음은 늘 현수에게로 달려가곤 했다. 그리고 깊은 밤에도 현수가 현관문을 열고 들어올 것 같아 마음과 눈이 늘 문 쪽으로 향했다. 문 밖의 작은 소리에도 귀는 늘 세밀하게 열려져 있었고, 덜컥 소리라도 나면 현수가 아닐까 가슴이 뛰었다.

세인은 연락을 받자마자 바로 뛰어나갔다. 그는 출장 중이었고, 민수는 일주일 전에 교회 선배들과 함께 베트남으로 단기선교를 떠나고 없었다. 세인 혼자였다. 차를 어떻게 몰았는지 정신없이 병원에 도착했다. 깊은 밤인데도 대낮처럼 부산한 응급실에 들어서자 여기저기 누워 있는 환자들 가운데 벽 쪽에 누워 있는 현수가 바로 눈에 들어왔다. 세인은 침대 쪽으로 급히 걸어갔다. 손등에 링거 바늘이 꽂혀 있었다. 바늘이 꽂힌 자리에 퍼런 멍이 들어 있다. 세인은 현수의 얼굴을 가만히 손으로 쓸어보았다. 창백하고 여윈 얼굴이 애처로웠다.

"왼쪽 갈비뼈 세 개가 골절된 상태입니다."

언제 왔는지 의사가 세인 옆으로 다가오면서 말했다. 삼십 대의 젊은 의사는 소신에 찬 얼굴을 하고 있었다. 세인은 다른 곳은 이상이 없느냐고 물었다. 다른 이상은 검사를 해봐야 알 수 있다고 말하면서, 의사는 약간 기운 듯한 링거병을 슬쩍 손으로 만졌다. 그리고 현수의 얼굴을 살펴본 후에 세인에게 어서 입원을 시키라고 말했다. 세인은 마음이 급해져서 미처 대답도 하지 못한 채 접수처로 달려가 입원 수속을 밟았다.

현수는 깊은 잠에 빠져 있었다. 얼마나 깊이 잠들었었는지 눈을 뜨니 마치 다른 세상 속에 홀로 누워있는 듯 쓸쓸한 생각이 들었다. 숨을 쉴 때마다 가슴에서 심한 통증이 느껴졌다. 녀석들에게 맞으면서 현수는 마음이 오히려 홀가분했었다. 이렇게 짓밟히고 나면 더 이상 짓밟힐 게 없고, 그러면 녀석들에게서 자유로울 수 있으리라는 생각이 들었기 때문이다.

"깨어났구나!"

현수가 눈을 뜬 것을 보자 세인은 너무 반가웠다.

현수는 그제야 자신이 침대에 누워 있고, 이곳이 병실이라는 사실을 알았다. 그리고 엄마가 곁에 있다는 것도. 갑자기 엄마의 얼굴을 보자 눈물이 핑 돌았다. '이 세상에 나 혼자구나.' 생각했었는데 엄마가 곁에 있었다. 집이 싫어서 집을 뛰쳐나왔는데 엄마를 보는 순간 돌아갈 집이 있다는 사실이 기쁨이 되어 현수의 마음을 뛰게 했다.

"많이 아프지? 넌 맞아서 정신을 잃고 이곳에 실려 왔어. 갈비뼈가 부러졌대."

세인의 말을 듣고 있던 현수의 눈에 그늘이 졌다. 세인의 목소리가 마음에 스며들듯 다정하게 들려왔다. 세인은 현수의 얼굴을 조용히 바라보았다. 그 얼굴에서 오래전 아빠를 사랑하고, 엄마를 사랑했던 사랑스런 아들의 모습을 다시 보는 것 같았다. 비록 얼굴과 몸은 형편없이 초라해져 있었지만 침대에 누워서 엄마를 바라보는 현수의 눈길에는 아들다운 겸손함과 애정이 가득 담겨 있었다. 세인은 현수의 손을 두 손으로 꼭 쥐었다. 따뜻했다. 그

따뜻함은 서로 피가 통하고, 마음이 통하고, 슬픔도 기쁨도 그 모든 것을 함께 공유하는 아들과 엄마 사이에서만 느낄 수 있는 것이었다.

"죄송해요."

"아니다. 많이 아프진 않니?"

"엄마가 보고 싶었어요."

많이 아프냐고 묻는 세인에게 현수는 대답 대신 엄마가 보고 싶었다고 대답했다. 눈시울이 젖어들면서 세인의 가슴속에 뭔가 충만한 것이 가득 차오르기 시작했다. 그것은 현수가 밖을 떠돌면서부터 잃어버렸던 기쁨이었다. 세인은 말없이 현수의 이마에 흘러내린 머리카락을 위로 쓸어주었다. 세인은 이제 다시는 현수가 집을 떠나 떠돌지 않을 거라는 확신이 들었다. 현수의 눈빛이 그렇게 말하고 있었다.

출장에서 돌아오는 길에 세인에게 연락을 받은 그는 바로 병원으로 차를 몰았다. 왠지 걱정보다는 현수를 본다는 생각에 가슴이 뛰었다. 한 번도 현수에게 아버지라고 불린 적이 없지만 그런 현수에게 더욱 정을 느끼는 그였다. 그는 병원 입구에 있는 꽃집에 들러 꽃을 샀다. 많은 꽃들 중에서 유독 노란 미니 해바라기가 마음에 들었다. 황금 빛깔의 당당함과 크고 둥근 꽃 모양이 넓은 포용과 희망을 노래하는 것 같았기 때문이다. 그가 현수에게 바라는 마음을 해바라기로 대신할 수 있을 것도 같았다. 솜씨 좋은 꽃집 아가씨는 미니 해바라기 일곱 송이로 순식간에 예쁜 꽃다발을 만들어주었다.

병실을 들어서자 창문 쪽을 향해 앉아 있는 세인의 등이 보였다. 현수의 눈빛이 그의 눈빛과 마주쳤다. 그는 활짝 웃어 보였다. 현수도 아주 희미하게 미소 지었다. 그제야 세인이 뒤를 돌아보았다. 그는 꽃다발을 든 손을 뒤로 한 채 웃으면서 뚜벅뚜벅 침대가로 걸어갔다.

"현수야, 선물!"

그는 뒤로 숨겼던 해바라기 꽃다발을 현수에게 활짝 내밀었다.

"아, 너무 예뻐요!"

세인이 대신 꽃을 받으며 감탄했다.

소낙비 내리던 날, 차 안에서 바라보던 그 길가의 노란 해바라기가 생각났다. 현수도 해바라기를 보자 얼굴이 밝아졌다. 세인이 누군가 갖다 놓은 초록색 상자 안에다 꽃다발을 담았다. 주변이 환해졌다. 그는 현수의 손을 잡았다. 현수는 그를 잡은 손에 힘을 주었다. 크고 단단한 손이 편안했다. 아버지의 손이다. 현수는 왜 그토록 그를 미워했는지 정말 미안했다. 아버지! 현수는 속으로 낮게 불러 보았다. 얼마나 그리운 이름인지…. 현수의 눈에서 애써 참고 있었던 눈물이 흘렀다.

봄비

백승희

비다! 비가 내리고 있다.

1975년 3월 2일, 승희가 경주의 ㄱ초등학교로 전학을 가고 첫 등교 하는 날. 4교시 오전 수업을 마치고 봉숙이와 함께 가려던 하굣길에 봄비가 내린다.

수업을 마친 반 아이들이 하나 둘 집으로 가고, 교실에는 봉숙이랑 승희만 남아 있다. 내리는 비가 그치길 기다리며 둘은 하염없이 교실 창밖을 바라보고 있다. 둘만 남은 ㄱ초등학교의 3학년 1반 교실에서 아무 말 없이 창밖을 내다보는 승희와 봉숙. 둘 사이에 어색한 침묵이 흐른다.

봉숙과 나란히 서서 창밖을 내다보던 승희가 문득 고개를 돌려 봉숙을 쳐다본다. 자신보다 어른 주먹 하나 만큼 키가 더 큰 봉숙이의 옆모습을 처음으로 보게 된 승희. 흑단같이 검고 찰랑찰랑한 긴 생머리에 시골아이 답지 않게 뽀얀 얼굴과 사슴을 닮은 듯한 커다란 눈망울, 오똑 솟은 콧날과 불타는 듯 유난히 붉고 아침이슬을 머금은 듯 촉촉해 보이는 두 입술, 또래보다 발육이 빠른 듯 입고 있던 하얀 스웨터 위로 봉긋 솟은 가슴까지.

'아…, 이 아이 봉숙이. 정말 예쁘다.'

이런 생각을 하며 넋을 잃은 채 봉숙이의 옆모습을 바라보는 승희. 지금 승희의 가슴은 콩닥콩닥 뛰고 얼굴은 상기되어 귀까지 발갛게 물들어 있다. 한참 동안을 그렇게 봉숙이를 쳐다보며 망부석이 되어버린 승희. 그러던 중 자신을 뚫어지게 쳐다보는 승희의 시선을 느꼈는지 봉숙이가 고개를 돌려 승희를 바라본다. 두 아이의 시선이 마주친다. 승희의 시선을 의식하고 있었던 걸까? 승희와 마주 보는 봉숙이의 얼굴 역시 붉게 물들어 있다. 부끄러운 듯 승희와 마주하던 봉숙이의 시선이 아래를 향한다. 수줍은 듯 고개 숙인 봉숙이가 잠시 후 고개를 들고 나지막하게 말한다.

"니 방금 내 쳐다봤나? 담부터 내 허락 안 받고 훔쳐보면 니 내한테 맞아 디진데이~. 알겠나?"

천사 같은 봉숙이의 옆모습을 지켜보며 차마 사랑이라 말할 수도 없는 달콤한 감정에 빠졌던 승희가 퍼뜩 정신을 차린다. 그리고 속으로 다짐한다.

'가시나가…. 얼굴은 이쁘게 생겨 갖고 하는 행동이나 말투는 무슨 머시마 같노? 앞으로 내가 이 가시나 좋아하면 내가 이 가시나 아들이다.'

솜사탕처럼 달콤한 상상을 하다 막 정신을 차린 승희에게 봉숙이가 말한다.

"뛰자, 뛰어서 집에 가자. 내가 보이, 이 비 그칠라 카마 한밤중까지는 기다려야 될 꺼 같다."

봉숙이의 말이 떨어지자 우산이 없어 비가 그칠 때까지 교실에서 기다리던 두 아이, 즉 봉숙이와 승희는 교실을 벗어나 텅 빈 학교 운동장을 가로질러 냅다 뛰기 시작한다. 둘 다 가방을 우산 삼아 머리에 인 채.

빗줄기가 조금 가늘어졌다 싶어 교실을 뛰쳐나온 두 아이들 머리 위로 더욱 세찬 빗줄기가 쏟아져 내린다. 앞장 서 달리는 봉숙이를 뒤따르는 승희는 쏟아지는 빗줄기가 마냥 싫지만은 않다. 머스마 같은 성격을 가진 예쁜 봉숙이와 함께 하는 빗속에서의 하굣길이 오히려 승희는 즐겁기만 한 것이다.

하지만 그런 승희의 마음도 폭우로 변해 쏟아지는 비 앞에서는 어쩔 수 없다. 저만치 앞서서 달려가던 봉숙이를 불러 세우는 승희.

"봉숙아, 봉숙아, 잠깐만~."

승희가 외치는 소리에 뛰어가던 발걸음 멈춘 채 뒤돌아선 봉숙. 가방을 머리에 인 채 쏟아지는 폭우에 온몸이 비 맞은 생쥐 꼴이 된 봉숙이는 긴 생머리에서 물방울을 뚝뚝 떨어뜨리며 승희에게 말한다.

"비가 너무 많이 오제? 우리 저기 저 기와집 처마 밑에서 비 좀 피하다 가자."

봉숙이의 말이 떨어지자 두 아이는 마침 눈앞에 보이는 기와집 처마 밑 담벼락에 등을 기대고 나란히 앉아 비를 피한다. 학교를 나오자마자 더 심해진 빗줄기에 집으로 뛰어가던 두 아이는 모두 비에 흠뻑 젖었다. 아직도 겨울의 추위가 완전히 가시지 않은 이른 봄날이라 비 맞은 두 아이가 오들오들 떨기 시작한다.

무슨 생각이었을까? 자신도 추워서 떨던 승희가 바로 옆에서 오들오들 떨고 있는 봉숙이의 하얀 목덜미를 자신의 오른 팔로 감싼다. 추위에 떨던 봉숙이를 어떻게든 따뜻하게 해 주고 싶었던 순수한 승희의 마음이었으리라. 워낙 사내애 같은 거친 성격의 봉숙이가 어떤 식으로 나올지 몰라 조심스럽게 반응을 살피던 승희. 뜻밖에도 봉숙이는 승희의 돌발행동에 별다른 반응이 없다. 그저 승희가 내미는 팔에 몸을 맡긴 채 자신의 머리를 승희의 가슴에 살포시 기댄다. 승희의 가슴이 콩닥콩닥 뛰기 시작한다. 추위에 떨어 백짓장처럼 하얗던 봉숙이의 얼굴도 발갛게 물들기 시작한다. 두 아이는 언제까지라도 그렇게 있고 싶었던 걸까? 한참 동안을 아무 말 없이 승희의 가슴팍에 안겨 있던 봉숙이가 고개 들어 승희를 쳐다본다. 그러다 봉숙이가 승희의 뺨에 살포시 입을 댄다. 예상치 못한 봉숙이의 행동에 승희가 당황할 새도 없이 봉숙이가 말한다.

"뛰자~."

느닷없는 봉숙이의 기습 뽀뽀에 당황한 승희. 그리고 부끄럽다는 듯 폭우가 쏟아지는 빗속으로 달려가는 봉숙이. 승희도 봉숙이를 따라 빗속으로 뛰어든다. 쏟아지는 빗속에서 가방을 우산 삼아 머리에 인 채 앞서가는 봉숙이와 뒤따라가는 승희. 이미 사랑에 빠져버린 듯한 두 아이에게는 쏟아지는 빗속에서의 달리기마저도 그저 감미로울 따름이다.

그렇게 한참을 달려 아스팔트가 깔린 도심지를 지나 논두렁, 밭

두렁이 있는 전형적인 70년대의 시골 풍경 속으로 뛰어드는 두 아이. 논두렁 사이로 졸졸 흐르던 물줄기가 실개천을 이루고 그곳에서 기나긴 겨울잠에서 깨어나 알록달록 화려한 자신의 자태를 뽐내고 있는 무당개구리가 유난히 예뻐 보이는 1975년 3월의 어느 날, 승희는 자신의 첫사랑(당시의 감정이 사랑이었는지는 지금은 잘 모르겠지만 그저 당시는 봉숙이가 너무 좋아 그 아이를 위해서라면 뭐라도 할 수 있을 것 같았던 느낌이었다고나 할까?)이었던 봉숙이와 한 편의 달달한 영화를 찍고 있는 중이다.

한참을 그렇게 달려가던 두 사람. 앞서 가던 봉숙이가 멈추어 선다. 뒤따라 달려가던 승희도 달리기를 멈춘다. 뒤돌아 선 봉숙이가 승희에게 말한다.

"승희야, 너그 집에 가자. 너그 집에 가서 놀자."

느닷없는 봉숙의 제안에 당황한 승희. 하지만 뭐 싫지는 않다.

"그…그래. 지금 집에 가면 엄마가 계실 테니 우리 집에 가서 엄마한테 맛있는 거 해 달라 하지 뭐…."

전학을 간 첫 날부터 집으로 돌아가면서 여자 친구를 데려가면 어머니께서 뭐라 할지는 모르겠지만 봉숙이의 뜬금없는 제안이 좋기도 하고 걱정도 되는 승희. 하지만 뭐 그게 대수랴? 지금 승희는 봉숙이와 함께라면 이 세상 끝까지라도 함께 갈 수 있을 듯한 심정인 것을.

종일 내리던 비도 이제 그치고 뭉게구름 사이로 드러난 붉은 태양이 따사로이 햇살을 비추기 시작한 경주의 한적한 시골 길을 걸어가는 두 사람. 둘은 나란히 걸어가며 노래를 한다.

설리화

이룸

그것 때문에 수성못에서 뿌이는 몸을 던지지 않았다.

걷다가 멈추는 횟수가 빈번해진다. 얼마나 더 갈 수 있을까. 규대의 호흡은 점점 더 거칠어진다. 한편 섬세해진다. 걸음을 뗄 때마다 그의 숨은 참빗 모양으로 여러 갈래 잘게 나누어진 아가미를 거쳐 들고 난다. 그러니까 물에서 살면서도 아가미가 없는 수달의 호흡처럼 숨 한 번 내쉬기가 힘겹다. 걷는다. 뒷다리가 앞발이 찍어놓은 발자국을 건너간다.

이어지는 반복. 물과 뭍에서 숨을 이어가는 양서류가 된 기분이다. 뿌이를 보는 순간 이보다 더 악조건인 환경일지라도 견딜 수 있을 거 같았다. 피와 물을 접합시켜 가스 교환을 이루는 그 오묘한 아가미 호흡을 하느라 머리부터 턱밑까지 땀범벅이다. 오르면 오를수록 다리는 팍팍하고 보폭은 줄어든다. 규대가 부대끼는 걸 안타까이 바라보는 뿌이.

"힘드시죠?"

힘이 든 만큼 점점 사방물을 소유하는 느낌에다 뿌이 속으로 들어가는 기분이다.

"힘들구마, 붕어가 힘이 있어봤자 얼마나 있겠는교, 캭!"

입속에 고인 단침을 뱉는다. 붕어라고 놀렸던 뿌이가 나오려는 웃음을 손으로 막는다. 그 모습에 힘이 나는 규대. 힘차게 걷는다. 옛날 개똥참외가 굴러다니던 과수원을 지나 몇 걸음 앞, 커다란 당산나무 근처에 음산한 집이 보이자 갑자기 뿌이가 고개를 돌린다.

"아저씨도 무서운가 보군요. 저 안에 뭐가 들어 있었는지 아세요? 예전에는 귀신들이 득시글득시글해서 밤에는 얼씬도 못했던 집이에요. 아저씨, 조금만 올라가면 우리 동네가 나올 건데 거기서 한 번 더 쉴까요?"

사실 규대도 얼른 지나고 싶었다. 거의 주저앉은 상여집이지만 금방이라도 저승사자가 나올 거 같다. 거기서 조금 떨어진 서낭당. 이불 속에서 삐져나온 맨발처럼 두 곳 다 마을과는 동떨어져 있었으므로 아이들에겐 공포의 대상이었다. 뿌이가 규대의 이마에 젖은 땀을 정성들여 닦아준다. 선글라스 밑으로 흐르는 땀은 규대 스스로 닦았다. 뿌이의 손수건에서 풍기는 향이 묘해 나중에도 기억날 거 같다. 선글라스가 거치적거린다. 틀니처럼 이질적인 선글라스를 언제쯤 벗을 수 있을까.

"뿌이씨, 이카이 시지프스 신화가 생각나네요. 바위를 산꼭대기까지 밀어올리면 또 굴러내리오고. 그러면 다시 올리고, 또 굴러내리오고 그래도 또 밀어올리고 말이라요, 왜 그랬겠십니꺼?"

"아저씨, 그만! 그건 아저씨 같은 정상인들에게나 어울리는……, 고향길에 발자국 하나 남길 수 없는 제 처지를……, 그때 죽었으면 차라리……."

쌍무화과집이라고 늘 떨거지들만 들어오는 게 아니다. 이른바 먹물들을 받는 날. 그런 날은 놈들의 뒤에다 소금을 뿌리고 싶었다. 쥐꼬리만한 팁을 주면서 징글징글한 설교조의 잔소리에다 오만 변태짓을 다하는 작자들 말이다.

"전 벌써 열여덟에 죽었어야 했어요. 그때 이 다리와 함께 말이에요."

규대가 혀를 찬다.

"됐심더. 뿌이씨 맘 알겠는데요, 그래가 죽는다 카머, 내는 골백 번도 더 죽었겠심더! 인생 얼매 되는교. 아프고 힘든다꼬 빼고 부끄럽고 고통시럽다고 빼고 이리저리 다 빼고 나머 인생의 분량이 얼매 안 된다 아입니꺼. 그기 다 인생 카는 긴데."

실은 그동안 무척이나 헐렁하게 살아온 규대 자신을 향해 꾸짖는 기분이다.

"재밌는 표현이군요, 잠시 쉴까요?"

숨을 몰아쉬는 규대가 이마의 땀을 닦는다.

"화아! 아저씨!"

희미하게나마 마을 어귀가 보이자 휠체어 바퀴를 힘껏 돌리는 뿌이. 안간힘을 쓰며 밀어내는 규대의 팔이 자꾸만 밀린다. 이윽고 사방물 초입이 나타나자 규대도 설렌다. 얼마나 보고 싶었던 고향인가. 마을의 무엇과 마주쳐도 반갑다. 많이 변했다. 집과 골목도 그렇지만 먼저 초목들이 못 알아볼 정도로 자랐고 그것들이 마을을 더욱 낯설게 한다.

달빛에 비쳐진 사방물은 이제 예전과 같은 것이라곤 하늘뿐이다. 마을 입구에 도착한 규대가 주저앉는다. 돌연 환해진 얼굴을 서로 확인한다. 쌍무화과집에서 보던 서로의 모습이 아니다. 왜일까? 조금은 두렵다. 마을 속으로 들어가면 필시 피가 나도록 긁적였던 추억들이 곳곳에 남아 있을 거였다.

"그기 여 있는교?"

"그래요. 조금만 더 가면."

"뭔데요?"

"……"

규대가 다시 힘을 낸다. 드디어 들어선 사방물. 그토록 사무쳤던 사방물은 마치 전화가 휩쓸고 간 성터의 모습으로, 나무에 묻힌 모습으로 산 속에 널브러져 있다. 금방이라도 뭐가 튀어나올 거 같은 어쩌면 유령마을로 변했고 곧 금성산과 합쳐질 조짐을 보였으나 아직은 집집마다 감, 대추, 살구나무 등 달빛을 담뿍 쓴 가목(家木)들이 경비병처럼 서있다.

"아무 집이나 들어가 불을 켜 볼까요? 이럴 땐 저 별이라도 하나 뚝 떨어져 나무에 걸리면 좋겠네요."

뿌이의 눈동자가 별처럼 빛난다. 규대가 무섭지 않느냐고 물으려다 참는다. 나무들마다 이파리를 잔잔하게 떨며 마치 그동안의 사방물에 대한 이야기를 나직나직 들려주려는 듯 저들끼리 수군댄다. 규대가 늘어진 나뭇가지와 악수한다. 사방물의 하늘은 맑을수록 슬프다. 북두칠성이나 샛별도 그렇게 보인다. 이름 없는 성단에 속한 잔별들은 금방이라도 쏟아질 듯 글썽거린다. 뿌이가 휠체어를 세운다. 그리고 그 자리에서 일어선다. 산대나무를 사운대게 하는 골바람에 그녀의 코를 들이민다.

"화아! 우리 마을이에요. 화아! 이 냄새! 마을의 냄새가 이십 년 전과 다름없어요. (하늘을 보며) 저 달도 여기 거는 저렇게 예쁜 거 있죠. (규대의 손을 잡으며) 아저씨, 저 집 좀 보세요. 기와집이라 아직 형체가 남아 있군요. 동네에서 제일 부자고 갱알할배라며 호랑이보다 더 무서운 영감님이 살았지요. 지금도 이노옴! 하는 영감님의 고함이 귓전을 때리는군요. 그래도 그 집 제삿날 단자 인심은 참 좋았어요. 단자를 얻어와 동무들과 나누어 먹던 겨울밤엔 가끔씩 재밌는 일이 일어나곤 했습니다."

갱알할배의 모습이 선하다. 봄날 사방물 위에서 울어대는 종달새, 또는 금성산을 넓게 맴도는 솔개 중 하나는 분명 스스로 윤회한 갱알할배일 거였다. 뿌이가 휠체어에서 벗어나 한발 한발 걸으며 추억을 직접 밟는다. 이미 규대와 공유된 것들이지만 새삼 궁금하다.

"어떤 일요?"

"그렇고 그런 일이었어요. 그냥……!"

"싱겁기는."

"아저씨 동네도 그랬나요?"

"하머요! 뿌이씨 동네만 동넵니꺼?"

"알았어요. 저기 보시죠. 저기 흙담만 남은 집터는 원래 풍각장이가 살았었는데 그 집엔 별 게 다 있었지요. 장구 꽹과리 큰북 작은북. 그집 그 양반 없이 동네잔치를 할 수 없었지요. 지금으로 말하면 이벤트 회사쯤 되겠네요. 제가 그 집 징 한번 쳐보았다가 혼쭐난 기억이 나네요. 저 탱자나무집엔."

뿌이의 말이 탱자나무에서 줄어진다. 탱자나무집을 가리키는 그녀의 검지 끝이 말린다. 순간 그녀의 목으로 침이 넘어가는 소리가 들린다. 규대의 청신경이 예민해지는 찰나, 뿌이가 휠체어를 힘차게 굴린다. 잠시지만 탱자나무로 가려진 그 집은 마치 비밀 정원으로 변한다. 그대로 두자. 대신 규대가 풍각장이와 점쟁이가 한 조로 타동네까지 원정을 다니던 기억을 꺼낸다.

"그카이 카는데, 이쪼 동네는 무당 없었는교? 우리 동네 무당은 사람 여럿 잡았심더. 우리 어메도 백지 푸닥거리 값만 날리고."

"호호, 이 동네라고 없을까봐요. 쌀점도 치고 굿도 하는, 저기 구기자 울타리 보이죠? 저게 익으면 시집갈까, 그만 익어라, 그만 익어, 하며 애원하던 옆집 언니가 생각나네요. 다 익기 전에 팔려 갔던 그 언닌 지금쯤 어떻게 되었을까요. 암튼 저 집이 점쟁이 집이었어요. 애가 단 우리 엄마도 꽤나 들락거리셨지요. 아버지의 출옥일을 한 번도 맞추지 못한 그 점쟁이는……."

괜스레 슬퍼진다. 몇 걸음 걸었을까. 휠체어가 마을 속으로 들어갈수록 추억들이 그들 앞에 한 장면씩 나타난다. 산적들이 팽개친 산채와 같은 고샅길을 지나 자신의 집을 안타깝게 바라보는 규대. 그 집을 뒤로하고 이윽고 도람의 집 앞에 선다. 그동안 규대의 머릿속에선 깨나 들락거렸던 집이다. 그의 시선이 닿는 곳마다 원래의 기억과 차이를 보이지만 전체적인 화면은 박제된 거처

럼 예전 그대로다. 일테면 몇 년째 손을 타지 않은 석류, 모과 등이 말라비틀

어진 채 가뭇없는 주인의 귀가를 기다리고 있다. 폐가에도 등급이 있는 듯, 밥 깨나 먹고 살았던 집들 그러니까 부잣집들은 그 형체의 온전함을 조금 더 간직하고 있다.

도람의 집이 그랬다. 그 시절 화가의 집이라서인지 겉모양부터 달랐다. 푸른 지붕이 눈에 띄었고 노란색 담장이 또 그랬다. 그 시절 흔치 않은 원목 판자 담장은 색깔과 모양으로 주민들의 시선을 자극했으며 이웃과의 경계를 요란하게 갈라놓았다. 한번은 도람의 관심을 사려는 이웃의 까까머리가 담장에 낙서를 했다가 혼쭐이 난 적이 있었다. 녀석은 그에 아랑곳하지 않은 채 도람의 얼굴에 분탕질을 해댔다. 거기에다 누군가 더 심한 호작질을 했었다.

도람네 담장은 사그라진 대문으로 인해 대문니가 빠진 것처럼 보였다. 그 앞에 선 두 사람. 잠시 숨을 고른다. 주변을 둘러본다. 뿌이가 휠체어에서 내려 목발을 짚는다. 한 발짝 두 발짝, 마당은 스무 해를 넘게 방치된 흔적이 역력하다. 그 동안 주인 없이 살고 지고했던 화초들은 잡초와 한 식구로 합쳤고 그것들이 엉키고 달라붙으며 오랜만에 찾아온 주인을 환영했다.

"어라? 왜 그게 없지?"

"예? 뭐 찾는교?"

목발 끝으로 잡풀을 휘저으며 이리저리 살핀다.

"오호! 여기 있어요."

"뭐가예?"

뿌이가 찾아낸 것은 잡풀 속에 엎어져 있는 빨간 다라이였다.

"아저씨, 이것 좀 바로 세워줄래요?"

규대가 빨간 다라이를 뒤집는다. 둘의 시선이 다라이 안에 머문다. 다라이를 바라보는 둘의 얼굴에 뜻 모를 웃음이 지나간다. 맥이 빠진 규대가 빙싯거린다.

"에헤이! 아께부터 찾는다 카는 기 이건교? 뭐, 이런 거까 사람 놀리노?"

"아니에요. 설마 이거 찾으러 여기까지 왔을까 봐요. 이게 아니고……."

뿌이의 말이 똑똑 떨어진다. 더 묻기 싫다. 한때는 뿌이 찾는다고 온 시장을 헤매더니만 이젠 또 뭐란 말인가. 평생 뭐 찾다 볼 일 다 보란 팔자밖에 안되나. 이 우렁 껍데기 같은 동네에서 뭘 찾는단 말이고, 란 말을 하려다 접는다. 그것은 다라이의 가장자리를 어루만지는 순간 느껴졌고, 그러자 까슬까슬한 다라이의 표면이 많은 얘기를 전해준다. 다라이를 중간에 두고 마주 보는 두 사람.

잠시 후, 규대가 잡초 속에서 버티고 있던 이름 모를 꽃 한 송이를 뿌이에게 건넨다. 그 꽃을 소담스럽게 받은 뿌이가 맑은 하늘을 본다. 나뭇가지를 휘일 듯 수북이 쏟아지던 달빛도 이제 서서히 연해진다. 거미줄을 걷어내며 집 안으로 들어선 후 한참만에야 뿌이가 먼저 입을 연다.

"고마워요. 여기서 잠시 쉬기로 하죠. 아무리 급해도……. 저기가 부엌이구요, 여긴 엄마와 같이 자던 큰방이었습니다. 아저씨, 그게 언제인가 까마득합니다만 전 사실 동네 사람들 몰래 여길 왔었습니다. 보고 싶은 사람이 있었거든요"

"언제예?"

세상엔 아무리 노력해도 숨길 수 없는 표정이 있을 터. 그나마 다행인 것은 먹감나무의 그늘이 규대의 얼굴을 살짝 가려주었다. 아! 언제였던가? 정녕 그녀의 삶은 사고 전과 후 정확하게 반으로 접혔다.

"사고 전이었겠죠. 자, 여긴 신발과 옷 등 잡화를 진열해놓았던 진열대가 있던 곳입니다. 우리 집이 작은 상점이었거든요. 이 동네 주민들의 패션은 우리 엄마의 취향이었습니다. 우리 엄만 정말 멋쟁이셨어요."

그랬다. 명절 때가 되면 도람의 집에 걸린 때때옷은 타동네 사람들까지 올라오게 했다. 그리고 그녀는 금방 부자가 되었다. 규대네가 뭇국, 잘해봐야 콩나물국을 끓일 때 그 집에선 구수한 오징어 국물 냄새를 풍겼다. 산골에서 오징어라니. 상아 같은 하얀 오징어뼈를 대문 기둥 옆에 모아둠으로써 부를 과시하던 시절. 그 집 앞엔 마치 패총처럼 쌓인 간고등어 가시와 오징어뼈들이 동네 잡견들의 군침을 흘리게 했다. 누룽지 맛도 그 집 것은 또 달랐다. 쌀의 비율이 남달랐으므로 도람의 집 누룽지는 군것질거리로 그만이었다.

"그리고 저 방!"

뿌이가 예전 자신의 방을 가리켰다.

"찾는다 카는 기 저 방에 있는교?"

"……."

그 방, 도람과 키재기를 하던 그 방, 유리창에 모감주 가지가 닿을락말락하던 방, 화려한 색깔의 옷이 걸려 있던 방, 한 개쯤 슬쩍하고 싶은 장난감이 모여 있던 방, 암탉 품 같은 이불이 깔려 있던 방, 화과자 향이 그윽했던 방, 양말과 함께 방치되었던 도람의 팬티를 못 본 척 했던 방, 특이한 그림들이 붙어 있던 방, 그보다 더 독특한 아빠가 만들어주었다는 요강을 보고 있자 도람이 그의 옆구리를 쿡 찔렀던 방.

처음 키재기를 하는 날. 그때만 생각하면 기억이 막힌다. 그 당시 도람도 그랬을까 당장 묻고 싶다. 정갈하지 않았던 두 사람의 호흡과 언행. 콧날이 오뚝한 그녀의 코끝에서 나던 달콤한 땀 냄새. 그 시절 뭘 먹는지 도람의 성장속도는 남달랐다. 등을 맞대고 키재기를 하던 어느 날. 서로 마주보며 재어보자는 제안을 한 건 도람이었다. 그것은 설마 했던 규대의 상상이 현실로 나타나는 순간이었다.

"와?"

"……."

"꼭 앞으로 해야 되나?"

눈만 말똥거리는 도람이었다. 그 눈과 마주칠 용기는 고사하고 도대체 입을 열 수가 없었다. 가까스로 입을 열었지만 몇 개의 단어만 반복했다. 그리고 마치 코너에 몰린 거처럼 규대는 주춤거릴 수밖에 없었다. 순간 도람이 그의 팔목을 잡았다. 잘 먹어서 그런지 도람은 팔 힘도 또래들에 비해 셌다. 그 힘으로 뒤로 물러서는 규대를 단번에 끌어당겼다.

키재기는 곧 눈높이에 준했고 풋자두만한 도람의 젖가슴이 대일까 뒤로 버팅겼지만 그러는 와중에 몇 번이나 스쳤다. 도람은 생각보다 무뎠다. 암튼 그녀의 키는 잴 때마다 달랐고 젖꼭지도 도드라졌으며 그런 날 규대는 잠을 뒤척이기 일쑤였다. 손끝으로 그녀의 인중에서 코끝까지 쭉 그려보고 잤던 날 몽정을 했고 그 팬티를 엄마 몰래 빨다가 들켰다.

꾹꾹 눌러 쓰듯 여러 에피소드로 버무려진 추억들, 곧 선글라스의 용도가 무색해질 거 같다. 아니 진작부터 그랬고 서로는 지금 혼신의 연기를 쏟아 붓는 중이다. 아! 추억은 사라짐에 대한 반항인가. 모든 기억과 그리움에 연대된 그 기억에서 빠져나오는 규대의 말들 모두가 무의식적이다. 선글라스를 벗어야하나?

뿌이의 말은 마치 피아노의 단조 지판만 밟으며 걷는 거 같다. 와락 껴안고 싶다. 그 흥분을 조절하자니 가슴이 답답하다. 입을 열지 않으면 가슴이 터질 거 같다.

서서히 살랑대던 그녀의 고개가 규대의 어깨로 기운다. 규대가 그녀의 머리를 받쳐주려고 하자 간단하게 사양한다.

숨은 눈

장정옥

　고개를 젖혀 엘리베이터 천장을 살폈다. 카메라 렌즈가 검은 눈을 빛내고 있었다. 경비실에 비치된 여러 개의 모니터에 내 모습이 비친다고 생각하니 물고기 비늘처럼 온몸에 감기는 이물감이 느껴졌다. 그 비밀스러운 느낌이 꼭 엘리베이터의 CCTV 탓만은 아녔다. 언젠가부터 횡단보도를 건너는 인파들 사이, 혹은 버스 정류장이나 카페 곳곳에서 숨은 눈이 나를 따라다녔다. 그것은 가끔 내 귀에 비밀스럽게 속삭이기도 했다. '널 지켜보고 있어.' 그까짓 카메라 렌즈쯤이야. 뱃속에 돌을 품고도 살아내는데.

　"811호에 이사 오신 분이죠?"

　음식 쓰레기통을 든 여자가 812호에 산다며 자기소개를 했다. 그러니까 저 바글바글하게 구운 파마머리가 밤마다 양재기를 던지고 욕설까지 해가며 남편과 싸움을 벌이는 여자란 말인가. 갈치 대가리가 음식쓰레기통 뚜껑을 쳐들고 있었다. 갈치 코에 낚싯바늘이 걸려 있었다. 여자의 입에서 갈치 비린내가 났다. 좀 조용히 살자고 쏘아붙이려다 고개를 돌렸다. 잔소리하자고 들면 여자의 비린내 나는 입 냄새를 맡으며 몇 마디 주고받아야 하는데, 그랬다간 헛구역질을 하고 말 것 같았다. 냄비와 그릇을 죄다 우그러뜨리는지 그들은 하루가 멀다 하고 우당탕거리며 싸웠다. 선애가 야근하는 날은 혼자 자고 혼자 깨어난다. 먼지 한 톨 움직이지 않는 집에서 장롱이나 화장대 같은 가구와 잠을 청하다 보면 옆집 사람들의 소란이 적막을 덜어줄 때도 있다. 싸움 구경하는 것보다 재미있는 놀이가 없다는데 적당히 하면 누가 뭐래. 벽을 사이에 두고 날마다 아귀다툼을 듣다 보니 그 집에 숟가락이 몇 개고 한 달에 카드값이 얼마 나오는지 저절로 알게 되었다.

엘리베이터 문이 열리고서야 참았던 숨을 길게 내쉬었다. 냄새는 거짓말을 못한다. 인간들이 냄새만큼 솔직하면 주먹다짐이 시작되기 전에 싸움이 끝날 텐데, 아쉽게도 다들 자기 냄새는 맡을 줄 모른다. 인간들의 입에서 쏟아지는 말 만큼 다양한 냄새를 품은 것이 세상에 또 있을까. 어쩌면 인간에겐 필요한 것은 형법 몇 조 몇 항의 법조문이 아니라 속을 털어놓을 자아비판대가 아닐까 싶다. 자백하는 순간 몸에서 구린내가 가시고 영혼이 정화된다면 얼마나 살기가 편할까. 자백이 조금만 더 빨랐다면 고객이었던 여자와 사랑에 빠졌다는 남자의 어설픈 고백쯤 장난으로 들어 넘겼을 텐데, 항상 도를 넘는 게 문제다.

관리실을 향하며 호주머니의 돌을 만지작거렸다. 전 남편의 뱃속에서 빼낸 것이었다. 뱃속을 들여다보기 전에는 제 몸에 어떤 비밀이 감춰져 있는지 짐작하기 어렵다. 내내 멀쩡하던 그가 이혼하자고 덤비지를 않나 도장 찍기를 기다린 듯 수술실로 실려

가지를 않나, 뱃속의 돌도 숨겨둔 여자만큼 감추기 어려웠던 모양이다. 담석으로 입원했다는 연락을 받기 전까지는 두 번 다시 그와 얼굴 맞댈 일이 없을 줄 알았다. 병이 나니까 헤어진 전처 생각이 나던지 전화에 대고 숨이 넘어갈 듯 비명을 질러댔다. 몸뚱이가 멀쩡할 때는 호기롭게 도장을 쿵 찍더니 담석이 내장을 후벼대니 헤어진 마누라를 찾을 건 뭔가. 끝까지 모른 척하고 있으려니 간호사가 내 번호를 눌러서 그를 돌봐줄 보호자가 필요하다고 했다. 멀쩡한 부부를 이혼까지 시킨 여자는 병원에 얼씬도 하지 않고, 딸만 종종걸음치며 병실을 드나들었다. 선애는 일이 바빠서 병실에 붙어 있지도 못하면서 아빠를 화장실에 데려갈 사람이 없다고 투덜거렸다.

"간병인 쓰라고 해."

"아빠가 싫대."

"그 여자 부르든지."

"두 사람 헤어졌대."

"그러니까 이제 와서 나더러 오줌통 들어주라고?"

"엄마, 한 번만."

"우린 도장까지 찍은 사이야."

"엄마, 한 번만 도와줘. 나를 봐서."

딸과 말을 맞추었는지, 그가 요양보호사로 와주면 월급을 두둑하게 챙겨주겠다고 했다. 다른 사람 부르라니까 내가 아니면 안 된다며 눈물을 쥐어짰다. 미친놈이라고 욕을 해주었다. 선애는 병든 이웃을 도와준다고 생각하라며 우는소리를 해댔다. 퇴원할

동안만 돌봐주라는 선애에게 화가 치밀어, 엄마 자존심은 안중에
도 없느냐고 쏘아붙였다. 선애는 딱 한 번만 속으라며 두 번 다시
이런 부탁 하지 않겠다고 다짐했다. 만약 끝까지 모른 척하면 앞
으로 아빠는 물론 엄마까지 안 만나겠다고 으름장을 놓았다. 부
녀가 공모해서 나를 함정에 빠뜨린다는 의심이 드는데도 엄마와
절연하겠다는 딸의 말이 무서웠다. 남편이야 마음만 먹으면 열
번이라도 만들 수 있지만 폐경이 가까운 나이에 딸을 새로 만들
기는 어려우니, 내키지 않아도 딸의 비위를 맞출 수밖에.

"엄마 자존심이나 뭉개놓고, 넌 나쁜 딸이야."

"나중에 내가 잘할게."

"너나 잘 하고 살아."

그 말이 가슴에 박히는지 선애가 눈물을 쏟았다. 그들의 부탁을
끝까지 물리치지 못하고 바람나서 도망간 남자의 병수발을 들기
로 했다. 그게 우리 세 사람이 선택할 수 있는 최선의 방법이었다.
딸을 잃지 않으려고 마음에 없는 짓까지 하는 내가 너무 싫었다.
담당 의사는 담석도 문제지만 당뇨 수치까지 높다며 관리가 필요
하다고 했다. 이래저래 울화를 감당하는 건 내 몫이었다. 그에게
참았던 한마디를 던졌다.

"헤어진 부부에게 오갈 건 물리적인 계산뿐인 걸 똑똑히 기억
했으면 좋겠어."

빠른 계산만이 인간관계를 투명하게 해준다니까 그가 마음대
로 하라며 체크카드를 던져주었다. 돈을 모두 어디에 썼는지 한
달 간병비도 빠듯했다. 돈을 알뜰히 빼먹고 뒤로 빠졌는지, 아니

면 빼먹을 돈이 없어서 도망쳤는지 그의 내연녀는 병원 근처에 얼씬도 하지 않았다. 수술실에 들어가기 전, 그는 덫에 걸린 쥐처럼 벌벌 떨었다. 콩알만 한 돌멩이 하나 끄집어내는 간단한 수술이라고 위로해주려다 말았다. 아무런 이해관계가 없는 환자였으면 위로가 되는 말로 다독여주었을 것이다. 우리 사이에 말이 필요 없게 된 지 오래여서 거짓 위로도 귀찮았다. 그가 다급한 목소리로 물었다.

"아무 데도 안 갈 거지?"

근무 중에 어딜 가겠느냐고 말해주었다. 그래도 못 믿겠는지 수술실을 향하던 중 그는 다크서클이 덮인 안색으로 나를 쳐다보았다. 마음만 먹으면 세상이라도 사들일 듯 둘러치고 메치던 허세가 초췌한 안색처럼 찌들어 있었다. 감추려거든 끝까지 잘 감추든지. 비밀을 벗어 던진 그는 한 마리 병든 짐승에 불과했다. 겁에 질려 떨고 있는 그와 위자료를 던지며 허세를 떨던 그가 홀로그램에 떠있는 두 개의 영상처럼 머릿속을 어지럽혔다. 세상에 두 번 없는 인연을 만난 듯 큰소리 뻥뻥 치더니 고작 이 꼴로 나를 찾느냐니까 그가 변명하듯이 말했다.

"미안해."

이혼까지 한 마당에 그게 다 무슨 소용인지. 그와 헤어지고 한동안 무거운 짐을 내려놓은 기분에 등이 가벼웠다. 젊은 여자와 새 생활을 시작한다는 기쁨 때문인지 그가 위자료까지 두둑하게 챙겨주었다. 갑자기 생긴 돈과 시간을 어디에 쓸까 고민하다 섬마을로 여행을 떠났다. 우리나라의 섬을 죄다 돌아보는 여행을 꼭 해보고 싶었다. 첫 여행지였던 울릉도 탐사를 마치고 집으로 오던 중, 시선을 끌어당기는 어떤 것에 발이 묶였다. 휙 지나친 걸음을 뒤로 물려 전자대리점 진열장 앞에 걸음을 멈추었다. 모니터에 측면으로 고개를 돌린 내 모습이 비쳤다. 여행의 노독 때문일까. 모니터에 비친 내 모습이 나이보다 늙어 보였다. 내가 왜 여기 서 있나 어리둥절했다. 내가 얼굴을 돌리면 화면의 그것도 얼굴을 돌렸고, 웃으면 나를 따라 마주 웃고, 눈을 깔면 그것도 눈을 내리깔았다. 진열장을 살폈다. 모니터에서 두 뼘 정도 떨어진 진열장 윗부분에 비디오카메라가 매달려 있었다. 고등어 눈알만큼 작고 검은 눈을 가진 카메라였다. 손바닥으로 카메라의 눈을 가렸다. 그러자 늙고 지쳐 보이던 내 모습이 사라졌다. 손을 떼자마자 다시 나타났다. 화면을 노려보다 달아나듯 전자대리점을 떠났다.

보이지 않는 눈이 나를 따라다닌다는 환각에 시달리기 시작한 건 그때부터였다. 어떤 날은 남편에게 전화를 걸어 왜 미행을 하느냐고 따지기도 했다. 내가 무슨 짓을 하건 웬 상관이냐며 다시 한 번 사람을 붙이면 신고하겠다니까 남편은 그런 적 없다고 우겼다. 정말 그가 사람을 시켜서 내 뒤를 캤는지 어쨌는지는 알 수 없지만 나는 분명히 느꼈다. 내 뒤를 따르는 집요한 눈길을.

*

　관리사무실은 아파트 상가건물 이 층이었다. 계단을 올라 출입문을 밀자 연분홍색 실국화가 그윽한 향으로 나를 맞았다. 관리소장의 자리에서 중년 남자가 자고 있었다. 안전마크가 찍힌 작업복과 삐딱하게 쓴 모자로 보아 관리소장은 아닌 듯했다. 관리실 직원이 자리를 비웠다. 나는 손님 접대용 의자에 앉아서 디지털 시계와 '능파각 판교'를 찍은 벽의 사진을 보며 직원을 기다렸다. 물굽이를 거슬러 오른 계곡에 아름드리 거목으로 지은 능파각이 세속의 시름을 잊고 서 있었다. 물에 비친 반영에 낙엽이 떠다녔다. 얼른 보면 정자라고 착각하기 좋을 만한 다리였다. 몇 해 전에 남편과 태안사를 지나다 그 다리를 건넜다. 앨범을 뒤져보면 그와 내가 다리에서 평화로운 미소를 짓고 있는 사진이 있을 것이다. 다른 사진은 다 버렸으면서 유독 그 사진만 남겨둔 것은 평화롭게 늙어가는 두 사람의 모습이 정겨워 보였기 때문이다. 사진을 가만히 보고 있으면 과거와 현재가 분리되는 느낌이 든다. 과거의 그는 판교 다리 위에서 부드럽게 웃는데, 현재의 그는 아내를 비참하게 만들던 뻔뻔함을 잊고 병실에 누워 있으니.

　관리소장의 책상에 유리관이 놓여 있었다. 수초가 햇빛을 받아 적색 빛을 띠었다. 빛의 강도에 따라 적색과 녹색으로 몸 색깔을 바꾸는 열대식물 디디플러스가 열대어의 애무를 받으며 하늘거렸다. 유리관에 담긴 산소공급기로 기포가 보글보글 솟아올랐다. 물방울은 수면에 떠오르자마자 자취를 감추었다. 블랙테트라 한 마리가 꼬리지느러미를 흔들며 놀았다. 부지런히 수초를 헤치고 다니던 블랙테트라가 지친 듯 움직임을 멈추고 떠 있었다. 관리실을 지키는 사람도 자고, 물고기도 자고, 따사로운 가을볕도 졸았다. 나는 수초를 흔들어 열대어를 깨웠다. 한 마리뿐인 열대어가 심심해 보였다. 사람도 물고기도 혼자서는 무슨 짓을 해도 심심한데 어째서 한 마리뿐인지 모르겠다.

전화벨이 울렸다. 자고 있던 남자가 화들짝 놀라며 눈을 떴다. 그는 수화기를 들다 말고 깜짝 놀라는 표정으로 나를 쳐다보았다. 언제부터 거기 있었느냐고 묻는 얼굴이었다. 그는 통화 중에 손님이 있다며 전화를 끊었다. 그는 빌려줄 돈 있으면 내 사업을 하지 미쳤다고 이렇게 심심한 곳에 처박혀 있겠느냐고 중얼거렸다. 남자가 내게 찾아온 용건을 물었다. 나는 주차허가 딱지와 폐기물에 붙일 스티커가 필요하다고 했다. 남자는 여직원이 식사를 마치고 올 동안 앉아서 기다리라고 했다.

"서랍이 잠겨 있어요."

그는 사무실을 지키는 것 말고는 아무 권한이 없다고 했다. 그는 여직원의 꽃방석에 엉덩이를 붙이며, 센트로피아 총 850세대의 설비를 담당하고 있는 설비기사 박이라고 자기소개를 했다. 그가 활기찬 목소리로 내게 물었다.

"이사 오셨나 보군요. 어디 살다 왔어요?"

"수성 3가."

"아, 도랑 건너 재개발지역. 보상금 많이 받았어요?"

"집만 없앴어요."

'알 박기'로 시공사와 줄 당기기를 잘한 사람은 짭짤한 보상을 받았다는 박의 수다는 네거리에 들어선 주상복합단지를 화제로 삼았다. 주상복합단지가 들어선 제주가든 한 평에 일반 아파트 한 채 값이라느니, 기초 닦자마자 90평의 최고평수가 비공개로 팔렸는데 반 이상이 서울서 내려온 투기꾼에게 넘어갔다느니, 한참 투기에 관한 얘기를 떠들던 박이 조금 전에 통화한 친구 얘기를 했다.

　"방금 전화 온 친구는 하루 매상이 오만 원도 안 되던 낡은 목욕탕으로 삼십 억을 벌었어요. 삼십 억으로 양평에 땅을 샀는데 별장 지을 돈이 없다고 돈을 빌려 달래요."

　복 많은 놈은 눈만 감았다 떠도 돈인데 복 없는 놈은 죽으나 사나 희나리 신세라며, 박은 물꼬가 터진 말문을 닫지 못했다. 거액을 보상 받고도 술 한 잔 사지 않더니 몇 달 만에 걸려온 전화가 돈을 빌려 달라는 통화였다며, 돈 나올 구멍도 없는데 뭘 믿고 빌려주겠느냐고 했다. 돈이 있어도 안 빌려준다고.

　수다를 듣고 있을 때가 아닌데 식사하러 간 직원이 나타나지 않았다. 선애가 머리 감는 것을 보고 나왔다. 예비부부들 야외촬영 일정이 밀려서 빨리 나가봐야 한다고 했다. 밥을 차려주려니 씻고 나서 먹겠다고 했다. 자칫 딸애를 빈속으로 보내겠다 싶어서 자리에서 일어섰다. 휴대폰이라도 가져올 걸 그랬다. 여직원의 책상에 놓인 전화기를 당겨 번호를 눌렀다. 선애는 지금 화장을 하는 중이라고 했다. 지금 곧 간다고 했다. 박의 얘기를 건성으로 들으며 어항 속의 물고기를 쳐다보았다. 물고기가 심심해 보였다. 박에게 물었다.

"어째서 물고기가 한 마리예요?"

"지금까지 넣어준 고기가 열 마리라면 믿겠어요? 저 녀석이 먹어치우는지 자고 나면 없어요."

"혼자 있는 것보다 둘이 있는 게 나을 텐데 왜 잡아먹죠?"

"권태 때문인지도 모르죠."

계단을 오르는 발소리가 들리고 여직원이 손지갑을 흔들며 들어왔다. 언제 누구와 무슨 얘기를 나눴냐는 듯 박이 근엄한 표정으로 신문을 펼쳤다. 방문자들과 쓸데없는 얘기하지 말라고 주의라도 받은 모양이었다. 접대용 소파로 옮겨 앉는 박이 블랙테트라처럼 권태로워 보였다.

주차허가 딱지와 폐기물에 붙일 스티커를 받아서 나오니 재활용 창고에 내놓았던 남편의 코트와 가죽재킷, 정장이 없어졌다. 누가 입으려고 가져갔나 보았다. 옷을 챙겨가라고 다섯 번쯤 말했는데도 가져가지 않아서 옷걸이에 걸린 채로 내다버렸다. 필요한 사람이 가져가서 입으면 재활용하는 거지. 빌린 물건은 곱게 쓰고 돌려줘야 하지만 재활용은 그럴 필요가 없다. 남편이 고객이었던 이혼녀와 새 삶을 꿈꾼 것처럼 재활용품도 필요한 사람이 가져다 쓰면 된다. 금방이라도 웨딩마치를 울릴 것처럼 덤비더니 무슨 영문인지 그들은 재활용 단계에 이르지 못했다. 그들의 재활용이 불발로 끝난 게 남편의 담석 때문인지 빈 통장 때문인지 알 수 없었다.

엘리베이터 거울이 깨졌다. 뭔가 단단한 것으로 내려쳤는지 거울에 와선형의 실금이 쭉 뻗어 있었다. 조금 전까지 멀쩡하던 거울이었는데 내가 관리실에 있는 동안 엘리베이터에서 무슨 일이 벌어졌는지. 깨진 거울에 비친 내 얼굴이 모자이크로 만든 초상화 같았다. 조각조각 이어 붙인 얼굴에서 콧등과 입술의 인중 부분이 빠져 있었다. 바닥에 떨어진 거울 조각을 집었다. 거울 조각의 예리한 날을 들여다보다 왼쪽 손목을 들었다. 손목에 이빨로 물어뜯은 것 같은 흉터가 있었다. 날이 하얀 유리 조각의 예리한 모서리를 흉터 부위에 들이댔다. 아기를 업은 여자가 엘리베이터를 탔다. 여자가 내 손목에 대고 있는 거울 조각을 보더니 얼굴색이 하얗게 변했다. 거울 조각을 깨진 부분에 끼웠다. 금이 가긴 했지만 모자이크가 완전하게 맞춰졌다. 여자가 카메라를 슬쩍 올려보았다. 내가 거울을 깨뜨렸다고 생각하는 모양이었다. 세상에 변명 못할 일이 얼마나 많은지.

　내 손목에 흉터를 만든 것은 향수병 파편이었다. 출장에서 돌아온 남편의 가방을 정리하다 옷가지 사이에 놓여 있는 향수를 발견했다. 불가리 옴니아는 내가 사준 것이 아녔다. 여행가방에서 꺼낸 빨랫감에 향수를 듬뿍 뿌렸다. 면도를 마친 그가 화장수를 바르다 말고 코를 킁킁댔다.

　"뭐야, 향수 뿌렸어?"

　"누가 사준 거야?"

　"내가 샀어."

　"거짓말. 예전에 결혼기념일 선물로 사주니까 냄새가 싫다고 했어."

"취향은 변하는 거야."

"잠자리 상대가 바뀌듯?"

"무슨 말을 하는지 모르겠네."

달아나듯 방을 나가는 남편을 보며 향수병을 방바닥에 내동댕이쳤다. 온 집안에 마살라티 향이 번졌다. 베란다 창을 활짝 열었다. 조금씩 엷어지는 냄새를 맡고 있으려니 아이 낳고 살아온 내 생애가 향수 냄새처럼 휘발되는 느낌이었다. 거울 앞에 선 내 모습이 매미허물처럼 헐렁해 보였다. 향수 냄새가 가시길 기다리다 병 조각으로 팔뚝을 그었다. 정신을 잃기 전에 내 발로 병원에 갔다. 그런 식으로 삶을 놓는 것은 내가 원하는 방법이 아녔다. 상처가 아물고도 한참 동안 향수 냄새 때문에 밥을 못 먹었다.

팔 층 복도가 텅 비어 있었다. 복도에 끌리는 내 슬리퍼소리 사이로 채소장수의 외침이 들렸다. 풋고추, 양파, 고등어, 오징어 등, 줄줄이 이어지는 외침 너머로 백화점 건물에서 펄럭이는 플래카드가 보였다. 붉은 글씨로 흘려 쓴 '가을 정기 바겐세일' 광고였다. 백화점은 일 년에 네 번의 정기 바겐세일을 하지만 세일이 안 되는 상품이 더 많다. 꾸준히 팔리는 상품은 세일을 하지 나 보았다. 가끔 이월상품 중에 마음에 드는 물건을 살 수 있어서 바겐세일 때에 잊지 않고 찾아간다. 인생도 할인된 가격으로 사들여서 부족한 부분을 채울 수 있으면 삶이 좀 여유롭지 않을까. 생이 절박한 이유는 단 한 번뿐이기 때문이다. 오직 한 번이어서.

벨을 눌렀다. 기척이 없었다. 두 번 세 번 벨을 누르다 손잡이를 당겼다. 문이 꽉 잠겨 있었다. 현관 비밀번호를 눌렀는데 거부의 신호음이 들렸다. 같은 번호를 다섯 번쯤 누르다 다른 번호를 눌렀다. 내 생일과 선애의 생일, 자동차 번호, 통장비밀번호를 다 눌렀는데도 문이 열리지 않았다. 복도로 나 있는 선애의 창을 두드렸다. 대답이 없었다. 목청을 돋워 선애를 불렀다. 분명히 기다리겠다고 했는데 조용한 것이 너무 이상했다. 머리 말리고 화장을 하려면 삼십 분은 걸린다. 열쇠가 있으면 열고 들어갈 텐데 빈손이었다. 왜 이렇게 조용하지? 너무 조용해서 불안했다. 엘리베이터의 깨진 거울이 눈앞에 어른거렸다. 닫힌 문을 아무리 두들겨도 반응이 없었다. 조금 전에 화장하고 있다는 말을 들었는데. 주위를 둘러보았다. 텅 빈 복도 끝에 그림자가 휙 지나갔다. 복도 끝까지 달려갔다. 아무도 없었다. 숨은 눈은 내 불안만큼이나 또렷했다. 주부가 강도에게 성폭행을 당하고 목숨까지 잃었다는 기사가 지난밤 뉴스에 나왔다. 들것에 실려 나가는 여자의 사체가 어른거렸다. 주먹을 쥐고 문을 두드렸다. 그 사이 누가 침입했을라고… 설마… 마음이 조급했다. 숨은 눈이 알기죽거렸다. '딸이 예쁘지?' 문을 발로 걷어찼다. 딸을 부르는 내 목소리가 떨고 있었다. 인기척을 느낀 강도가 선애의 입을 틀어막고 있으면? 방문을 걸어 잠그면 비명을 질러도 모른다. 사람이 살지 않는 듯 괴괴한 정적이 소름 끼치게 적막했다. 현관은 잠겨 있고, 궁지에 몰려 달아날 곳은 베란다뿐, 다급해서 선애가 베란다로 뛰어내리기라도 하면…. 하느님 맙소사! 그때 누군가의 속삭임이 들렸다.

'뭘 하고 있어. 유리창이라도 깨뜨려야지.'

"맞아, 유리창을 깨뜨려야 돼."

신발이면 될까? 주먹으론? 슬리퍼는 지나치게 말랑말랑하고 주먹은 형편없이 연약했다. 유리를 깨려면 망치가 있어야 했다. 발을 동동 구르다 옆집 벨을 눌렀다. 한참만에야 막대 걸쇠가 걸린 문틈으로 잠을 깬 여자가 부스스한 얼굴을 내밀었다. 문을 열기까지 몇 차례의 질문이 오갔다. 누구냐, 무슨 일이냐, 누군 줄 알고 문을 열어주느냐, 강도가 들었으면 경비를 부르는 게 빠르다…. 지독하게 의심 많고 잔소리 많은 여자였다. 통사정을 하다 말이 통하지 않아서 빨리 문 열라고 악을 쓰며 문을 걷어찼다. 그래도 여자는 문을 열어주지 않았다. 문을 열기 싫으면 망치라도 빌려달라니까 망치는 없어서 못 빌려준다며 붉은 돌을 한 개 던져주고 부리나케 문을 잠갔다. '지독한 년! 선애에게 무슨 일이 있으면 가만두지 않을 거야.' 여자가 문틈으로 던진 것은 귀퉁이가 떨어져 나간 장식용 꽃돌이었다. 바닥에 굴러 떨어지며 한 조각이 떨어져 나간 모양이었다. 꽃돌이든 망치든, 유리창을 깰 수 있으면 된다. 선애 방의 창문에 붙어 서서 방범창 사이로 돌을 내리쳤다. 유리창이 와장창 소리를 내며 깨졌다. 독 안에 든 쥐를 긴장시키기에 충분한 소음이었다. 그것으로 끝난 게 아녔다. 이중문이었다. 다시 한 번 돌을 내리쳤다. 안에 있는 유리창을 마저 깨뜨렸다. 손등에서 피가 흘렀다. 파편이 튀었나 보다. 깨진 유리창 사이로 안을 들여다보았다.

방이 달랐다. 행거가 놓여 있고 방바닥에 수북하게 쌓여 있는 옷가지 위에 유리조각이 얹혀 있었다. 열린 방문으로 거실이 보였다. 긴 소파가 놓여 있고 털이 하얀 강아지가 눈을 동그랗게 뜨고 짖어댔다. 목소리가 없는 개였다. 딴엔 창자가 당기도록 드세게 짖는데도 헉헉대는 소리뿐이었다. 목소리가 없는 개의 눈빛이 전자대리점에서 본 카메라 렌즈 같았다. 생각지도 않게 맞닥뜨린 눈이었다. 오나가나 눈, 눈! 다급하게 뒷걸음질을 쳤다. 복도를 달려 역삼각형의 버튼을 눌러 엘리베이터를 불렀다.

'여기가 어디지? 내가 무슨 짓을 한 거야.'

조롱 어린 눈빛을 피해 계단으로 내려갔다. 계단을 딛는 발소리가 뒷머리를 퉁퉁 쳤다. 아파트 마당에 나와서야 내가 들어간 건물이 101동이 아니라 102동인 걸 알았다. 내가 조금씩 미쳐가고 있다는 생각이 들었다. 주차장에서 아스라이 서 있는 여덟 동의 시멘트 구조물을 원망스럽게 둘러보았다. 건물 입구에 공중전화 부스가 서 있다든지 동마다 외벽 색깔이 다르다든지 뭔가 뚜렷한 표시가 있으면 알아보기 쉬울 텐데, 이 건물 저 건물 할 것 없이 똑같이 생겼으니 착각할 만했다.

출입구에 씌어 있는 101동이란 글귀를 확인하고 건물 안으로 발을 들였다. 엘리베이터가 15층에서 움직이지 않았다. 할 수 없이 홀수 층 엘리베이터를 눌렀다. 도중에 엘리베이터가 멈춰버리면 어떻게 될까. 갑자기 줄이 끊어지지나 않는지. 엘리베이터를 기다리자니 하루에 두 번만 다니는 버스를 기다리는 것 같았다. '아아, 마뜩치 않은 곳이야.' 101동과 102동이 현관문에 붙어 있는 광고 스티커까지 똑같을 줄이야.

벨을 눌러도 응답이 없었다. 선애가 나가고 없었다. 두 번 세 번 벨을 누르다 손잡이를 당겼다. 문이 꽉 잠겨 있었다. 두어 번 목청을 높여 선애를 부르다 말았다. 전화로 비밀번호를 물어봐야 하는데 만사가 시들했다. 남의 집 창문까지 깨고 난리를 쳤는데도 여전히 현관 비밀번호가 생각나지 않았다. 내 생일과 선애의 생일, 자동차 번호, 통장비밀번호 등, 생각나는 대로 눌렀는데도 문이 열리지 않았다. 분명히 비밀번호를 내가 입력했고 그걸 선애에게 일러주었다. 그런데도 지우개로 지운 듯 캄캄했다. 치매? 이혼 후유증으로 치매가 온 거야? 현관 앞에 털썩 주저앉았다.

"남의 집 유리를 깨뜨렸어."

집주인이 보면 얼마나 놀랄까. 저녁에 찾아가서 사정을 말하고 용서를 빌어야 했다. 현관 앞에 쪼그리고 앉았다. 눈을 감으면 아무것도 보이지 않는데 그까짓 숨은 눈 따위가 뭐라고 남의 집 창문까지 깨뜨리고 난리를 쳤는지. 혼자여서 무서웠어? 무릎에 얼굴을 묻고 복도의 정적에 귀를 기울였다. 옆집에서 싸우는 소리가 들렸다. 어젯밤에 살림까지 부셔가며 싸우고도 아직 풀지 못한 것이 남았는지. 이사 온 첫날부터 옆집 부부가 싸우는 소리를 들으며 짐을 풀었다. 남편이 준 위자료로 작은 아파트를 샀다.

옆집 여자는 방 얻어서 나가겠다는 말을 삼십 분에 한 번씩 했다. 벽 하나로 밀착된 이웃인데 안면을 익히기도 전에 싸우는 소리를 먼저 들었다. 벽 하나로 경계선을 그었다 뿐이지 한집이나 마찬가지였다. 사생활을 보호받기엔 벽이 너무 얇았다. 차라리 죽이라는 악다구니에 이어 양재기가 날아가나 싶더니 현관문이 벌컥 열렸다. 옆집 여자가 뛰어나왔다. 조그마한 체격에 바글바글 볶은 라면머리. 아이 이름이 '수야'라던가. 여자가 엘리베이터를 향해 뛰었다. 뒤이어 손바닥으로 얼굴을 가린 남자가 씩씩 대며 나왔다. 옆집 남자의 눈자위가 벌겋게 부어올랐다. 남자와 눈이 마주쳤다. 그는 여자에게 얻어맞은 부분을 문지르며 도로 들어갔다.

달아난 여자의 뒷모습을 생각하며 결혼 이십오 주년을 맞도록 거의 싸우지 않고 산 우리 부부를 생각했다. 싸울 일이 없어서 안 싸운 게 아녔다. 주먹다짐으로 서로의 몸에 상처를 입히고 살림을 부수며 사람답게 싸웠어야 했는데, 우리는 싸움이 소용에 닿지 않을 정도로 서로에게서 멀찌감치 떨어져 있었다. 서로 가슴속에 감춰둔 이빨을 내보이지 않고 살아온 것이 이혼의 이유였던지. 그에게 여자가 생긴 것을 핑계 삼아 이혼서류를 내밀었다. 관계를 정리하는데 그리 오래 걸리지 않았다. 옆집 부부가 싸우는 소리를 듣고서야 우리 사이에 아직 해결하지 못한 문제가 남아 있는 것을 알았다. 그것은 서로에 대한 분노였다. 가슴에 앙금이 남지 않도록 헤어지기 전에 그걸 먼저 풀어버렸어야 했다. 잔물결이 일렁일 때마다 물을 혼탁하게 만드는 앙금. 우리 사이의 분노는 강바닥에 가라앉은 앙금 같은 것이었다.

경비 아저씨의 전화를 빌려서 선애에게 전화했다. 뱃속의 공명을 치고 나온 듯 가뿐한 목소리로 전화를 받았다. 평소보다 두 옥타브쯤 높은 음성이었다. 완벽한 자기관리를 위해서 세 가지 이상의 표정과 세 가지 이상의 목소리를 가져야 한다던 선혜의 말이 생각났다. 업무용 표정에, 업무용 목소리로 잔소리를 하는 선애를 상상하자 웃음이 나왔다. 선애의 목소리는 모두 몇 개일까.

내가 알고 있는 가정용 외의 표정은? 어미 목소리를 알아채자마자 선애의 목소리가 금방 가정용으로 바뀌었다. 기다리다 바빠서 나왔다고 했다. 휴대폰 꼭 들고 다니라고 당부했다. 목소리가 밝아서 마음이 놓였다. 강도라니, 괜한 우려였다. 이혼 후유증일까. 이즈음 들어서 없는 걱정까지 만든다는 램프증후군이 심각했다. 신경정신과에 가봐야 할까.

예비 신랑신부를 태우고 야외로 이동 중이라며 선애가 얼른 전화를 끊었다. 현관 비밀번호를 잊어서 집에 못 들어가고 있다는 말을 못 했다. 102동을 101동으로 착각을 해서 남의 집 창문 유리를 깨뜨렸고, 현관 비밀번호까지 잊었다면 치매환자 취급을 할 게 뻔했다. 생각만으로도 언짢아지는 얘기를 비밀에 붙이기로 했다. 결혼 시즌이어서 선애는 밤 아홉 시가 넘어야 귀가할 것이다. 요즘은 날마다 늦다. 선애가 퇴근할 때까지 밖에서 시간을 때울 일이 걱정이었다. 그동안 백화점 구경이나 해야겠다. 갑자기 주어진 시간이 생각지도 않은 빚을 떠안은 듯 부담스러웠다. 안경점 진열장에 비친 내 모습을 보았다. 낡은 청바지에 파마기가 풀린 머리. 백화점을 방문할 차림은 아니지만 슬리퍼를 끌고라도 매장을 한번 둘러보기로 했다. 백화점에 혼자 사는 여자가 할 만한 일이 있는지. 헤어진 남자 병수발이나 들려고 요양보호사 자격증을 딴 건 아닌데, 일이 묘하게 꼬였다. 완전한 자유는 없는 것인지. 오늘 그의 누나가 병문안 온다며 점심준비를 해달라는 걸 무단결근으로 대응했다. 사람들이 사후 이혼을 왜 하는데. 시집과의 관계 청산도 이혼 목록에 집어넣어야 했는데 깜박 잊고 빼먹었다.

　차가 밀렸다. 백화점 진입로를 따라 자동차 대열이 줄을 이었다. 바겐세일 기간마다 반복되는 현상이었다. 그나마 바겐세일 마지막 날이라 조용한 편이었다. 주차장을 드나드는 자동차의 양이 매상과 직접적인 관련이 있다는 말을 들었다. 백화점이든 식당이든, 알짜배기 손님은 모두 자동차를 타고 온다. 백화점이나 대형매장이 주차장 확보에 목을 매는 이유가 알짜배기 손님들 때문이다. 일단 차를 가져오면 뭘 묻혀가도 묻혀가는 건 사실이니, 괜히 차 끌고 다니며 길을 복잡하게 한다고 빈정거릴 일이 아녔다. 그들의 머릿수가 곧 백화점의 매상이니.

　신호가 바뀌었다. 인파 속에 섞여 있는 라면 머리가 눈에 띄었다. 남편을 때리고 달아난 옆집 여자였다. 약속시각에 쫓기는 사람 같았다. 옆집 여자와 보조를 맞추며 말을 걸었다.

　"신랑 얼굴을 무엇으로 때렸어요?"

　옆집 여자가 수저통이라고 대답하며 백화점으로 들어갔다. 매장에 들어서자 향수 냄새가 안개처럼 감겨왔다. 옆집 여자가 화장품 코너를 지나 에스컬레이터를 탔다. 나도 뒤따라 에스컬레이터를 탔다. 옆집 여자가 숙녀복 매장으로 갔다. 옆집 여자를 따라가 보기로 했다. 백화점으로 오던 중에 그녀가 눈에 띄었고, 우린 이웃이고, 오늘 나는 넘치도록 시간이 많았다. 혼자 사는 여자가 제 밥벌이를 하고 살만한 일이 있는지 알려면 명확한 시장 조사가 필요했다. 일단 옆집 여자를 뒤쫓으며 천천히 생각해보기로 했다.

옆집 여자가 여성의류매장을 돌아다녔다. 그녀는 매장을 기웃거리며 코트라고 생긴 건 죄다 걸쳐 보았다. 그러고 보니 지난겨울에 코트를 하나 장만하려다 만 것이 생각났다. 마음에 드는 물건이 있었는데 너무 비싸서 망설이다 겨울을 넘겼다. 그때 두 눈질끈 감고 사두었어야 했다. 디자이너의 이름이 붙어 있는 매장에서 눈에 드는 모직코트를 발견했다. 겨울 신상품이었다. 입성이 추레한 탓인지 코트를 입어 봐도 되느냐고 물으니까 별로 달갑잖아 하는 눈치였다. 아무리 봐도 코트를 살 사람으로 보이지 않았던지 지갑조차 들지 않은 내 손을 쳐다보는 직원의 표정에 껄끄러운 기색이 떠올랐다. 나는 입고 있던 패딩점퍼를 벗었다. 순모코트가 어찌나 가볍고 포근한지 옷을 입었다기보다 보드라운 깃털을 걸친 느낌이었다. 가격이 5급 공무원 두 달 월급이었다. 터무니없이 비싼 가격을 빼곤 모두 마음에 들었다. 그와 갈라서기 전에 입을만한 옷이나 장만해둘 걸. 내 계산은 항상 늦다.

"얘, 나 모르겠어?"

알이 커다란 선글라스를 걸친 여자가 앞을 가로막았다. 나는 여자의 선글라스 낀 얼굴을 물끄러미 쳐다보았다. 동창회에서 본 적 있는 얼굴인데 이름이 생각나지 않았다. 춘영인지 영순인지. 예전에 하루에 열 번쯤 불렀던 이름인데 까맣게 지운 듯 머릿속이 캄캄했다. 여자의 선글라스를 벗겼다. 퉁퉁 부은 눈꺼풀에 반창고가 붙어 있었다. 호박에 줄긋는다고 수박이 되는지 다 늙어서 쌍꺼풀 수술을 했다. 보톡스까지 맞았는지 얼굴이 이스트에 부풀은 빵떡 같았다. '쯧쯧, 마사지 숍을 운영한다더니 얼굴 꼬라지 하고는.' 춘영인지 영순인지 모를 친구가 호들갑을 떨었다.

"어머머! 피부 상한 것 좀 봐. 모직코트 사 입을 돈 있으면 피부나 좀 가꿔라, 얘."

"그렇게 안 좋아?"

"못 봐주겠어. 남편이 애먹여?"

춘영인지 영순인지가 휴대폰 번호를 불러보라고 다그쳤다. 지금이 고객서비스 기간이라서 공짜로 마사지를 받을 수 있다며 가게로 꼭 한 번 나오라고 했다. 혹시 창업의 길이 열릴까 해서 내 번호를 불러주었다. 친구가 가고 모직코트를 매장 직원에게 벗어주었다. 옆집 여자가 어디로 갔는지 보이지 않아서 화장실에 갔다. 목덜미를 하얗게 드러낸 이십 대 두 명이 세면대에서 화장을 고치고 있었다. 그러고 보니 바빠서 아침에 세수를 못했다. 빗질이 안 된 머리가 수세미 뭉치 같았다. 머리에 물을 발라서 손가락으로 대충 빗어 내린 다음 누군가가 세면대에 두고 간 고무줄로 정수리까지 머리를 당겨 묶었다.

고개를 들어 화장실 천장을 둘레둘레 살폈다. 도난 방지용으로 설치한 카메라가 천장 어딘가에 숨어 있을 것이다. 어디 숨겼는지 눈에 띄지 않지만 분명히 있을 것이다. 눈에 안 보인다고 카메라가 없다고 생각하면 안 된다. 세상 곳곳이 몰래 카메라 천지다. 나는 어딘가에 숨어 있을 카메라를 향해 두 손을 펼쳐 보였다. '잘 보라구. 빈손이야. 지갑도 없고 휴대폰도 없어.' 세수까지 하고 나니 겨우 사람 꼴이 났다. 남자 얘기에 여념이 없는 이십 대에게 스킨을 빌렸다. 내가 듣지 않게 목소리를 낮추지만 소용없다.

"두 남자 모두 맘에 드는데 어떡하지?"

"양다리 걸치다 꿩도 매도 다 놓친다."

결혼은 돈 있는 남자와 하고 애인하고는 연애만 하라는 커트머리가 담배에 불을 붙였다.

"돈이 좋긴 한데, 5년이나 사귄 남자를 어떻게 버리지?"

"애인이 준 목걸이부터 버려."

긴 머리의 흰 목에 자수정 목걸이가 대롱거렸다. 막 익기 시작한 백도 같은 목에 목걸이를 걸어주며 남자가 어떤 생각을 했을까. 붉은 피 대신에 하얀 복숭아 즙이 흐를 것 같은 목에 입술을 대기 위해서 남자는 자신의 모든 것을 걸지 않았을까. 설령 그것이 순간의 욕망이라 해도 남자는 여자를 향한 욕망을 멈추지 못할 것이다.

"목이 훤히 비어 있어야 돈 많은 남자가 새 목걸이 걸어줄 거 아냐."

긴 머리가 자수정 목걸이를 떼어서 쓰레기통에 넣었다. 두 여자가 꽁초를 발로 문지르고 화장실을 나갔다. 스킨을 발랐으니 색조화장을 좀 해보는 것도 괜찮겠다. 색조화장을 쉽게 하는 방법이 있다. 춘영인지 영순인지가 동창회에서 입을 얼마나 놀려댈지. '걔 말이야, 이혼했다더니 팍 삭았더라.' 떠들고 싶으면 마음대로 떠들라지. 두 여자가 나간 자리에 담배연기가 매캐했다. 쓸모없는 주물이 되어버린 자수정 목걸이를 쓰레기통에서 꺼냈다. 밖으로 나가려니 긴 머리가 금세 돌아왔다. 그녀가 쓰레기통을 뒤질 동안 밖으로 나갔다. 긴 머리가 뒤따라 나와서 내게 물었다.

"아줌마, 목걸이 못 봤어요?"

"못 봤는데?"

"쓰레기통에 던졌는데 없어졌어요."

"버렸으면 그만이지 뭣 하러 찾아요?"

여자의 얼굴이 하얗게 변했다. 목걸이를 쓰레기통에 던지는 순간 사랑이 끝났다고 말해주고 싶은 걸 참았다. 버림받은 자수정 목걸이를 어디에 묻을까 궁리를 했다. 몇 가지 방법이 떠올랐다.

첫째, 남성 의류매장을 다니다 십 년 묵은 옷처럼 편안해 보이는 재킷의 호주머니에 슬쩍 집어넣는다.

둘째, 어린이 완구점으로 가서 사람 키만 한 인형의 목에 걸어준다.

셋째, 백화점 옥상의 하늘공원에 가서 흙 속에 파묻는다.

넷째, 열대어 전시장을 찾아서….

수족관? 옳지, 그거면 되겠어. 버림받은 사랑을 어항 속에 수장 시키는 거야. 나는 아파트 관리사무실에서 본 블랙테트라를 생각 했다. 휑한 수조를 혼자 돌아다니는 블랙테트라에게 친구를 만들어주고 싶었다. 열 마리나 되는 짝을 삼킨 녀석에게 전혀 다른 종의 상대를 넣어주기로 했다. 잡아먹든 먹히든, 그건 그들이 알아서 할 일이다. 사랑하던 이들이 배신하고 돌아서는 것은 권태롭기 때문이다. 편히 안주할 자리를 찾지 못했다는 것은 긴장감이 떨어진 상대의 등을 보았거나 더 밝고 아름다운 세계를 보았거나. 권태로움은 잠을 설치게 하고 먼 곳을 바라보게 한다. 이별을 앞둔 연인들이 타인에게 눈을 돌리는 것도, 우리 부부가 헤어진 것도 딱 그 정도의 이유 때문이다.

블랙테트라의 어항에 금붕어를 넣어주면 어떻게 될까. 서로 다른 종자란 걸 알면 적개심을 드러내며 싸울까, 아니면 상대에게 새로운 흥미를 가지게 될까. 제 아무리 강한 블랙테트라여도 계속 혼자 내버려두면 외로움에 지쳐 죽을지 모른다. 아가미를 닫고 숨을 참는다든가, 산소 호흡기에 입을 대고 배가 터지게 공기를 마신다든가 하는 방법으로 자살을 시도할지도. 살아 있는 모든 것이 친구를 필요로 한다. 살기 위해서, 때로는 다가오는 죽음을 견디기 위해서. 친구는 마음을 나눌 수 있는 상대이며 별다른 말을 하지 않아도 존재 자체로 편안함을 느끼게 한다. 나는 혼자 사는 블랙테트라에게 노란 금붕어를 선물하기로 마음먹었다. 사랑을 하든 전쟁을 하든 상대가 있어야 생기 있게 움직일 테니까.

옆집 여자가 긴 모피를 입고 거울 앞에서 워킹 중이었다. 풍성한 털에 휩싸인 그녀의 얼굴이 손바닥만 하게 작아 보였다. 코트는 왜 저렇게 크고 저 여자는 또 어쩌자고 쪼그라진 석류처럼 작기만 한지. 작은 키에 어울리지 않는 기다란 모피 코트라니. 나는 마네킹이 입고 있는 재킷형식의 짧은 코트를 만져보았다. 입으로 털을 불자 파스스 날리다 쓰러진 몸을 일으키듯 금세 제자리로 돌아왔다. 갈라졌던 털이 원상태로 돌아오는 속도가 빠를수록 모피의 질이 좋고 고품격이라던가. 손바닥에 닿은 촉감이 막 털갈이를 끝낸 밍크처럼 부드러웠다. 얼굴을 묻고 있으면 잠이 올 것 같았다. 밍크는 털을 목숨보다 중히 여긴다지. 국제 경매시장에서 세계 단 한 벌뿐인 수억 원짜리 밍크를 선보였다고 그저께 방송에 나왔다. 밍크 몇 마리를 희생시켜야 그 물건이 만들어질지.

"손님, 모피가 잘 어울리세요."

직원은 털을 쓰다듬으며 모피의 질을 설명해주었다. 직원이 옆집 여자에게 집중할 동안 마네킹이 입고 있는 것과 똑같은 모피코트를 찾아서 입어보았다. 길이가 허리춤에 닿는 재킷은 나보다 선애에게 더 잘 어울릴 것 같았다. 만만하게 입기엔 긴 코트보다 재킷이 낫다. 가격표를 슬쩍 흘겨보고는 옷걸이에 도로 걸어놓았다. 이혼하기 전에 모피코트를 장만해둘 걸 그랬다. 긴 코트를 입고 워킹하던 옆집 여자가 내게 물었다.

"언니, 이 코트 어울리는지 봐줘요."

봐주는 거야 어렵지 않은데, 보이는 대로 말해줘야 할지 허풍을 더해야 할지 잠시 고민했다. 백수 남편에게 맞고 사는 여자의 기를 죽여서 좋을 게 뭐야. 생쥐가 우의 입은 꼴이지만 완곡어로 포장하는 게 그리 어려운 일도 아니고.

"옷이 사람을 입은 것 같지만 모피는 좋아 보이네요."

"안 어울려요?"

"좀 크면 어때. 롱코트는 포근한 맛으로 입는 걸."

"언니가 한 번 입어보세요."

옆집 여자보다 내 키가 한 뼘쯤 더 커서 그런지 옷이 잘 어울렸다. 거울에 비친 내 모습을 만족스럽게 바라보며 옆집 여자에게 물었다.

"키도 작은 사람이 왜 롱코트를 입으려고 해?"

"동창이 이걸 입고 왔는데 근사해 보였어요."

"멋있으면 뭘 해, 효용가치가 없어서 내처 장롱에 처넣어두기나 할 걸."

"처넣어두다니, 그게 무슨 말예요?"

"내가 왕년에 좀 입어봐서 아는데 도무지 효용가치가 없는 물건이야, 롱코트는."

"어째서요?"

옆집 여자에게 말해주었다. 한겨울에 수은주가 -10° 아래로 떨어지는 날이 드문 나라에서 모피코트가 당키나 한 물건이냐고 했다. 긴 코트는 잘 입어야 일 년에 두 번이고, 오나가나 난방시설이 잘 되어 있어서 모피 걸치고 다닐 곳이 별로 많지 않다고 했다. 발목까지 오는 모피코트를 걸치고 버스나 지하철을 탈 수 있겠느냐고 물었더니, 옆집여자의 표정이 시무룩해졌다. 화살처럼 날아드는 시선은 물론이고 시장에 입고 다닐 옷은 더욱 아니라고 했다. 장롱에 처넣어두기가 아까워서 내 모피를 삼 분의 일 값에 팔았다니까 옆집 여자는 그 귀한 걸 똥값에 넘겼다고 아까워했다. '똥값' 이라는 말에 속으로 쿡쿡대고 웃었다. 정 떨어지는 말본새하고는, 꽉 삭은 얼굴로 누구한테 언니야.

"꼭 사고 싶으면 롱코트보다 재킷이 낫겠어."

내 말에 옆집 여자가 긴 코트를 포기하고 반코트를 입었다. 직원이 긴 코트를 옷걸이에 걸었다. 옆집 여자가 촌스러워서 그런지 뭘 입어도 때깔이 나지 않았다. 찬물에 담갔다 꺼낸 라면처럼 바글바글하게 볶은 머리에서 파마약 냄새가 물씬거렸다.

"언니, 이건 어때요?"

"괜찮네."

"그럼 이걸로 할까?"

"근데, 생각해봐. 이 밍크란 놈이 털을 얼마나 아끼는가 하면 말이야."

재킷을 입고 거울 앞에서 워킹하는 여자가 통통하게 살찐 오리 같았다. 나는 한 바퀴 돌아보고 결정해도 늦지 않다며 여자를 매장에서 끌고 나왔다. 매장을 슬렁슬렁 걸어 다니며 동화구연을 하듯 밍크의 속성을 들려주었다. 모든 동물 중에서 털을 가장 아끼는 녀석이 밍크라고. 선애가 일을 끝내고 오려면 아홉 시는 넘어야 한다니까 시간은 넉넉했다.

"사냥꾼들이 털을 제 목숨보다 귀히 여기는 밍크의 약점을 이용해서 밍크를 잡는대. 밍크 사냥하는 방법이 얼마나 치사한지 들어봐. 오물을 채운 구덩이면 사냥준비는 끝이야. 몰이꾼들이 밍크를 구덩이 쪽으로 몰아붙여. 포위망을 좁히고 들어오는 몰이꾼에게 쫓겨 다니던 밍크가 구덩이 앞에서 발을 멈춘다는군. 밍크가 구덩이 앞에서 발을 멈추면 추적은 끝이야. 밍크는 더러운 냄새로 가득 찬 구덩이에 빠지기보다 차라리 사냥꾼에게 잡히는 쪽을 택한다는 거야. 털에 오물을 묻히고 싶지 않은 거지."

"지독한 인간들. 차라리 벗고 사는 법을 배우지."

밍크의 가치를 높여주는 건 자신의 가치를 위해서 목숨을 포기할 줄 아는 밍크의 꼿꼿한 자존심이었다. 모피코트야 말로 밍크가 남긴 최고의 조롱이라고 역설했다. 그래도 사고 싶으면 사라니까 파마머리가 맥 빠진 목소리로 말했다.

"사기 싫어. 밍크 말고 모직 코트로 사지 뭐."

돈 안 되는 약장사 노릇으로 입아귀가 뻐근했다. 돈 있는 여자들은 저녁에 움직이는지 오후 늦은 시간에 매장이 점점 복잡해지고 있었다. 반은 실수요자, 반은 눈요기 손님. 그 중에 간혹 나처럼 남아도는 시간을 팔러 나온 사람도 있을 것이다. 귀 기울여 들어보면 깜짝 세일을 외치는 소리를 들을 수 있다.

- 오늘의 깜짝 세일은 '시간' 입니다. 싱싱한 시간을 반값에 세일된 가격으로 드립니다. 25% 혹은 30%, 용도에 따라 다양한 시간을 원하는 가격대로 골라잡을 수 있습니다.

옆집 여자가 어느 매장으로 들어가는 걸 보고 수족관을 찾아 위층으로 올라갔다. 여자가 기어이 옷을 사려나 보았다. 오늘 밤에 또 싸우는 소리를 듣겠다는 생각만으로 골이 지끈거렸다. '수족관이 어디 있지? 옆집 여자가 어떻게 살건 이웃끼리는 서로의 무게를 감당할 만큼만 가까우면 된다. 흰빛을 뿌리는 도자기 매장과 가구 매장을 돌다 수족관을 발견했다. 원통형의 수족관에 다가섰다. 색색의 열대어가 사각형과 원통형의 크고 작은 수족관에서 노닐었다. 물고기의 수가 제법 많은데도 그들은 용케 부딪치지 않고 잘 피해 다녔다. 그저 가만히 있을 수 없어서 움직이다 보니 습관이 되어버린 듯 물고기는 다만 전체의 흐름을 따라 움직일 뿐이었다.

야광처럼 몸통이 파랗게 빛나는 블루테트라의 무리가 날씬한 몸통을 흔들고 다녔다. 수초 사이를 헤치고 다니던 골든테트라 두 마리가 좀 작아 보이는 블루테트라를 공격했다. 몸통을 콕콕

쪼는 큰 녀석들에게 쫓긴 블루테트라가 수초 사이로 몸을 숨겼다. 블루테트라는 무리에서 뚝 떨어져 혼자 놀고 있었다. 공기방울을 타고 다니다 유리벽에 입을 맞추기도 하고 수면에 입을 내밀며. 블루테트라의 감겨지지 않는 눈이 슬퍼 보였다. 나는 호주머니에서 자수정 목걸이를 꺼냈다. 목걸이를 던진 여자는 아직도 화장실을 뒤지고 있을까. 무의미한 주물이 되어버린 사랑의 흔적을 블루테트라의 수족관에 떨어뜨렸다. 자수정 목걸이는 공기방울을 타고 멈칫대며 천천히 가라앉았다. 샛노란 금속 목걸이 줄에 매달린 자수정이 수초 사이에서 은은하게 빛났다. 마치 블랙테트라의 눈빛인 듯.

"꼭 사랑이어야 할까."

결혼생활이 이십오 년인데도 무엇을 위해 살았다고 자신 있게 말할 수 없는 게 부끄럽다. 사랑과 우정, 명예, 조건, 믿음, 신뢰, 혹은 무관심. 그 많은 단어 중에 함께 사는 조건으로 어떤 것이 가장 합당할까. 친구든 타인이든, 몸 속 어딘가에 숨어 있는 돌멩이처럼 서로의 상처를 건드리지 않으면 되지 않을까. 간혹 발작을 일으켜 꼭 후벼 팔 경우를 제외하고는 다들 모른 척하며 살아가지 않는가. 텔레비전에 나왔던 어느 육이오 참전 용사는 몸속에 파편을 여러 개 가지고도 팔십이 되도록 살았다. 날이 흐리거나 습기가 많은 날이면 살갗을 후비는 통증 때문에 약을 한 줌씩 털어 넣는다고 했다. 그 사람은 쓸모없는 파편일망정 오래 지니고 있다 보니 어느 순간에 그것이 생명의 일부처럼 느껴지더라고 했다. 처음엔 그 말이 이해되지 않아서 괜히 허세를 부린다고 생각했다. 남편과 헤어지고서야 그 사람이 한 말을 제대로 이해했다. 미움도 사랑의 일부분이어서 자신도 느끼지 못하는 사이 피 속에 녹아서 몸의 일부가 된 걸 그와 헤어지고서야 알았다. 몸에 오래 지니고 산 파편처럼.

나는 손가락으로 유리관을 두드렸다. 그러자 블랙테트라가 눈을 돌려 나를 쳐다보았다. 녀석과 눈이 마주치는 순간 나는 가슴이 철렁 내려앉는 것을 느꼈다. 눈, 눈이었다. 길에서, 혹은 벽에서 툭툭 튀어나와 수시로 나를 놀라게 하던 바로 그 눈. 오래 바라보고 있으니 그 눈이 말을 거는 듯 정겨워 보였다. 블랙테트라가 입을 벙긋거리며 말했다.

"사랑과 우정은 네 속에서 만들어지는 것이야. 어차피 다들 자기 눈으로 세상을 보고 사는 걸."

블랙테트라는 잘 보이지 않는 것을 억지로 보려 하지 말고 자신을 잘 보라고 했다. 내 속에 눈이 있다고. 몸에 비늘이 생기려는지 몹시 가려웠다. 팔을 긁자 비늘이 투두둑 떨어졌다. 나는 서둘러 걸음을 재촉해 집으로 왔다. 물이 출렁대는 나만의 수족관이 필요했다. 내 몸에서 생선 비린내가 났다. 등 푸른 생선, 아니면 눈이 툭 튀어나온 심해어? 백화점 유리문을 벗어나는 내 뒤에 바겐세일이 씌어 있는 붉은색 플래카드가 펄렁거렸다. 102동 811호의 유리창을 갈아줘야 하는데, 내가 잠깐 정신이 나가서 우리 집인 줄 알고 유리를 깼다고 하면 그 집 주인이 뭐라고 할까. 미안하다고 사과를 하러 갈 때 과일을 사들고 가는 게 좋을까, 음료수를 들고 가는 게 좋을까. 남편의 목소리가 들렸다. '과일이 좋지. 음료수는 당뇨에 해로워.' 아, 비밀번호가 생각났다.

"우리 결혼기념일이었어."

대구에서 산다,
대구를 읽다

100人100作

인문

대구사진비엔날레

강위원

대구사진의 국제화에 대한 열망은 초창기부터 있어왔으며 여
러 사람들이 산발적으로 추진하였다. 그러한 상황에 첫 불을 지

핀 것은 2002년이었다. 비록 지하철 참사로 출발도 못하였지만 당시 대구문화방송의 김동철 사업국장의 추진으로 대구문화방송 이긍희 사장과 조해녕 대구시장 사이에 비엔날레를 개최하기로 약속하였으며 진행은 대구문화방송이 주관하면서 준비를 시작하였다. 당시 강위원은 이용환, 구성수의 도움으로 비엔날레 추진 계획을 수립하였다. 그러나 지하철 참사는 모든 것을 앗아갔다.

두 번째 비엔날레에 대한 도전은 2004년 동강사진축제에 참가한 구자호(당시 조선일보 편집국 부국장)와 강위원, 석재현이 의기투합하면서 시작한 것이다. 그래서 강위원과 석재현은 비엔날레의 기초적인 기획안을 가지고 당시 김범일 정무부시장을 만나서 협조를 부탁하였다. 김범일 부시장은 관계부문과 협의한 후 "현재 한국프로사진가 협회가 'Imaging Asia in Daegu'를 준비하고 있는데 적극 협조해주었으면 한다. 그러면 그 결과를 보고 검토하겠다."고 답변하였으며 강위원과 석재현은 적극적으로 협력하여 한국사진사연구소를 끌어들이는 등의 노력으로 행사가 성공하는데 일조하였다. 전시는 2005년 엑스코에서 개최되었으며 1층의 150개 부스에서 사진기자재전이 열렸고 한국카메라박물관에서 준비한 '클래식 카메라 특별전', 미국프로사진가 협회 소속의 마이스터 작품인 '미국 프로작가전', '중국 국전', 후지이 히데끼의 '일본초대작가전', 한국사진사 연구소의 '유명연예인 사진전', 이재길의 '세미 누드전', '대한민국사진대전' 이동전, 안홍국의 '입체사진전' 등이 개최되었다.

이러한 과정을 발판으로 대구시가 제안한 대구사진비엔날레가

국비지원을 받게 되었고 2006년 대구사진비엔날레가 개최되었다. 조직위원장으로 주명덕을 선임하였고 대구출신으로는 강위원(부위원장)과, 양성철, 언론계 대표로 조선일보 구자호 편집부국장, 그리고 당연직으로 최화식 사협 대구지회장, 오상조 한국사진학회장, 권중인 현대사진영상학회장, 김정수 프로사진가협회장 그리고 광고사진가협회장, 한국사진기자협회장 등을 조직위원으로 선임하였다. 조직위원회에서는 수석 큐레이트로 박주석, 큐레이트로 볼프강 폴머와 석재현을 선임하고 주제전으로는 'Imaging Asia in Documents', 특별전으로는 '예술과 사진, 사진과 예술'을 선정하고 한국카메라 박물관의 기자재전과 함께 엑스코와 문화예술회관에서 진행하였다. 주제전은 섹터1에서 '아시아를 향한 스티브 멕커리의 시선', 섹트2에서는 'Sunrise in Asia'로서 국내외 작가 35명이 초대되었다. 특별전은 22명의 국내작가가 초대되었는데 대구출신으로는 이상일과 이재갑이 초대되었다. 부대행사로는 대백프라자갤러리의 '배병우전', 국제환경사진전 '물오르다', '권부문사진전', 권중인의 '신의 조상전', '젊은 사진가전' 등 다양하게 펼쳐졌다.

2008년에 개최된 제2회 대구사진비엔날레는 김희중 조직위원장, 구본창 총감독 체제로 운영되었다. 주제전 '내일의 기억-한·중·일 현대사진전'은 진동선, 쓰리새도우 사진센터팀, 이이자와 고타로가 큐레이터를 맡았고, '오래된 기억-동북아시아 100년전'은 박영미와 구본창이 담당하였다. 특별전은 다양하게 펼쳐졌다. '변해가는 북한풍경 1950-2008'은 임영균, '공간유영'에 신수진, '숨겨진 4인전'은 구본창이 큐레이터를 담당하였다. 부대행사로는 포트포리오 리뷰, 국제사진 심포지움, 오늘의 대구전, 한·일교류전, 메이드인 17, 꿈꾸는 카메라전이 개최되었고 공모기획전으로 '일본 현대사진의 흐름전', '한국전통문화유산전', '대구사진의 선각자-구왕삼, 박영달전', '아스 스즈카전'이 개최되었다.

2010년의 제3회 대구사진비엔날레는 사단법인으로 출범하였다. 조직위원으로는 김정길(위원장), 윤현수(부위원장), 김경달, 남성희, 문무학, 박경동, 송영숙, 강위원, 김인수, 이장우 등이었으며 운영위원으로는 강위원(위원장), 양성철(집행위원장), 박주석, 송수정, 최봉림 등이었고 전시기획팀장은 김성훈이었다. 주제전은 '우리를 부르는 풍경-True Emotion'으로서 이용환과 발터베르그 모즈(Walter Bergmoser)가 공통감독을 맡았으며, 특별전 '아시아 스펙트럼'은 신혜경, '평화를 말하다'는 강위원이 담당하였고 부대행사로는 포트폴리오 리뷰, 국제사진심포지움, '2008 우수포트폴리오리뷰 선정 작가전', '2010 국제 젊은 사진가전', 사협 대구지회 회원들과 일본 사진연맹 회원들이 참여하는 '한·일작가 교류전', '풀리처상 사진전', 'Inside DMZ', 사협대구지회 회원들이 펼치는 '찾아가는 문화마당전' 등과 28개의 화랑이 참여하는 화랑기획전이 개최되었는데 특히 주제전 중에서 '헬싱키 스쿨전'이 가장 많은 인기를 끌었다.

2012년 제4회 대구사진비엔날레의 조직위원은 유임되었으나 2010년 운영위원장으로 당연직 조직위원이었던 강위원은 제외되었다. 새로운 운영위원은 김형기, 서진석, 손영실, 송수정, 신해경, 안홍국, 이용환, 이주형, 최은주가 선정되었으며 조직위원장인 김정길이 운영위원장을 겸직하였고 양성철이 사무국장을 맡았다.

전시회는 구 KT&G를 새롭게 리모델링한 대구예술발전소의 개관전을 겸하였으며 기존의 대구문화예술회관과 봉산문화회관 그리고 시내전역에 산재한 화랑들에서 2012년 9월 20일에서 10월 28일 사이에 개최되었다. '사진다움'을 전체적인 주제로 내건 전시회는 영국의 샬롯 코튼(Charlotte Cotton)이 '사진은 마술이다(Photography is Magic)' 주제전의 감독을 맡았다. 특별전 I의 주제와 기획자는 '재조명된 사생활(Repositioned)' 카렌 어바인(Karen Irvine)미국, '젊음의 코드(Youth Code)' 나탈리 허쉬도르퍼(Nathalie Herchdorfer)스위스, '경계선상의 춤(Dance on the a Thin Line)' 스미토모 후미히꼬 (Sumitomo Fumihiko)일본, '사진의 과학' 이영준, '도시의 비밀' 손영실 등이 있으며 특별전II에서는 '장롱속의 사진이야기' 서진은·김성훈, '대구사진의 여명' 김영태 등이 담당하였다. 부대전시로는 '포토폴리오 수상작가전' 송수정과 2012국제 젊은 사진작가전인 'Haaven To Earth' 초대기획전으로 '얀 샤우텍(Jan Soudek)전' 과 '마크 리부(Marc Riboud)전' 이 개최되었다. 포트폴리오 리뷰는 송수정이 담당했으며 국제사진심포지움은 김성민이 기획을 맡았다. 또 다른 부대전시로는 갤러리 한마당을 들 수 있다. 갤러리 한마당에서는 비엔날레 기간 중에 대구사진비엔날레에 동참하는 화랑들이 벌리

는 화랑기획전으로서 대부분 개인전이나 그룹전 등이 동시에 개최되어 대구의 새로운 사진문화로 자리잡아가고 있다. 그러나 이 행사는 비엔날레 기간 중에 대구시민의 참모습을 볼 수 있다는 장점과 더불어 한꺼번에 너무 많은 전시회가 몰려 혼란스럽고 비엔날레가 아닌 시기에는 개인전을 찾아보기 어렵다는 문제점도 야기되고 있다. 그리고 김성훈이 기획한 시민참여프로그램인 '우리가 여기에' 전에는 대구의 도심과 골목, 고택, 관광지 등 대구를 소재로 하여 아마추어사진가들과 학생들을 대상으로 공모전을 개최하였으며, 사무국이나 협찬업체 등의 기획으로 시민들이나 사진애호가들을 위한 다양한 사진강좌가 개최되었다.

임하 정사철

구본욱

　대구지역의 유학(성리학)은 계동 전경창(1532~1585), 송담 채응린 (1529~1584), 임하 정사철(1530~1593) 세 분 선생으로부터 시작되었 는데, 이 세 분이 강학한 곳은 여러 곳이었으나 임진란 이후에는 연경서원硏經書院과 선사재仙査齋, 그리고 영모당永慕堂 세 곳으로 정착되었다. 연경서원은 전경창이 매암 이숙량(1519~1592)과 함께 건립하였고, 선사재는 정사철이 건립한 선사서당을 송담의 문인 인 서사원이 계승한 것이다. 영모당은 서사원이 타계한 후 계동 의 문인인 손처눌이 강학한 곳이다.

　위에서 제시한 대구지역 인사의 강학장소 중의 하나인 선사재 는 정사철이 신라의 고찰古刹인 선사암의 자리[유허遺墟]에 연 선사 서당에서 비롯되었다. 선사암은 고운 최치원 선생이 가야산 해인 사에 들어가기 이전에 머물렀던 유서 깊은 절이다. 이 절은『신증 동국여지승람』「대구도호부」(중종 25, 1530년경 간행)에 보이는데, 정 사철이 58세 때인 1587년(선조 20)에 이곳에 서당을 열기 얼마 전 에 폐사廢寺된 것으로 보인다. 선사암에 대한 시로는 점필재 김종직(1431~1492)이 지은 〈선사사〉와 송계松溪 권응인權應仁(1517~ ?)의 〈과선사암(선사암을 방문하여)〉이라는 시가 있다. 〈선사사〉는 『속동문선續東文選』과 『회당고悔堂稿』에 수록되어 있고 〈과선사암〉은 『송계집松溪集』에 수록되어 있다.

선사서당은 몇 가지 명칭으로 불리어졌는데 『임하실기』에는 선사서사仙査書社, 또는 선사서재仙査書齋라고 하였고, 정사철이 서당을 연 2년 후(선조 22, 1589)에 이 서당을 방문하였던 대구부사 권문해(1534~1591)의 『초간일기草澗日記』에는 선사서당이라고 하였다. 그리고 『초간집草澗集』에는 〈제선사암서당(선사암 서당에 적다.)〉이라는 시가 있다. 이 시는 권문해가 동년 정월 2일에 이 서당을 방문하였을 때 지은 시이다. 임진란 이후에 서사원이 불에 탄 임하의 선사서당을 개축하여 강학의 장소로 삼은 이후에는 선사서재仙査書齋 또는 선사재仙査齋로 불리어졌다. 그리고 이후의 자료에는 선사재仙査齋로 통용되었다.

'선사' 란 '신선들이 타고 다니는 뗏목 배[舟]' 라는 의미이다. 필자는 정사철이 연 선사서당仙査書堂과 서사원이 계승한 선사재仙査齋를 구분하기 위하여 본 논제의 제목에서는 선사서당仙査書堂이라고 칭하였다.

정사철鄭師哲은 선사서당에서 강학하기 이전에도 여러 곳에서 강학하였는데 그가 강학한 곳을 간략하게 살펴보면 다음과 같다.

정사철은 지금의 달성군 하빈면 동곡桐谷에서 태어났다. 그는 16세에 성주 이씨와 혼인하였는데 얼마 후에 분가分家한 것으로 보인다. 분가한 집은 본가가 있는 동곡 근처였을 것으로 추측된다. 25세 봄에는 팔거[칠곡]의 사수泗水에 서실을 지었다. 그가 이곳에 서실을 연 것은 사수의 이름이 좋아서였다고 한다. 또 이곳에서 바라보면 금호강이 와룡산을 에워싸고 띠[帶]를 이루며 흐르는 모습이 아름다워 이곳에 복거卜居할 뜻을 가졌다고 한다.[1] 사수는 공자가 태어나 강학한 곳의 지명을 취한 것이다. 대구지역에는 물의 비유를 들어 유학의 고장임을 나타낸 지명이 금호강을 중심으로 여러 곳에 산재되어 있는데, 선사仙査가 있는 이 지역에는 이천伊川이라는 지명도 있다. 이천은 북송의 성리학을 정립한 정이의 호이다.

이듬해 26세 봄에는 그의 선친의 묘소가 있는 연화산 아래에 분암墳菴인 연화재煙花齋를 짓고 이곳에서 공부에 전념하였다. 연화산은 사수에서 남서쪽으로 10리(4km) 정도 되는 거리에 있는 야트막한 산이다(동곡에서도 또한 동쪽으로 10리 되는 지점에 있음). 정사철이 연화재를 지은 것은 5세에 타계한 부친에 대한 회한과 사모의 정으로 인한 것이었다. 그는 27세 봄과 28세에도 연화재에서 거주하였는데 그가 이곳에 거주한 것은 주로 봄과 가을이었다. 그가 연화재에 우거寓居하고 있을 때 전경창과 채응린을 비롯한 많은 우인友人들이 방문하여 강학하였다.

33세(명종 16, 1561) 7월 16일[기망既望]에는 대구지역의 여러 제현諸賢과 더불어 금호강의 선사에서 낙동강의 아금암牙琴巖 아래까지 뱃놀이를 하였다. 이 뱃놀이는 필자가 고찰한 바에 의하면 사가四

---

1) 鄭師哲, 『林下實紀』, 권1 부록, 「연보 25세」, 1935.

佳 서거정(1420~1488) 이후 기록으로 남아있는 이 지역 인사들의 금호강 선유船遊로는 처음이다.

34세 10월에 모부인께서 타계하여 여묘廬墓하였으며 여묘가 끝난 37세에는 연화재로 이거移居하여 이곳을 서식소棲息所(거주지)로 정하였다. 그리고 2년 후 39세에는 연화산 아래 연화동煙花洞에 초당을 짓고 처음으로 임하초당林下草堂이라고 편액扁額하고 강학하였다. 이로 인하여 임하林下라는 호를 사용하였으며 이곳에서 56세까지 거주하였다.2)

57세(선조 19, 1586) 봄에는 낙동강 북쪽의 아금암牙琴巖에 금암초

금암서당 / 대구광역시 달성군 다사면 연화산 소재

---

2) 林下 정사철의 아들 洛涯 정광천은 임하 22세에 출생하였는데 위의 연대로 보아 정광천의 출생지는 동곡임을 알 수 있다. 또 손자 琴齋 정기는 낙애 22세에 출생(임하 45세)하였는데 이것으로 보아 정기의 출생지는 연화동(임하초당)임을 알 수 있다. 임하는 사수에 서실을 지었던 25세에서 모친의 여묘가 끝난 37세까지는 父子가 사수에 거주하였던 것으로 보인다.

당琴嚴草堂을 짓고 이거하였는데, 이 초당을 서사원의 시와 『대구읍지』에서는 아금정牙琴亭이라고 하였다. 정사철이 아금정에 거주하게 된 것은 아금암의 빼어난 경치를 사랑하였기 때문이다. 그가 이곳으로 이거한 것은 이전에 거주한 것과는 차이가 있다. 그는 이곳에 정착을 하고 종년을 맞이할 계획을 하였던 것으로 보인다. 이것은 그가 남긴 시문에서 확인할 수 있는데 그의 실기에 수록되어 있는 12제題 20수首의 시 중에서 39세에 지은 〈죽비음竹扉吟〉 1수와 만사 2제題 3수首를 제외하고는 모두 이 시기에 지어진 시이다. 더구나 그의 아들 정광천이 지은 시문의 거의 대다수도 이 이후에 지어진 것이다.

이듬해 58세(선조 20, 1587) 가을에는 선사의 고암古庵을 방문하여 이곳에다 서당을 짓고 강학하였는데 이때 향리의 많은 수재秀才들이 그에게 와서 수업을 받았다. 정사철이 만년에 선사에서 강학한 것은 그의 우인友人인 전경창과 채응린이 타계하고 난 이후이다. 이것으로 미루어 보면 정사철의 선사서당 강학은 두 우인의 강학을 잇고 후학들에게 대구지역의 문풍文風을 전하려고 하였던 것으로 보인다.

정사철이 선사에서 서당을 열기 2년 전인 56세(1585)에 전경창이 한양의 여저旅邸에서 타계하였고, 그 이전 해(1584)에는 채응린이 압로정에서 타계하였다.[3] 그는 전경창과 채응린이 타계하였

---

3) 채응린에 관하여는 다음 논문을 참고 바람. 구본욱, 「팔공산과 금호강을 왕래하며 강학한 松潭 蔡應麟-대구 제1의 정자 狎鷺亭小有亭과 관련하여 -」, 『조선사연구』 21, 조선사연구회, 2012, 1~51쪽.

을 때 큰 충격을 받았던 것으로 보인다. 그는 전경창의 부음을 듣고 설위設位(혼함魂函을 설치함)를 하고 곡哭을 하면서 심히 애통해하였다. 그리고 "나의 벗이 갔구나. 벼슬에서 물러난 이후에 자연[임천林泉]에서 노닐자던 약속이 어긋났구나. 누구와 더불어 함께 노년을 보낼꼬?"[4]라고 하였다. 그리고 만사輓詞 2수와 제문祭文을 하였으며, 그의 아들 광천도 장문長文의 만사를 하여 애통함을 다하였다.[5] 정사철이 한 만사 2수는 다음과 같다.

風姿凜凜眞英傑　풍모와 자태가 늠름한 참 영걸이요

雅性溫溫吉士儀　성품은 온화하고 온화한 길사吉士의 모습이라.

史筆森嚴司馬筆　사필史筆은 엄정한 사마천의 필筆이요

淸詩高古杜陵詩　빼어난 시[청시淸詩]는 고고하여 두릉杜陵(두보)의 시풍詩風이라.

半生不負經綸志　반생동안 경륜한 뜻 저버리지 아니하였고[6]

一念難忘退老期　한 생각도 퇴노退老(퇴계)의 가르침을 잊지 아니하였네.

可惜異鄕魂寂寞　가련하도다! 타향에서 적막寂寞같은 고혼孤魂이 됨이여.

故園梅竹帶悽悲　옛집 동산의 매화와 대[竹]숲도 슬퍼하는구나.

---

4) 정사철, 『임하실기』, 권2 부록, 〈연보 56세〉.
5) 구본욱, 「계동 전경창의 연보작성을 위한 시론」, 『대구사학』 107, 대구사학회, 2012, 11쪽.
6) 이 구절은 『계동집』에는 '半生誰切經綸志'로 되어 있음.

嗟嗟吾季賀　아아! 나의 벗 계하(계동의 자字)여

知己孰如公　나를 아는 이가 누가 그대만한 사람이 있으리오.

自少同孤苦　어릴 때 함께 부친을 잃은 아픔[고苦]이 있었고

中年異窮達　중년에 달達함과 궁窮함이 달랐도다.

幾資麗澤益　여러 번 도와 이택麗澤의 유익함이 있었고

多荷切시功　많은 은혜로 자상히 권면한 공功이 있었네.

共老林泉約　함께 임천林泉에서 노닐자는 약속이

凄凉一夢中　처량하게도 꿈속의 일이 되어버렸네.[7]

　위의 7언과 5언의 두 만사를 살펴보면 정사철과 전경창이 얼마나 깊은 우정을 나누었는지를 알 수 있다. 먼저 정사철은 전경창의 풍모와 자태에 대하여 말하였는데 그는 전경창을 영걸이요 길사吉士라고 하였다. '길사'는 『시경詩經』에 나오는 말로 '덕이 있는 군자의 모습'을 나타낸 말이다. 또 '사필史筆은 엄정한 사마천의 필筆이요'라고 한 것은 전경창이 조정의 사간원 정언과 사헌부 지평으로 있을 때 강직한 관리로서 선조 임금께 직간直諫하여 조정의 기강을 바로 잡은 것을 말한 것이다. 그리고 그의 뛰어난 시문과 퇴계의 문인으로 배운 것을 올바르게 실천하고자 한 관리로서의 자세를 칭송하였고, 한양의 여저旅邸에서 타계한 고혼孤魂을 고향 집의 매죽梅竹에 비유하여 슬퍼하고 있다.

　그리고 5언의 시에서는 그가 전경창과 같이 일찍 부친을 잃은

---

7) 정사철, 『임하실기』, 권1 시, 〈挽全溪東 慶昌 二首〉.

아픔과[8] 중년에 전경창이 과거에 합격하여 출사出仕함으로써 서로 떨어져 살게 된 것을 말하였다. 그리고 향리에 있을 때 전경창과 이택麗澤과 절시의 사귐이 있었음을 말하였다. '이택'은『주역』태괘兌卦의「대상전大象傳」에 보이는데 '벗이 서로 도와 학문을 강론하고 연마하는 것'을 말하고, '절시'는 절절시시의 줄인 말로 '벗이 서로 도와 착한 일을 많이 할 수 있도록 간절히 권면하는 것'을 말하는데『논어』의「자로子路」편에 나온다. 마지막에는 만년에 전경창이 고향으로 돌아와 자연 속에서 함께 노닐 것을 기약하였으나 이제 이것마저도 꿈속에서나 가능한 일이 된 것에 대한 안타까움이 배어 있다. 정사철이 채응린에게 한 만·제문은 전하지 않는데 채응린의 경우에도 그 슬픔이 전경창과 동일하였을 것으로 여겨진다.

이 책에서는 임하 정사철의 생애를 고찰하고 그의 학문과 강학에 대하여 알아보고자 한다. 이를 위하여 그의 가계와 강학의 장소였던 사수서실, 연화재, 임하초당, 아금암과 아금정(금암초당), 선사서당을 고찰하고, 팔공산 등행登行, 가야산 기행, 임진왜란과 팔공산 창의倡義 등에 대하여도 알아보고자 한다.

---

8) 두 분 다 5세에 부친이 타계하였음.

모심기소리

권태룡

① 정의와 개관

남한의 벼농사는 기원전부터 전국적으로 실시되었다. 처음에는 볍씨를 직파하였으나, 13세기 전후부터 모판에다 볏모를 길러서 심는 이앙법移秧法이 시작되었다. 오늘날은 기계모를 심지만, 일제강점기부터 1960년대까지는 줄모를 심었다. 줄모를 심을 때는 줄을 넘기기 전에 자기가 맡은 일정한 분량을 마쳐야 하기 때문에 〈모심기 소리〉는 신호와 같은 역할을 하여 일을 더욱 질서 있게 하고 능률을 올리는 데 기여하였다. 그러나 줄모를 심지 않았던 벌모를 심던 시절에도 〈모심기 소리〉는 불려왔다. 주로 〈모내기 소리〉, 〈모노래〉, 〈모심는 소리〉, 〈이앙가移秧歌〉 등이라 한다.

즉,모를 못자리에서 논으로 옮겨 심는 과정에서 주로 부르는 농업 노동요이다. 모내기는 짧은 시간 안에 많은 일손이 집중되어야 하는 일로, 대부분 아침나절에는 모를 찌고 오전 새참 무렵부터 모를 심는다. 이때 일꾼들이 잠자코 일만 하는 것이 아니라 집단적으로 노래를 불렀으며, 노래를 부르면서 일하는 속도가 일정해지고 손놀림을 서로 맞출 수 있었던 것이다. '줄모'를 심을 때는 물론 '벌모(못줄을 대어 심지 않고 손짐작으로 이리저리 심는 모)'를 심는 과정에서도 작업의 속도를 맞추어 일의 능률을 올리고 지겨움을 덜기 위해 즐겨 불렀다고 한다.

② 특징

농업 노동요의 기본적인 형태의 하나이며, 모내기가 전국적으로 보급되었을 때부터 널리 퍼져 어디서나 거의 같은 모습으로 전해지고 있다. 작업의 순서를 보면 모내기를 하기에 앞서서 모판에서 모를 찌는 과정이 있는데, 그때 부르는 것은 〈모찌기 소리〉이며, 그 이후에 〈모심기 소리〉를 부른다.

모심기는 강도가 크며 힘든 육체노동이다. 이러한 모심기의 노동 강도를 낮추고, 지루함을 삭이는 한편 협동심을 높일 수 있는 노래가 〈모심기노래〉이다. 이처럼 모내기가 시작되면 함께 일하는 사람들이 두 패로 나누어 〈모심기소리〉를 한 줄씩 주고받으며 '교환창交換唱'으로 부르는데, 일이 오래 계속되는 만큼 사설이 여러 가지로 구비되어있다. 사설의 선택은 먼저 부르는 선창자가 담당한다.

노래는 주로 메기는 소리가 '이물꼬저물꼬'로 시작을 하며, 모심기 자체가 율동적이거나 동작이 빠르지 않아서 일정한 장단이 없고 불규칙적이다. 사설은 사건의 전개가 아닌 감정의 표출이 주를 이루며, 한 줄씩 주고받는다는 조건에 따라 〈모심기소리〉 한 편은 4음보 두 줄로 이루어져 있다. 주 내용은 남녀의 연정이나 남편에 대한 원망, 늙음에 대한 탄식 등 일상적 이야기가 대부분인데, 이는 전통 사회 성원들의 감정과 욕구, 생활상 등을 노래로 표현한 것이다. 이처럼 사설의 내용은 주위의 풍경과 그 때 그 때 벌어지는 일련의 일의 과정에 따라 내용이 달라진다. 이는 서정적인 함축성이 있는 민요의 좋은 예로, 연가(戀歌 사랑하는 사람을 그리워하며 부르는 노래)라고 할 수 있는 사설 부분도 적지 않다.

한반도의 〈모심기소리〉 유형을 정리해 보면, 크게 '하나류', '상사류', '모노래류', '아라리류', '예천류', '방게류', '북한류' 및 '기타류'로 나눌 수 있는데, '공산농요'는 '모노래류'에 속하며, '모노래류'의 주요 특징은, 무후렴無後斂의 교창식交唱式이 주방식이며, 경상도의 대표적인 〈모심기소리〉로써 예천 민요권을 제외한 경상도와 남부 충북 일부지역 등에까지 전파되어 있다.

③ 사설
〈모심기 소리〉
(앞소리)　　　　(뒷소리)
1. 이 물꼬 저 물꼬 다 헐어놓고 쥔네 양반 어데 갔노

2. 문해야 대전복 손에 들고 첩우방에 놀러갔네

3. 첩우집은 꽃밭이요 이내야 집은 연못이라

4. 꽃과 나비는 봄 한철이요 연못의 금붕어 사철이라

5. 이논빼미 서마지기 모를 심아 정자로다

6. 우리야 부모님 산소등에 솔을 심아 정자로다

7. 이논빼미 서마지기 반달같이도 떠나가네

8. 그건 무슨 반달이요 초생달이 반달이지

9. 유월이라 새벽달에 다 큰 처녀가 난질가네

10. 석자수건 목에 걸고 총각 둘이가 뒤따른다

11. 밀양삼당 뒷또랑에 알배기 처녀가 나누벗네

12. 시침이 바늘 낚시호아 알배기 처녀를 낚아내자

13. 유자캉 탱주캉 의논이 맞어 한꼭다리에 둘 맺었네

14. 처녀 총각 의논이 맞어 한 비개에 둘 누벗네

15. 머리좋고 키 큰 처녀 물명당 고개를 넘나드네

16. 오면 가면 빛만 비고 대장부 간장만 다 놀킨다

17. 모시야 적삼 반적삼아래 분통같은 저 젖 보소

18. 많이 보면 병날끼고 손톱마치만 보고 가자

19. 찔레꽃은 장가가고 석노야 꽃은 청노가네

20. 만인간아 웃지마소 씨종자바래 내가 가요

소설로 읽는 심리학

김동혁

자아와 그림자에 관하여

옛날에 장주가 나비가 되었다. 그는 나비가 되어 펄펄 날아 다녔다. 자신은 유쾌하게 느꼈지만 자기가 장주임을 알지 못하였다. 갑자기 꿈을 깨니 엄연히 자신은 장주였다. 그러니 장주가 꿈에 나비가 되었던 것인지 나비가 꿈에 장주가 되어있는 것인지 알 수가 없었다. 장주와 나비에는 반드시 분별이 있을 것이다. 이러한 것을 물화物化라고 부른다.[9]

《장자》에 나오는 호접몽의 일부이다. 사람들은 누구나 꿈을 꾼다. 꿈은 크게 네 가지 의미로 해석이 가능하다. 그 네 가지에는 첫째로 잠자는 동안에 생시와 마찬가지로 여러 가지 사물을 보는 꿈(dream, 夢), 둘째로 실현시키고 싶은 바람이나 이상을 일컫는 꿈(desire, 欲求), 셋째는 공상적인 바람으로의 꿈(fantasy, 空想), 즐거운

---

[9] 《장자》, 김학주 역, 을유문화사, 2009, p87.

환경에 젖어 각박한 현실을 잊는 행동에 따르는 꿈(satisfaction, 滿足)이 있다. 꿈속에서 우리는 또 다른 '나' 를 만난다. 하지만 꿈속의 나는 만나는 대상이지 실제의 내가 아니다. 말하자면 현실에서의 '나' 는 나를 볼 수 없지만 꿈속의 '나' 는 내가 보는 대상이 된다. 엄밀히 말해 위의 호접몽 속 장주는 나비가 된 것이 아니라 나비가 된 스스로를 장주가 보고 있는 상황이라 해야 옳다. 내가 '나'를 만나는 상황, 내가 '나' 의 행동을 타인의 시각인 냥 관찰하는 시간, 이런 기이한 이야기의 방법은 오래 전부터 판타지의 좋은 소재거리가 되고 있다.

미국 출신 소설가 척 팔라닉의 중편《파이트 클럽》은 내가 '나'를 보는 꿈같은 이야기를 무의식無意識과 환영幻影이라는 기술로 엮어낸 수작이다. 출간 후 헐리웃의 거장 데이비드 핀처 감독과 배우 브래드 피트에 의해 영화로도 만들어진 이 작품은 빠른 진행 속도와 음침한 도시 뒷골목의 분위기, 독설, 풍자 그리고 기막힌 반전으로 가득 차 있다.

자동차 회사에서 리콜본부의 조사원으로 근무하고 있는 '나' 는 지독한 불면증에 시달리는 인물이다. 회사와 상관, 시대와 국가를 향한 오만가지 불만으로 가득한 이 인물은 잦은 출장길에 비행기 추락으로 자신의 삶이 마감되기를 간절히 기도한다. 불면증과 우울증으로 고통스러운 하루하루를 보내던 '나' 는 주치의에게 약을 처방해달고 애원하지만 의사는 '진짜 고통을 느껴보고 싶으면' 뇌 기생충 환자들이나 만나보라며 비아냥거린다. '나' 는 의사의 권유를 받아들여 모임에 참석해 본다. 물론 '나' 는 뇌 기생충 환자가 아니지만 이름과 병환을 속이고 환자들 사이에 섞여 그들의 고통을 지켜본다. 그리고 '나' 는 그들 사이에서 다가오지도 않는 죽음을 두려워하며 눈물을 흘리고 거짓 고백을 한다. 그 속에서 '나' 는 자신의 불면과 우울이 사라지는 경험을 하게 된다. '나' 는 본격적으로 모임 중독자가 된다. 그는 모임에서 환자들에게 안겨 눈물을 흘리며 자신의 고통을 거짓으로 고백하면서 일종의 카타르시스를 느끼게 되고 모임이 끝난 후에는 휴가라도 보낸 듯 건강한 몸으로 귀가한다.

하지만 그런 행복도 잠시 '나' 에게 방해꾼이 나타난다. '말라' 라는 이름의 이 여자 방해꾼은 '나' 와 같은 거짓 환자였다. 두 사기꾼들은 서로의 존재를 알아보게 되고 '나' 는 그녀로 인해 다시 불면증에 시달린다.

고환암 환자들을 위한 '나머지 남자들의 모임' 의 홍일점인 그 여자는 낯선 이의 무게를 견뎌내며 유유히 담배를 피우고 있다. 여자와 시선이 마주친다.

사기꾼.

사기꾼.

사기꾼.

여자의 칙칙한 검은 머리와 커다란 눈은 일본 애니메이션을 연상시킨다. 검은 장미 무늬 벽지처럼 얇고, 버터밀크처럼 누르스름한 드레스 차림의 여자는 지난번 '결핵 환자들의 금요 모임' 에서도 본 적이 있다. '흑색소 세포종 환자들의 수요 원탁 모임' 에서도. 월요일 밤 그녀

는 '믿음으로 뭉친 사람들' 이란 백혈병 환자들을 위한 그룹 토론회에
도 나왔었다. 머리 중앙에는 번갯불처럼 새하얀 두피가 살짝 드러나
있다.

각종 환자들을 위한 모임 중에는 모호하고 낙천적인 이름들도 있다.
예를 들어, 매주 목요일 저녁에 모임을 갖는 혈 기생충 감염환자들의
모임은 이름이 '자유와 청명' 이다. 내가 자주 찾는 뇌 기생충 감염 환
자들 모임의 이름은 '하늘과 끝.'

트리티니 감독협회에서 일요일 오후마다 여는 '나머지 남자들의 모
임' 에서도 어김없이 그녀의 모습이 눈에 띈다.

문제는 그녀가 보고 있는 동안에는 맘껏 눈물을 흘릴 수 없다는 것
이다. 빅 밥의 품에 안겨 어린아이처럼 서럽게 울어대는 게 내 일상의
하이라이트인데.

고된 업무에 시달리다가도 이곳에 오면 모든 피로를 깨끗이 씻을 수
있다.

이건 휴가나 다름없다.

(p.15~16)

그렇게 불면증은 다시 시작되었고 고달픈 장거리 출장은 여전
히 그의 정신과 육체를 괴롭혔다. '나' 는 자신이 타고 있는 비행
기가 제발 추락해주기를 기도하며 에어 하버 국제공항에서 어설
피 눈을 뜬다. 그리고 자신의 옆 좌석에 앉은 한 남자를 만나게 된
다. 계속 이어진 출장길에 지친 몸과 제대로 잠을 자지 못해 희미
해진 정신 속에 만나게 된 이 남자의 이름은 '타일러 더든' 이다.

그는 협회에 등록된 영사기사였고 시내 호텔의 웨이터로 일하고 있었다. 비행기 안에서 일회용 친구로 몇 마디 대화를 주고받은 '나'와 타일러 더든은 서로의 전화번호를 교환하고 공항에서 헤어진다.

이 장면에서 '나'는 타일러 더든의 기행奇行에 관한 이야기 몇 가지를 소개한다. 언급했다시피 타일러 더든은 영사 기사이다. 그에게는 남들이 알지 못하는 기이한 취미가 있다. 그는 포르노 영화의 한 프레임을 떼어다가 가족용 영화의 한 장면에 몰래 붙인다. 한 프레임은 육십분의 일초이다. 아무리 주의 깊은 관객이라 할지라도 일초를 육십 등분한 시간 속에 지나간 장면을 알아차리지는 못할 것이다. 번쩍 하는 잔영만을 느낄 수밖에 없다. 하지만 극장 안 관객들은 그 번쩍하는 잔영으로 인해 가족들과 함께한 저녁 시간이 어색하고 불편하게 된다. 더든은 그런 타인의 불편함을 즐기는 작자였다.

그 후로 타일러는 상영하는 모든 영화에 페니스 프레임을 하나씩 붙여 놓았다. 대부분 클로즈업된 페니스나 거대한 질이 릴에 오르게 되는데 사 층 극장의 비좁은 의자에 앉아 혈압을 잔뜩 올린 채 신데렐라가 매력적인 왕자와 춤추는 걸 지켜보는 관객들에게선 불평 한 마디 없다. 평소와 다름없이 먹고 마시지만 그날 저녁만큼은 뭔가 어색하다. 왠지 속이 메스껍고, 이유 없이 눈물이 난다. 오직 벌새만이 타일러의 비밀스런 작업을 엿볼 수 있다.

(p.33)

가족과 함께 극장을 찾은 사람들에게 육십분의 일초로 지나간 음란한 프레임 하나는 그들의 무의식을 자극하는 환영이다. 해맑거나 혹은 근엄한 얼굴 속에 숨겨져 있는 그들의 무의식은 어둡고 칙칙한 뒷골목의 시궁창 같은 모습일지 모른다.

《파이트 클럽》은 심리학에서 말하는 무의식無意識과 환영幻影이 작품의 매우 중요한 제재로 사용된다. 본격적으로 작품을 분석함에 앞서 무의식과 환영에 대해 잠시 알아보도록 하자.

인간의 정신은 크게 의식意識, 전의식前意識, 무의식으로 나눠진다. 이러한 분류는 프로이트가 연구한 정신구조에 의한 것이며 이 세 가지의 구성요소 중 인간의 행동을 지배하는 가장 크고 중요한 요소는 무의식이다. 프로이트에 따르면 의식과 무의식은 '다른 무대'에 존재한다.[10] 말하자면 둘의 작용과정은 별개이다. 인간은 '의식'에 의해 일상을 유지해 나간다. 하지만 일상 속에서 의식적으로 행동하는 순간은 극히 제한적이다. 대부분의 행동과 사고는 잠재된 정신세계 즉 무의식에서 발화한다. 우리의 무의식은 사회적으로 용납되지 못해 억압된 욕망, 충동 등이 그 대부분을 차지한다. 또한 의식 속에 떠오르지 못하고 무의식 속에 잠재해 있는 내용은 망각되는 것이 아니라 항상 영속적으로 남아 있어서 의식적인 행동이나 사고에 영향을 미치는 것이다. 실언(失言)과 파괴, 불합리한 불안이나 공포 등을 무의식의 작용으로 인한 행동으로 설명하는 것도 이 때문이다.[11] 평소 폭력과는 거리

---

10) 박찬부,《현대정신분석비평》, 민음사, 1996, p24.

가 먼 사람이 주먹을 휘둘러 실형을 선고받는 경우가 종종 있다. 그런 이들이 곧잘 하는 변명, '나도 모르게' 는 곧 의식을 하지 못했다는 말과 동의어이다. 무의식중에 범죄를 저지른 것이다. 이해를 돕기 위해 일상에서의 예를 들어보도록 하자.

자, 여기 평범한 40대의 직장인이 있다. 그는 두 아이의 아버지이며 평범한 여자의 남편이다. 십여 년 넘게 같은 직장을 다니고 있고 자가용을 이용해 출퇴근을 한다. 가벼운 접촉사고를 낸 적은 있지만 이 역시 대도시 생활자의 지극히 일상적인 경험에 불과하다. 운전면허를 취득한 지는 이십 년 정도 되었고 본격적으로 운전을 시작한 것은 직장 생활을 시작하면서이니 운전 경력 역시 십 년은 넘은 베테랑이다. 피곤한 직장인이긴 하지만 아침 출근길의 아내와 아이들의 배웅을 받을 때면 부드러운 미소로 화답해준다. 그리고 아파트 지하주차장에 세워진 자신의 차로 향한다. 엘리베이터에서 내린 그는 버튼식 자동차 열쇠로 차문을 열고 운전석에 앉아 시동을 건다. 후사경으로 좌우를 살피며 천천히 후진을 한다. 적당한 거리에서 기어를 전진으로 바꾸고 지하주차장을 빠져나간다. 한 손으로 운전대를 잡고 다른 손으로는 카오디오를 이용해 음악을 튼다. 출근길 복잡한 도로 상황에도 불구하고 그가 운전을 함에 있어 불편함은 보이지 않는다.

지금까지 이 남자의 행동은 모두 전의식의 지배를 받은 것이다.

---

11) 이상우 외 2 《문화비평의 이론과 실체》, 집문당, 2009, p.180

전의식이란 의식과 무의식의 중간에 자리하고 있다. 가장 대표적인 예가 운전이다. 초보운전자들은 도로를 주행하면서 운전에 관계된 많은 행위를 '의식'적으로 수행한다. 계기를 확인하며 속도를 줄이거나 올리고 자동차 안 여러 장치들의 기능을 일일이 기억해서 사용한다. 하지만 숙련된 운전자들은 어떠한가? 운전에 관계된 기술이나 조작에 의식을 사용하지 않는다. 이런 정신의 상태는 무의식과는 다르다. 오랜 습관이나 반복에 의해 의식하지 않아도 저절로 행동할 수 있는 상태를 전의식이라 한다. 무의식은 어떤 상황이라고 해서 의도적으로 끄집어낼 수 있는 정신이 아니다. 이것이 전의식과 무의식의 차이다.

계속해서 그의 출근길을 따라가 보자. 집에서 회사까지의 거리는 십오 킬로미터 남짓이지만 출근길은 상습적인 정체 구간이다. 오늘따라 길은 더 막히는 것 같다. 그의 표정이 슬슬 구겨지고 핸들을 잡은 손이 바빠지고 있다. 깜빡이를 켜고 다가오는 차가 있으면 경적을 길고 빠르게 울리며 속도를 높여 버린다. '자신의 사전에 양보란 없다'라고 생각하는 듯 상대 운전자를 향해 거칠게 욕을 내뱉는다. 이리저리 곡예를 하듯 차선을 넘나들기 시작했고 그는 끊임없이 큰 소리로 욕을 한다. 차창은 모두 닫혀 있고 그의 욕을 듣는 사람도 없다. 몇 차례 위기의 순간을 넘기긴 했지만 그는 무사히 회사 지하 주차장에 도착했다. 그는 차에서 내려 엘리베이터로 향했고 그 중간에 만난 직장 동료에게 반가운 인사를 건넸다. 물론 어떤 욕도 하지 않았고 인상을 찌푸리지도 않았다.

그의 무의식은 무엇인가? 출근길이 정체될 때 그가 거친 행동을 보인 것은 의식 속에서 이루어진 것이 아니다. 의식된 행동은 그에 따르는 충분한 준비가 필요하다. 하지만 그의 행동은 어떠했는가? 정체된 길과 끼어들기를 시도하는 다른 차에 그가 의식된 반응을 보인 것은 없다. 그것은 매우 즉각적인 반응이었으며 일상에서 그가 보인 행동과는 전혀 다른 차원의 것이었다. 우리는 그가 보인 난폭한 행동의 이면을 정확히는 알 수 없다. 그 역시도 조금 전 자신의 행동의 근원을 알지 못할 것이다. 아마 그는 자신의 난폭한 행동을 기억조차 하지 못할 것이다. 스스로도 인식하지 못하는 사이에 오랜 시간 조금씩 자신의 정신에 들어와 굳어진 무의식은 그것을 인지한다고 해서 행동으로 표출되는 것이 아니다. 결국 무의식은 특정한 상황에 의해 수면 위로 떠오르는 것이다. 언급했다시피 무의식은 우리 정신세계 어딘가에 깊이 내재하고 있을 뿐 사라지지 않는다. 흔히 말하는 트라우마, 즉 정신에 남은 외상도 이 무의식의 한 영역인 셈이다.

　그렇다면 우리는 앞서 예로 내세운 '그'의 난폭한 행동에 대한 추론이 가능해진다. 상황에 대한 정신의 숨겨진 반응이 무의식이라고 정리할 때, 그가 운전대를 잡았을 때 보이는 폭력성은 그의 삶 속에서 억압된 특정한 경험 혹은 사건에 기인했을 가능성이 높다. 심리학자 칼 구스타브 융에 따르면 의식 속에는 '자아'가 있고 무의식 속에는 '그림자'가 있다. 무의식이 바다라면 의식은 작은 섬에 가깝다. 의식은 우리 정신의 모든 것을 대변하지 못한다. 자아란 그 작은 섬의 중심이다. 그렇다면 그림자가 위치하고 있는 곳은 어디인가. 자아라는 섬의 밑바닥이다. 말하자면 바다

속 자아다. 그림자를 설명하는 좋은 예는 스티븐슨의 판타지 소설 《지킬박사와 하이드 씨》다. 낮에는 점잖은 의사인 지킬박사와 밤이 되면 괴물로 돌변하는 하이드 씨의 모습은 인간의 의식적 인격(자아)과 무의식적 인격(그림자)의 이중성을 표현하는 좋은 예라 할 것이다.[12]

《파이트 클럽》속 '나'는 무의식 속의 '그림자'가 표출될 수밖에 없는 현실 속에 머물고 있는 인물이다. '나'는 끝없는 외부 자극으로부터 시달리며 하루하루를 겨우 살아낸다. 결국 그의 그림자는 걷잡을 수 없는 상태로 표출되어 버린다. 자아는 작지만 힘이 세다. 그래서 그림자를 눌러 수면 아래에 둔다. 하지만 그림자가 분출할 수 있는 자극이 계속 이어질 때 자아는 깨져버리고 만다. 한번 깨진 자아는 쉽사리 회복되지 않는다. 비로소 그림자가 인간의 정신을 지배하는 지경에 이르고 마는 것이다. '나'는 계속되는 출장길의 비행기 속에서 '타일러 더든'을 만난다. 결론부터 말하자면 타일러 더든은 실존하는 인물이 아니다. 바로 환영이다. 환영이란 눈앞에 있지 않은 것이 있는 것처럼 보이는 현상 혹은 사상이나 감각의 착오로 인해 허위의 현상, 영상을 사실로 인정하는 것을 말한다. 쉽게 말해 '허깨비' 보는 것이다. 주목할 점은 타일러 더든이 바로 '나'의 허깨비이며 또한 '나'의 그림자라는 점이다.

---

12) 이부영, 《분석심리학》, 일조각, 2002, pp.71~72.

이때부터 '나'는 나의 그림자와 이야기를 하고 맥주를 마시고 싸움을 하고 동거를 한다. '나'의 눈에 그림자는 실체이며 개별적인 행동이 가능한 주체이다. 심지어 '나'는 타일러 더든을 동경하기까지 한다. 타일러 더든은 '나'가 제도권의 억압으로 그 동안 감춰 두었던 모든 욕망을 현실에서 실행한다.

앞서 언급한 적이 있는 《지킬박사와 하이드 씨》와 《파이트 클럽》은 한 인간이 가진 자아와 그림자의 양면성을 그리고 있다는 점에서는 유사하지만 양면성의 표출 방법에서는 사뭇 다르다. 《지킬박사와 하이드 씨》에서 자아와 그림자는 한 사람의 정신 속에서 지배와 피지배를 반복한다. 하지만 《파이트 클럽》은 한발 더 나아가 환영이라는 병적인 기법을 도입한다. 이미 오래 전에 붕괴되어 버렸지만 아직 자아의 지배를 받고 있다고 믿는 '나'가 자신의 붕괴된 자아에서 튀어나와 제멋대로 행동하고 있는 타일러 더든을 보고 함께 동참하는 방식으로 작품이 진행된다. 실제 작품에서도 한참의 시간이 지나기까지 '나'와 타일러 더든의 관계는 두 사람으로 그려진다. 타일러 더든은 자아가 붕괴되어 버린 오직 '나'만이 볼 수 있는 '나'의 그림자인 셈이다

전원 속 예술가들

- 문상직 편

김수영

화가 문상직의 집은 팔공산 부인사 인근에 있다. 그가 이곳에 터를 잡은 것은 2000년. 20여 년 전부터 경산 와촌에 작업실을 두고 대구 도심에 있는 집과 작업실을 오가며 두 집 살림을 하던 그는 자연이 주는 경외감에 결국 팔공산으로 완전히 들어갔다.

"어릴 때 시골에서 자랐기에 늘 시골로 들어가고 싶다는 생각을 했습니다. 대구 범어네거리에 있는 작업실에서 4~5년 지냈는데, 시골 생각이 더 들더군요. 들끓는 사람과 차 소리에 생각이라는 것을 점차 잃어버린 듯해서 내린 결정이었습니다."

문 작가는 사유思惟의 시간을 찾기 위해 전원으로 향했다. 화가가 보여주는 것은 그림이지만, 그림은 단순히 보이는 게 전부가 아니다. 그림을 잘 그린다고 좋은 작품은 아니라는 설명이다.

그는 "미술표현의 기술은 어느 정도 시간이 흐르면 일정 궤도에 오를 수 있다. 보이지 않지만 그림 속에 작가의 철학을 담아내는 것이 중요하다. 이것은 그림을 열심히 그린다고 되는 것은 아니다. 삶에 대해 많이 공부하고 생각하는 과정에서 나온다. 이를

가능하게 해주는 것이 바로 자연"이라고 말한다.

그래서 마련한 것이 와촌의 작업실이었다. 10여 년 동안 와촌에서 작업하던 그에게 어느 날 아내가 반가운 한마디를 던졌다.

"부엌만 편리하면 전원생활도 괜찮겠네요."

아내도 전원생활에 비로소 동참하겠다는 뜻을 보인 것이다. 채식주의자인 아내가 시골에 살면 싱싱하고 오염이 되지 않은 여러 가지 나물과 과일 등을 철철이 먹을 수 있다는 생각에서 내린 결심이었다.

팔공산의 집은 이런 아내에게 더없이 좋은 장소였다. 지금은 전원주택이 곳곳에 들어섰지만 그 당시는 집 주변에 작은 밭들뿐이었다. 햇볕이 따스한 봄 어느 날, 처음 집 구경을 왔는데 쑥 · 달래 등 나물이 지천이었다. 이것이 아내의 마음을 사로잡았다.

적벽돌로 지은 그의 집은 그리 크지도, 화려하지도 않다. 1층은 살림집, 2층은 작업실이다. 살림집에서는 집 주변의 밭 풍경과 집을 감싸고 있는 산의 아랫자락이 눈에 들어온다. 그는 "거실에 앉아 가만히 있으면 계절의 변화를 온몸으로 느낄 수 있다."고 말한다. 계절마다 바뀌는 농작물을 통해 시간의 흐름과 자연이 주는 풍요로움, 자연의 생명력 등을 만끽할 수 있다는 설명이다.

작업실은 사방에 크고 작은 유리창이 들어차 있다. 드넓게 펼쳐진 파란 하늘을 배경으로 다소 멀리 보이는 산이 눈에 들어온다. 굳이 없어도 될 자리까지 유리창으로 처리한 것에서 자연의 아름다운 모습을 조금이라도 더 많이 보고 싶어하는 작가의 욕심이 느껴진다. 사방이 다 뚫려 집 안에 있지만 자연 속에 있는 듯한 착각이 든다.

그는 "이곳에서 바라본 풍경이 어떠냐"고 묻는다. 머뭇거리자 "이곳에서 하늘과 산을 볼 때마다 자연의 거대한 힘을 느낀다. 보름 전만해도 나뭇잎이 무성했는데 지금은 별로 없다. 그게 자연의 힘이다. 이런 생각에 빠져있다 보면 하루해가 언제 다 지나갔는지 모른다."며 "전원생활을 할수록 자연의 위대함과 인간 능력의 미미함에 절로 고개가 숙여진다. 그림을 아무리 잘 그려도 풀 한포기의 생명력을 그대로 담아내긴 힘들다. 단순한 묘사를 벗어나 그 생명력을 담아내는 것이 작가의 몫"이라고 말한다.

그는 '양떼'를 소재로 한 목가적인 풍경을 그리지만, 아직 한 번도 양을 보고 그린 적이 없다. 대학 때 수많은 모델을 보면서 이 세상에 완벽한 모델은 없다는 것을 알게 됐다. 모델은 작가가 그림을 그리는데 약간의 도움을 줄뿐, 결국 작가가 나머지를 완성

시켜야 한다.

　이런 생각은 그의 작업에 그대로 배어들었다. 작업 초기 탈이나 농악 등 토속적인 정취가 묻어나는 풍물 등을 사실에 가까운 구상회화로 그리던 그는 80년대 중반에 들어서면서 〈수녀〉, 〈소녀〉 연작 등을 통해 순결한 아름다움과 환상적인 요소가 눈에 띄는 심상적 구상회화로 작업패턴을 바꾼다.

　90년대로 접어들면서 시작한 〈양떼〉 연작 또한 인물 연작과 같은, 심상적 구상회화의 성격이 강하다. 이 시리즈는 자연과의 친화, 생명에 대한 외경심을 드러내면서 평온한 정신의 안식처를 희구하는 그의 내면세계를 표출하고 있다.

"선산 도리사를 지나는 길이었습니다. 소나기가 퍼붓는데 안개 낀 산 능선에 있는 하얀 비닐하우스가 눈에 띄었습니다. 처음 본 순간 양이 떼지어가는 것처럼 보이더군요. 이때 본 느낌을 그린 것이 양떼 연작이 됐습니다. 자연이 저에게 또 하나의 선물을 주신 셈이지요."

현재 그는 팔공산예술인들이 중심이 된 '팔공산예술인회' 회장도 맡고 있다. 10여 년 전 서너 명에 불과하던 예술인이 최근 수십 명에 이를 정도로, 팔공산에 많은 작가가 몰리고 있다. 모임의 회원만 30여 명이다. 활동분야도 회화, 조소, 공예, 사진, 문학 등 다양하다.

"팔공산에 이처럼 많은 작가가 몰려드는 것은 그만큼 자연이 주는 이로움이 많기 때문이겠지요. 자연을 보면서 베풀며 사는 삶의 아름다움, 사색이 주는 마음의 평온을 깨닫게 됐습니다. 다들 저와 같은 마음이라고 생각합니다."

불혹不惑의 나이

민송기

조선시대에는 열녀에 대한 이야기들이 많다. 민간에 내려오는 이야기도 많지만 양반들이 전傳의 형태로 기록한 것들도 많다. 그리고 나라에서 열녀를 기리기 위해 세웠던 정문旌門이 아직도 많이 남아 있는 것을 보면 참 열녀가 많았던 것처럼 보인다. 그런데 만약 국어시험에서 열녀 이야기에 대한 반응으로 "당시에는 여성들이 '열烈'의 덕목을 잘 지키며 살았다."라는 선지가 있다면 이것에 대한 정오 판단은 어떻게 해야 할까? 열녀들이 많았으니까 당연히 옳은 반응이라고 생각할지 모르지만 정확하게 말하면 이것은 틀린 반응이다. 상을 준다는 것은 그 행위가 모범적이고 특출나기 때문이다. 즉 대다수의 사람들은 잘 안 지키고 살았기 때문에 열의 덕목을 잘 지킨 열녀가 특출한 것이다. 모두가 열의 덕목을 잘 지키고 열녀로 산다면 열녀에게 굳이 상을 줄 이유는 없을 테니까 말이다.

이와 같은 논리가 적용되는 말 중에 우리가 가장 흔히 쓰는 말이 '불혹不惑의 나이'라는 것이다. 나이 40을 흔히들 유혹에 흔들

리지 않는 나이라는 의미로 불혹이라고 한다. 이 말은 《논어》 〈위
정爲政〉 편에 나오는 공자의 말 "나는 열다섯에 학문에 뜻을 두었
고〔지학志學〕, 서른 살에 세상에 섰으며〔이립而立〕, 마흔 살에 미
혹되지 않았고〔불혹不惑〕, 쉰 살에 천명을 알았으며〔지천명知天
命〕, 예순 살에 귀가 순했고〔이순耳順〕, 일흔 살에 마음이 하고자
하는 바를 따랐지만 법도에 넘지 않았다.〔종심從心〕" 에서 비롯된
것이다. 여기에서 따와 각각의 나이를 지학, 이립, 불혹, 지천명,
이순, 종심으로 부르기도 한다.

그렇지만 현실을 생각해 보면 대한민국에서 가장 개념 없기로
유명한 열다섯 살 중2들에게 학문에 뜻을 두기를 바라는 것은 무
리이고, 갓 취직에 성공한 30대에게 세상에서 유명해지기를 바라
는 것은 무리이다. 마흔에는 유혹에 쉽게 흔들리게 되고, 쉰 살에
인생의 고비를 만나면서 천명이 무엇인지를 모르게 된다. 예순이
되면 자신의 정치적 견해나 명령에 대해 아랫사람들이 토를 다는
것이 모두 귀에 거슬리고, 일흔이 된 사람이 하고 싶은 대로 하면
대부분 순리에 안 맞는다고들 한다.

결론적으로 말하면 지학, 이립, 불혹, 지천명, 이순, 종심과 같
은 말은 공자와 같은 훌륭한 분들에게 해당하는 말이지 보통 사
람들에게 해당되는 말이 아니다. 성인이 성인인 이유는 보통 사
람들하고는 다르기 때문이다. 그러니까 불혹의 나이가 되었음에
도 불구하고 마음이 왜 허하고 쉽게 흔들리는지에 대해서 심각하
게 생각할 필요는 없다.

'불혹의 나이' 라는 것은 유혹에 흔들리지 않는 나이라는 의미

가 아니라 끊임없이 유혹에 흔들리는 나이이며, 그런 속에서도
불혹을 추구한다는 의미를 담고 있는 말이니까.

팔공산 제천단

박규홍

한 나라를 이끄는 '왕'의 됨됨이에 따라 백성들의 삶의 질이 달라지는 것은 피할 수 없는 일이다. 한 조직을 이끄는 지도자의 가치관에 따라 구성원들의 삶의 질이 달라지는 것은 예나 지금이나 마찬가지다.

무소불위의 권력을 휘둘렀던 중국 하夏나라의 마지막 왕인 걸왕은 자신을 태양에 비유하여 '태양이 없어질 때라야 자신도 죽는다.'고 거들먹거렸다. 《상서尙書》에서 하나라를 무너뜨리고 은나라를 세운 탕왕이 걸왕을 치러 출정할 때 맹세한 말을 기록하고 있는 탕서湯誓에는 "이 태양은 언제 없어지려나. 내 차라리 너와 함께 죽어버리련다."고 백성의 원망을 적고 있다. 권력이 비롯하는 근원인 백성을 두려워하지 않고, 주어진 힘을 마구 휘두르던 걸왕은 수백 년을 이어온 하나라를 멸망의 길로 이끌었다. 자고로 왕이 된 자는 겸허한 마음가짐을 가져야 한다는 것을 하나라의 걸왕이나 은나라의 주왕이 일깨워주고 있다.

대구광역시와 경상북도에 걸쳐 있는 팔공산은 신라시대에 부

악父岳 혹은 중악中岳으로 불렸다. 《삼국사기》에는 "오악은, 동쪽은 토함산 대성군, 남쪽은 지리산 청주, 서쪽은 계룡산 웅천주, 북쪽은 태백산 나이군, 중앙은 부악 또는 공산 압독군이다."라고 기록하고 있다. 《삼국유사》에도 "중악은 지금의 공산이다"는 기록이 있다.

이 팔공산의 제왕봉 산봉우리에 제천단이 있었던 것으로 전해진다. 아직 학술적으로 온전히 규명되지 않은 상태여서 함부로 언급하기는 어렵지만, 신라시대 때 하늘에 제사지낸 곳이었을 개연성은 충분하다고 본다. 하지만 그 사이 제왕봉 산정은 레이더 기지와 TV 중계탑 등이 들어서면서 현재는 돌무더기만 남아 그곳이 제천단이었을 가능성만 짐작케 하고 있다.

신라 건국 이후 가장 넓은 영토를 확보한 진흥왕은 "천성이 풍미가 있어 신선을 크게 숭상하였다."고 한다. 자신이 개척한 영지를 두루 돌아다니며 그의 영향력이 미치는 곳을 표시하고 신선을 크게 숭상했던 진흥왕이 서라벌 가까이에서 우뚝한 팔공산을 찾지 않았을 리 없다. 그렇다면 고대에서부터 하늘에 제사를 올렸던 곳이었을 가능성까지도 충분히 생각해 볼 수 있는 팔공산 제천단에서 제의를 벌였을 가능성은 매우 높다.

《화랑세기》에는 "국공國公들이 화랑도 단체에 들어간 후 선도는 도의를 서로 힘썼다. 이에 어진 재상과 충성스러운 신하가 이로부터 빼어났고, 훌륭한 장군과 용감한 병졸이 이로부터 나왔기 때문에 화랑의 역사를 알지 않으면 안 된다"고 하고 "화랑은 선도仙徒이다. 우리나라는 신궁神宮을 받들어 하늘에 큰 제사를 지냈다. …(중략)… 옛날에 선도는 신을 받드는 일을 위주로 삼았다."고 한 언급을 봐서도 화랑들이 수련했을 것이 분명한 팔공산에서 하늘에 제사를 지냈을 가능성을 짐작해 볼 수 있다. 진흥왕의 성향과 팔공산의 위치로 봐서도 그 가능성은 충분하다.

화랑도의 사상적 요소인 '현묘한 도'에는 신도사상神道思想·샤머니즘·신선사상, 이 세 가지의 요소를 갖추고 있는 것으로 학자들은 보고 있다. 신라 초기에는 신의 뜻에 따라 국정을 운영하는 제정일치 체제 아래의 신권국가의 모습을 갖추고 있는데,《삼국사기》소지마립간조의 "나을에 신궁을 세웠다."라는 언급이 이를 말해주고 있다. 신라인들이 신의 뜻에 부합되도록 심성의 순수성을 간직하고 신도사상에 철저했다는 것은 하늘에 대한 제의를 철저히 하여, 하늘의 뜻을 헤아리고 공경하는 일에 최선을 다했음을 뜻한다.

여러 가지 여건들로 보아 어떤 식으로든 팔공산 제천단에서 제천의식이 있었을 것이고, 그런 의식은 화랑도와 불가분의 관계가 있을 것으로 짐작된다.

만화경과 어린이

윤일현

어린 시절 만화경을 만들어본 경험이 있는가. 기다란 직사각형 거울 세 개를 60도 각도로 연결한 정삼각형 내부에 색종이 조각을 넣고 돌리면서 보면 신비롭고 환상적인 대칭무늬가 무한대로 만들어진다. 동네 아이들이 한자리에 앉아 크기와 모양이 거의 똑같은 만화경을 만들지만, 각각의 만화경이 만들어내는 형체는 다 다르다. 처음 만화경을 만드는 아이들은 대개 색종이를 찢어 넣는다. 경험이 쌓이면서 반짝이는 금속 조각, 색유리, 구슬 등 다양한 물체를 넣어본다. 만화경이 아이들에게 주는 최대의 교훈은 비슷한 내용물을 넣어도 똑 같은 모양은 없고, 어느 누구의 것도 언제나 환상적인 무늬를 만들어낼 수 있다는 것이다. 만화경은 황홀감과 신비감의 경험을 통해 상상력을 풍부하게 하고 감각과 감성을 예민하게 만든다. 이 경험은 아이들로 하여금 부지불식간에 다양성의 가치를 체득하게 해준다.

젊은 날 인류학자 클로드 레비 스트로스의 책을 읽을 때, 머리에 맨 먼저 떠오른 것은 만화경이다. 서로 달라 보이는 문명도 실상은 인류가 공통적으로 가지고 있는 기본 요소들이 다양하게 얽히면서 만화경처럼 서로 다른 모습으로 전개된 것에 불과하다. 이 세상에는 원시 문명도 선진 문명도 존재하지 않는다. 모든 신화 속에 들어있는 기본 내용과 근친혼 금지 같은 문명을 이루는 핵심 내용은 서로 같다. 같은 문제에 대한 대응과 표현의 차이가 있을 뿐이다.

레비 스트로스는 미개인이라고 해서 생각하지 않는 것이 아니라고 했다. 그들의 사상도 우리의 사상에 뒤지지 않는다. 서구의 사상은 항상 분명한 설명과 논증을 요구하지만, 그들은 사상을 주무르고 조작하기 때문에 감각이 도주하고 만다. 반대로 미개인은 개념과 추상이 아니라 감각과 색채, 느낌과 경험으로 배우고 움직인다. 그는 '슬픈 열대'에서 자신과는 다른 삶의 방식을 가지고 있는 사람들을 야만적이고 비합리적이라고 낙인 찍는 서구인들의 오만과 폭압을 질타하며, 그들이 황폐하게 만든 열대의 원주민 사회를 보며 느낀 말할 수 없는 슬픔과 우울을 잘 묘사하고 있다. 그는 인간 본성을 찾기 위해 길을 떠나는 사람은 자신의 배를 태워버리지 않으면 안 된다고 강조했다. 그는 기독교와 불교가 접촉했더라면 서구문명은 훨씬 더 유연해졌을 것이라고도 말했다.

우리 아이들은 만화경과 같다. 그 속에 정말로 필요한 몇 가지만 채워넣어도 무한한 창조를 해낼 수 있다. 유소년기에는 그 무엇보다도 자신의 몸이 좋은 만화경이 될 수 있도록 건강하게 성장해야 한다. 만화경 속에 너무 많은 것을 넣으면 안 된다. 핵심적으로 중요한 것들만 적당하게 넣어야 갖가지 아름다운 모양이 창조된다. 여백의 공간이 없다면 만화경은 제 기능을 발휘하지 못한다. 우리는 서구인들이 원시사회에 저질렀던 것처럼, 어린이라는 만화경 속에 부모가 원하는 것들만 넣으려고 해서는 안 된다. 감성과 감동, 색깔이 없는 지식 조각은 만화경 속에 넣고 아무리 돌려도 아름다운 형상을 만들어 낼 수 없기 때문이다.

애자

2009.9.9 개봉

윤정헌

주말 산책 후, 들른 영화관에서 매표원은 감동적이라며 〈애자〉
를 추천했다. 모녀간 이야기라기에 뻔한 신파가 지겨워 딴 걸 고
르려니, 대기시간이 이게 가장 짧다. 할 수 없이 제일 구석자리에
비집고 앉았다. 제법 객석이 찬 게 조짐이 심상찮다. 여고시절부
터 자타가 공인하는 막장 청춘의 박애자(최강희)와 그런 애자의
유일한 호적수인 수의사 어머니 최영희 여사(김영애)의 불꽃 튀
는 캐릭터 대결이 관객을 화면에 붙들어맨다. 초반은 두 인물의
설정을 부각시키기 위해 코믹 모드로 나가더니 영희의 발병 이후
영화는 시종 무거운 톤을 유지한다. 그러나 막가파 딸과 무대뽀
엄마의 이별 방정식을 다룬 영화는 억지 눈물을 강요하지 않는
다. 이래도 안 울 거냐며 슬픈 음악을 깔지도, 청승맞은 신파조 대
사를 펼쳐 놓지도 않는다. 대신에 두 모녀, 아니 두 배우의 감정선
에 의탁해 가만히 따라가다 보면 저절로 콧등이 시큰거리게 된
다. 산사에서 스스로 최후를 맞는 어머니를 애자가 숨죽이며 보
내는 장면에선 객석 여기저기서 참았던 흐느낌이 새나왔다.

심청의 초특급 효성과 홍부의 초강력 우애와 춘향의 일편단심 절개를 강조하는 재래의 인물 중심 스토리와 달리, 비록 제목은 '애자'이지만 영화는 애자 혼자 북치고 장구치게 놔두지 않는다. 개성 강한 여러 인물들의 등장과 아기자기하게 얽힌 플롯은 폭풍 전야의 밑밥 구실을 톡톡히 하고 있다. 현란한 CG도 없고 제작비를 걱정할 만한 스펙타클한 시각적 서비스도 없었다. 그야말로 스토리텔링의 힘을 보여주는 영화다. 부산 사투리로 무장한 신구 두 여배우의 불꽃 열연을 잉태시킨 시나리오의 저력에 갈채를 보낼 만하다. 영희의 앞좌석 공포증과 오빠의 불구와 아버지의 부재가 어린 시절, 애자가 한 몫한 교통사고에서 비롯되었음이 숨은 그림찾기처럼 드러나게 한 플롯의 디테일은 애자와 영희의 내면에 성큼 다가서게 하는 통로로 충분히 의미가 있다. 유기견의 안락사에 단호했던 영희가 안락사로 생을 마감하는 대단원은 새로운 사생관을 정립시켜야 할 우리 세대에 던지는 장엄한 메시지이다. 엔딩크레딧의 여백에 후일담을 아우르는 편집도 퍽이나 신선했다. 애인의 눈물을 닦아주느라 입에 넣었던 팝콘을 내 무릎에 줄줄이 흘린 옆자리 청년의 오도방정이 밉지 않았다.

치유에서 깨달음까지

이승현

인간은 누구나 내면에 신성과 하느님의 씨앗을 품고 세상으로 온다. 그것은 우리가 존재로써 빛이 되고 사랑의 꽃을 피워내는 잠재력이다. 하지만 인생에서 실제로 자기 내면의 이런 잠재력을 꽃피워 내는 사람은 많지 않다. 예수님은 말씀 하셨다. '부름 받은 사람은 많으나 진정 선택해서 그 길을 가는 사람은 적다.' 라고… 한그루의 나무에서 매년 수많은 열매가 맺히고 무수한 씨앗들이 뿌려지지만 그중에서 새로운 나무로 성장해서 자기만의 가능성을 꽃 피워내는 씨앗은 너무나 적다. 인간의 삶도 수많은 생명들이 매순간 탄생하지만 내면의 가능성을 실현하여 자기만의 꽃을 피워내는 사람은 많지 않다. 인생에서 자기만의 가능성을 꽃피워 낸 사람들은 언제나 똑같은 질문을 가지고 삶을 대한다. 그들의 질문은 이것이다.

나는 누구인가?

삶은 무엇인가?

무엇을 '나' 라고 하는가?

나는 이 삶에서 진정 무엇을 원하는가?

현대의학은 인간을 통합적이고 온전한 존재로 다루기보다 제각기 분리된 부분들로 보는 경향이 많다. 몸은 몸대로 마음은 마음대로 따로 다루는 이런 분리주의적인 사고방식은 마치 인간을 자동차 수리공이 부품을 손보듯이 의사가 잘못된 부분을 고칠 수 있다고 생각한다. 그래서 우리는 몸과 마음의 불편을 스스로 책임지기보다 의사에게 떠넘기려고 한다. 하지만 의사는 환자의 증상에만 관심을 가질 뿐 질병과 관계하는 환자의 왜곡된 마음에 대해서는 알지 못한다. 인간이 갖는 하나의 질병에는 한 인간이 지닌 무수한 요소와 다양한 경험들이 내포되어 있다. 하지만 장비를 통한 의학적인 진단은 환자의 문제에 대해 극히 제한된 정보만을 추출하며, 의사는 이런 제한된 정보를 가지고 병명을 붙인다. 그리고 우리는 병명을 알면 마치 증상들을 통제할 수 있을 것이라고 착각한다. 하지만 현대의학이 지닌 이런 사고방식은 외적증상의 치유에는 어느 정도 도움이 되지만 질병을 일으키는 근본적인 원인을 이해하기에는 부족한 면이 많다. 왜냐하면 인간의 몸과 마음의 바탕에는 언제나 의식과 에너지의 실제적인 흐름이 존재하고 있기 때문이다.

현대의학의 이런 접근과 다르게 차크라에 관한 연구는 현대의학으로는 규명할 수 없는 인간의 문제에 대해 새로운 관점과 이해를 제공한다. 왜냐하면 차크라는 인간의 몸과 마음을 연결하는 고리이며, 생명에너지를 돌게 하는 중심축이기 때문이다. 인간은 누구나 7개의 차크라를 가지고 태어나지만 개인의 의식수준과 에너지적인 성향에 따라 활용하는 차크라는 사람마다 서로 다르다. 인간이 지닌 마음의 고통을 힌두교에서는 마야(환영), 기독교에서는 원죄, 불교에서는 두카(Duhkha) 또는 고품라고 부른다. 이때 두카는 축이 돌지 않는 바퀴를 뜻한다. 결국 고통이란 생명의 바퀴인 차크라가 특정 생각과 감정에 고착되어 생명에너지가 제대로 흐르지 못해서 일어나는 현상이다. 부처님은 마음의 집착에서 벗어나서 생명의 바퀴인 차크라를 다시 자유롭게 돌게 하는 것을 수카(Suhkha)라 했다. 수카는 자유로워진 바퀴 또는 풀린 바퀴라는 뜻으로 열반과 해탈을 의미한다.

지나온 30여년의 수행의 길을 돌이켜보면 처음에 나는 수행을 해서 깨달음을 얻으면 현실적인 어려움과 심리적 문제들이 한꺼번에 해결될 거라고 생각했다. 그래서 남들이 가지지 못한 어떤 신기한 체험을 하거나 특별한 능력을 얻어서 내가 가진 삶의 문제들을 한꺼번에 해결하고자 했다. 이후 나름대로 여러 체험도 하고 특별한 능력을 가진 선생들을 쫓아다니며 그들이 가진 능력을 얻으려고 노력도 많이 했다. 하지만 나의 이런 노력과는 달리 나의 마음은 수행을 할수록 현실로부터 더욱 고립되어갔고, 마음의 갈증은 여전했으며, 상황에서 흔들리는 나를 속일 수가 없었다.

이때 만난 것이 심리공부였다. 나는 심리를 공부하며 내안의 흔들리는 에고의 구조와 실체를 분명하게 이해하게 되었다. 이후 상담센터를 열어 10여년을 상담현장에서 내담자들을 만나며 내가 수행한 바를 현실에 적용해 보았다. 그리고 다시 현실에서 적용한 내용들을 가지고 이 책으로 정리하기까지 많은 시행착오를 겪었다. 30년 가까운 수행, 10여년의 심리상담, 그리고 내가 배운 가르침과 깨달음을 차크라라는 주제를 가지고 통합하기까지 많은 어려움이 있었다.

심리心理는 마음心에 대한 이해理를 말한다. 이때의 마음은 '나'라고 동일시한 개체의 마음이다. 무상無常한 몸과 마음을 '나'라고 동일시하며 집착하는 무지가 인간이 가지는 모든 고통의 원인이다. 심리치유와 깨달음은 결코 분리되어 있지 않다. 깨달은 사람은 결국 마음이 치유된 사람이다. 심리치유는 '나'라고 동일시했던 에고의 환영과 무엇을 얻고자 하는 욕망의 집착에서 벗어나는 것이기에 깨달음과 다를 바가 없다. 그러기에 깨달음이 부족한 심리치유는 무지하여 마음이 자유롭기 힘들며, 심리치유가 빠진 초월적 깨달음은 우리를 현실도피나 자기망상으로 이끌기 쉽다. 그래서 나는 건조한 심리학적인 지식이나 흐릿한 신비주의를 배격하고 합리적 이성과 통찰로 심리치유와 깨달음을 하나로 연결하고자 했다.

책의 원고는 좀 더 일찍 완성했지만 출판사를 찾기가 쉽지 않았다. 출판업계의 불황과 대중성을 동반하지 못한 이 책의 내용이 선뜻 출판하기에는 쉽지 않았으리라. 하지만 이 책은 요가에 관심을 가지고 좀 더 깊은 명상으로 들어서려는 사람이나 심리적인 공부만으로는 한계를 느끼는 사람들에게는 좋은 길잡이가 될 것이라고 확신한다. 또한 깨달음을 추구하거나 자기마음을 더 깊이 탐구하려는 사람에게는 큰 도움이 될 거라고 믿는다.

인생의 강을 건널 때 우리는 누구나 배가 필요하다. 이 책은 인생의 강을 좀 더 쉽게 건너기 위한 작은 배와 같다. 강을 건너면 배는 놓아두고 새로운 길을 가야하듯이 이 책을 배로 삼아 많은 사람들이 인생의 강을 좀 더 쉽게 건너가길 바란다.

산타클로스와 벨스니켈

이재태

크리스마스가 다가오면 어린이들은 루돌프 사슴이 끄는 썰매를 탄 산타클로스 할아버지가 평소에 갖고 싶던 선물을 주고 갈 것이라 믿고 있다. 나는 산타클로스의 선물을 받아본 적이 없다. 그러나 아이들을 키우면서 몇 번은 산타클로스의 역할을 하였던 것 같다. 미국에서 지내던 시절에는 이웃집 할머니로부터 산타클로스가 집에 다녀갔다는 표시를 남기는 기발한 방법을 배우기도 했다. 아파트 문 입구에서 거실의 크리스마스트리까지 들어오는 길에 밀가루를 곱게 뿌려, 밤새 산타클로스 할아버지가 오셔서 하얀 발자국을 남겼음을 보여 주는 것이다. 다음날 아침에 아이들은 선물을 받고, 산타클로스의 발자국을 보고, 고개를 갸우뚱하면서도 매우 행복해 했다. 그러나 아이들도 언제부터는 산타클로스의 존재를 믿지 않게 되었고, 나도 산타의 역할을 할 필요가 없어졌다.

산타Santa란 이탈리아어로 '성인Saint'을, 클로스Claus는 니콜라

성 니콜라스의 초상화

돈주머니를 던져주는 니콜라우스, 마사치오 그림

스Nicholas라는 이름을 뜻하며, 지금의 터키인 소아시아의 파타라 시에서 태어난 '성 니콜라스' 서기 270 ~ 314년로부터 유래되었다. 그는 어려서 부모를 잃었지만 굳건한 신앙인으로 성장하였고, 후일 미라 지방의 주교가 되었다. 그는 평생 남몰래 많은 선행을 베풀었다. 가난한 사람들에게 먹을 것을 주고, 어린이들에게 선물을 나누어 주었다. 해적에게 인질로 잡혀 있던 어린이와 뱃사람을 구하기 위해 교회와 자신의 재산을 모두 털어 인질들과 맞바꾸었다고 한다. 특히 돈이 없어서 결혼을 못하고 사창가로 팔려나갈 위기에 있던 세 처녀의 집에 결혼 지참금으로 세 자루의 황금을 넣어주기도 하였다. 그러나 그는 겸손하였으므로 자신이 가난한 사람들을 돕는 것을 알려지지 않게 하였다. 성 니콜라스의 이야기는 노르만족에 의해 유럽에 알려졌다. 교회에서 기념하는 성 니콜라스의 공식 축일은 12월 6일이다. 12세기 초부터 프랑스 플랑드르의 수녀들이 그 하루 전날인 12월 5일에 가난한 어린이들에게 선물을 주는 풍습이 생겨났다고 한다. 지금도 유럽에는 12월 6일이 되면 '니콜라스마스' 라며 학교와 가정에서 초콜릿과 귤 등의 선물을 나눠준다고 한다. 이 풍습을 '신터클라스' 라고 부르던 네덜란드인이 신대륙으로 건너가 정착한 후에도 계속하였기에 미국에서 '산타클로스' 가 탄생한 것이다. 최종적으로는 미국인들이 오늘날의 산타클로스 이야기를 완성하였고, 지금의 '산타' 로 재창조한 것이다.

현재처럼 어린이들에게 선물을 전달하는 산타의 모습은 북유럽에서 구전되었다. 오딘과 토르의 전설이 미국의 산타클로스와 결합하면서 생겨난 것이다. 오딘과 토르는 말과 염소를 타고 선물을 나눠주는 바이킹 전설 속의 신이었다. 오딘은 긴 수염을 휘날리는 노인으로 여덟 개의 다리를 가진 말인 슬레이프니르를 타고 하늘을 가로지르며 전사들을 이끌고 다녔다. 북유럽의 아이들은 밤에 슬레이프니르를 위해 장화에 당근을 넣어 굴뚝이나 집밖에 매달아 두었고, 오딘은 답례로 선물을 넣어주었다는 겨울 풍습이 있었다. 선량한 노인, 하늘을 나는 동물, 겨울밤에 선물을 주는 사람이라는 공통점이 성 니콜라스와 북유럽의 신 오딘이 섞여지며 기독교의 상징으로 된

산타클로스 청동 종
1989년 제리 발란타인 작, 미국

것이다.

독일과 몇몇 나라에서는 성 니콜라스나 오딘이 어린이 훈육의 수단으로 이용되기도 하였다. 모두에게 따뜻한 선물을 주는 선행에 비하여, 착한 일을 하는 아이들에게 '상' 을 준다는 생각을 넣은 것이다. 미국 초기의 산타 이야기에도 못된 아이에게는 아예 선물을 주지 않거나, 양말에 석탄이 들어 있었다는 내용도 있었다. 이러한 과업을 위해 산타클로스의 고상한 이미지는 유지하며, 나쁜 행동을 한 아이들에게는 벌을 주는 산타의 '검은 도우미' 들이 만들어졌다. 독일의 '크람푸스Krampus' 와 '벨스니켈 Belsnickel' 은 모습이 다른 두 캐릭터들이었다. 크람푸스는 염소 뿔이 난 흉악한 얼굴에, 다리에는 검은 털이 숭숭 난 악마로 등장했다. 나쁜 짓을 한 아이들을 회초리로 때리고 자루나 소쿠리에 넣어 지옥으로 데리고 간다고 알려져 있다. 지금도 독일과 오스트리아에서는 크리스마스 시즌에 성 니콜라스와 함께 크람푸스로 분장한 청년들이 거리를 돌아다닌다. 그에 비하여 벨스니켈은 모피 옷으로 치장한 인간적인 모습이다. 벨스니켈은 독일어

카스턴 피터스가 촬영한 독일 바바리아의 성 니콜라스와 크람푸스 행렬. '벌 주는 산타클로스', 시바우치 블로그에서

pelzenbelzen, 작대기로 때리다과 Nickel니콜라우스의 애칭의 합성어이다. 그는 크리스마스 1~2주 전에 나타나며, 어린이들이 어떤 잘못을 했는지를 정확하게 알고 있다고 한다. 누더기 옷을 입은 누추한 모습을 하고 한 손에는 작은 회초리를 들고 있다. 아이들은 회초리를 든 벨스니켈을 보고는 먼저 도망갈 수 있으나, 그의 모습에 겁을 먹고는 착한 일을 하게 되는 것이다. 그 덕분에 크리스마스에는 산타로부터 선물을 받게 된다. 그러나 미국에서는 아이들을 혼내 주는 크람푸스나 벨스니켈은 사라지고 현재와 같이 산타만 남게 되었다.

원래 날렵하고 키가 큰 성 니콜라스가 통통한 볼에 뚱뚱한 모습의 산타클로스로 변한 것은 1860년대에 잡지에 성탄절 삽화를 그리던 만화가 토마스 내스트가 만든 것이다. 현재처럼 산타가 완전히 빨간 옷을 입게 된 것은 1931년에 산타가 코카콜라 선전에 등장되고 부터이다. 코카콜라사는 가을이면 급감하는 코카콜라의 판매량을 증가시키기 위하여 미국의 화가 선드볼럼에게 의뢰하여 이 광고를 만들었다고 한다. 코카콜라의 로고색인 빨간색의 옷과 콜라의 거품을 연상시키는 흰 수염의 상상 속 산타할아버지를 그린 것이다. 루돌프 사슴도 처음부터 산타와 같이 등장한 것은 아니다. 북유럽 신화에서 염소나 순록이 끄는 썰매에 선물을 가득 싣고 다니는 모습으로 변화되었다. 이 풍경은 1822년 미국 신학자 클레멘트 무어가 쓴 〈성 니콜라스의 방문〉이라는 시에서 처음 소개되었다. 선물을 배달하며 "메리 크리스마스!" 라고 즐겁

게 외치는 산타클로스의 모습은 미국작가 워싱턴 어빙의 작품에 처음 등장하였다고 한다.

1986년 아이를 키우기 위해 두 개의 직장을 왕복하며 힘든 생활을 하던 싱글맘 린다 린퀴스트 발드윈은 우연히 벼룩시장을 방문하게 된다. 거기에서 요양원으로 들어가기 전에 아끼던 물건들을 팔던 한 할머니로부터 오래된 독일의 벨스니켈Belsnickles 산타 공예품에 관한 책을 구입하게 된다. 그녀는 당시 야간 대학에 등록하며 예술을 배우던 중이었는데, 그 책에 감명을 받아서 오래된 신문지에 물, 그리고 아교를 넣어서 독일식 산타 인형들을 만들어 보기로 결심한다. 그것을 판매하여 가족 생계에 도움이 되었으면 하는 생각으로 다양한 산타클로스들을 만들기 시작한 것이다. 마침내, 그녀가 만든 산타에는 진짜 미국 동전인 '니켈(5센트 동전)' 을 한 개씩 넣은 후, '벨스니켈 산타Belsnickle Santa' 라는 이름을 붙였다. 독일의 벨스니켈 산타는 조금 다른 의미였으나, '니켈' 을 넣은 종을 만들어 '니켈' 과 '종bell' 을 합했다는 의미로 같은 이름을 붙인 것이다. 1992년에 첫 번째로 완성된 산타는 조금은 엉성한 모습이었으나, 그 지방의 아트 전시회에 한 개에 6달러의 가격으로 출품하게 된다. 그녀의 작품은 인기를 끌어 단숨에 매진이 되었고 그 다음부터는 종과 함께 각종 산타 인형들도 제작하게 된다. 매년 그녀가 소개하는 산타는 성경의 '오병이어五餠二魚'를 연상시키는 물고기 두 마리를 낚은 산타와 같이 다양한 내용을 담고 있다. 실내 장식품 회사 에네스코는 1996년부터 그녀의 독특한 산타클로스 조각품들의 판매권을 구입하여 판매하기 시작하였고, 그녀는 전국적으로 유명해졌다. 그녀의 첫 산타 작품은 지금 6,000불 이상을 호가한다. 2002년부터는 '린다린퀴스트발드윈lindalindquistbaldwin' 이라는 회사를 설립하고 산타를 만들고 있

린다린퀴스트발드윈의 산타클로스

고, 매년 수백만 달러의 매출을 기록하고 있다. 그녀가 만든 벨스 니켈 산타 종에는 사진에서 보는 바와 같이 매년 독특한 분위기를 담았고, 방울 추가 달린 곳에는 니켈 동전이 붙어있다. 산타와 벨 스니켈의 이야기를 바탕으로 자기만의 영역을 창조한 싱글맘이 었던 린다의 이야기는 신선한 감동을 주고 있다.

미국과 소련의 냉전이 한창이던 1961년, 미국의 8세 소녀 미셸 은 소련이 북극에서 핵실험을 한다는 뉴스를 보았다. 즉시 케네 디 대통령에게 "북극의 산타가 위험하니 핵실험을 막아주세요." 라는 편지를 보냈다. 대통령은 "미셸, 산타를 위태롭게 하는 핵실 험을 막으려는 네 편지를 받고 기뻤다. 어제 산타와 전화 통화를 했는데 그 분은 무사하단다. 곧 크리스마스 선물을 나누어주러 오실 거야."라는 편지를 보냈다는 기사를 보았다. 누군가는 '인 생은 산타클로스의 존재를 철석같이 믿다가, 그 다음은 그의 존 재를 도저히 믿을 수 없는 시기로 지낸다. 그러다가 스스로가 그 가 되는 것이다' 라고 하였다. 오늘 밤에도 기꺼이 산타클로스가 되고자 하는 부모들의 웃음이 곳곳에 넘쳐나고 있다.

"메리 크리스마스!"

정구 선생과 도동서원 은행나무

이정웅

조선 후기 실학자 성호 이익李瀷은 한강 정구 선생을 일러 '영남 상·하도 학문을 도산陶山과 덕천德川 두 사문師門으로부터 흡수 소화하여 자기를 대성시킨 분이다. 남명적 체질 위에 퇴계적 함양을 가했다.'고 했다. 즉 학문하는 자세와 인격수양 방법은 퇴계를 닮고, 호방하고 원대한 기상은 남명을 닮았다는 뜻일 것이다. 1501년(연산군 7) 영남 지역에는 공교롭게도 두 거인이 탄생해 각기 학파를 형성한다. 조식의 남명학파와 이황의 퇴계학파다. 두 선생의 문하에 출입한 정구 선생은 이들 계파를 아우르는데 그치지 않고 오히려 독자적인 학문 세계를 구축했다. 특히 퇴계학을 근기近畿지방까지 확산시키고 더 나아가 실학實學이라는 새로운 학문을 잉태시키는 고리 역할을 했다.

정구 선생은 1543년(중종 38) 성주에서 태어났다. 할아버지 정응상은 한훤당 김굉필의 제자이자 사위였다. 이런 연유로 정구 선생의 아버지 정사중은 한때 현풍 솔례로 옮겨 와서 살기도 했다. 성주 향교에 교수로 와 있던 종이모부인 오건吳健에게 글을 배우

한강 정구 선생이 심은 은행나무

기를 시작하여 21세에는 퇴계, 24세에는 남명 양문의 제자가 되었다. 조정으로부터 여러 차례 부름을 받았으나, 사양하다가 1579년(선조 12) 창녕 현감으로 나아가 그후 강원도 관찰사, 충주 목사, 안동대도호 부사, 형조참판, 대사헌 등 내·외직을 두루 역임했다.

　정구 선생이 만년을 보내다가 돌아가신 곳은 대구이다. 처음 팔거현 노곡(현, 칠곡군 지천면 신리)으로 이주했다가 화재가 나 그동안 써 두었던 많은 서책을 잃고 다시 옮긴 곳이 대구의 사빈泗濱 즉, 오늘날 대구시 북구 사수동이다. 사양정사를 지어 강론과 저술에 몰두하다가 1620년(광해군 12) 78세의 일기로 돌아가셨다.

　저서로《오선생예절분류》,《심경발휘》등이 있으며 성주의 회

도동서원 강강(사적 488호)

연서원, 충주의 운곡서원, 창녕의 관산서원 등 여러 서원에 배향
되었다. 문목文穆이라는 시호가 내려지고, 영의정에 추증되었다.

　대구의 많은 선비들이 정구 선생의 제자이다. 대구는 서거정이
문형文衡을 맡는 등 한강 이전 출중한 유학자가 없었던 것은 아니
었지만 일찍 상경한 관계로 후학을 기르지 못했다. 따라서 대구
의 문예부흥기라고 할 수 있는 16세기 후반부터 17세기까지는 이
른 바 한강학맥이 대구의 공론을 주도했다.

　1529년(중종 24)부터 1665년(숙종 6)까지 136년 동안 대구에서 활
동한 유학자로 임진왜란, 정유재란, 병자호란 등 나라가 위기에
처했을 때 충의忠義로 일어나 의병활동을 주도하고 인재양성에
기여한 분들을 일러《대구십현》, 또는《달성십현》이라고 한다.

그들의 면면은 일직인 졸암拙菴 손단孫湍, 1626~1713)의 《유현록》
(가)에 12명, 인천 채씨 《택고문서宅古文書》《덕행록》(나)에 10명,
순천인 도곡陶谷 박종우(朴宗祐, 1587~1654)의 《도곡문집》(다)에 '달
성10현'으로 10명이 등재되어 있다.

이 3자료(가+나+다)에 모두 포함되어 있는 분은 정사철, 곽재
겸, 서사원, 손처눌, 채몽연 등 5명이고, 《유현록》과 《택고문서》 2
자료(가+나)에 포함된 분은 주신언, 채선각, 도성유 등 3명이며,
《택고문서》와 《도곡문집》 2자료(나+다)에는 채응린, 《유현록》과
《도곡문집》 2자료(가+다)에는 도여유, 《유현록》 단독 자료에는
정광천, 정수, 서시립, 3명
이고, 《택고문서》 단독 자
료에 류시번이며, 《도곡문
집》 단독 자료에는 박수춘,
서산선, 박종우 등 3명으로
모두 17명이다.

대구 사림에서는 이들을
'달성십현達城十賢'이라고
부른다. 성씨별로는 신안
주씨 1명(주신언), 인천 채
씨 3명(채응린, 채선각, 채
몽연), 동래 정씨 3명(정사
철, 정광천, 정수), 현풍 곽
씨 1명(곽재겸), 달성 서씨

한강 정구 선생

3명(서사원, 서시립, 서사선), 일직 손씨 1명(손처눌), 문화 류씨 1명(류시번), 성주 도씨 2명(도성유, 도여유), 밀양 박씨 1명(박수춘), 순천 박씨 1명 (박종우)이다.

이들은 개인으로나 문중으로나 당시 대구 여론을 주도한 사람들이다. 이들 17명 중 14명이 한강 정구 선생의 제자임을 고려하면 정구 선생이 대구 문풍 진작振作에 끼친 영향이 크다는 것을 알 수 있다. 특히 낙재 서사원과 모당 손처눌은 각기 113명과 202명의 제자를 배출함으로 한강의 학문과 사상이 대구 정신의 뿌리가 되었다.

정구 선생은 외증조부인 한훤당을 받드는 일에도 소홀함이 없어 흩어진 행장行狀을 수습했고 임진왜란으로 불탄 서원 재건에도 앞장섰다. 1610년(광해군 2) 도동서원(사적 제488호)의 사액이 내려오자 서원 앞에 한 그루 은행나무를 심어 뜻 깊은 일을 오래 기리고자 했다.

실사구시 정신
- 알차고 쓸모 있는 일을 바르게

이진훈

  실사구시에 대한 궁구窮究의 과정 속에서 다산 정약용 선생을 만난 건 지극히 당연한 일이었습니다. 특히 『목민심서』 서문의 두 문장은 저의 가슴에 큰 울림을 주었습니다. '군자의 학문은 수신이 반이고, 나머지 반은 목민이다.' 라는 준엄한 정의와 '심서心書라 한 것은 무슨 까닭인가? 목민할 마음은 있으나 몸소 실행할 수 없기 때문에 심서라 이름한 것이다.' 라는 안타까운 백성 사랑은 오늘날에도 결코 의미가 퇴색되지 않는다 하겠습니다.

  이진훈_ 조선 후기 실학을 대표하는 말로 실사구시實事求是가 흔히 쓰입니다. 요즘 우리나라 정치권에서도 성과는 없고 공허한 말장난이나 다툼만 오가는 정치 현실에 대한 비판과 대안적 표어로 실사구시가 많이 등장하는데, 실사구시의 의미부터 제대로 알고 써야 하지 않을까 싶습니다.

  정약용_ 그렇습니다. 한서漢書 하간헌왕전에 나오는 '수학호고

실사구시修學好古 實事求是' 라는 말에서 따온 거지요. 청
나라 고증학파 학자들이 공리공론만 일삼는 당시 유학
을 비판하며 내세운 표어입니다.

이진훈_ 처음에 저는 실사구시라는 말을 '사실에 토대를 두고
진리를 탐구하는 일' 이나 '실제로 있는 일에서 진리를
구함' 같이 사전적인 의미로만 이해했습니다. 그런데
다산 선생과 실학에 대해 공부하다 보니 '실사' 는 일을
실實답게, 즉 알차고 쓸모 있게 되도록 한다고 새기고,
'구시' 는 바름을 추구한다는 의미로 풀게 되었습니다.
일을 쓸모에 맞게 바른 방향을 정해 충실한 성과를 만
드는 것이 실사구시가 아닐까 합니다.

정약용_ 그렇습니다. 앞서 수기와 치인을 이야기했는데 어떤
학문이든 방 안에서만 논의되고 실천으로 이루어지지
않는다면 좋게 평가받기 어렵습니다. 제가 수원 화성
을 축조할 때의 일입니다. 적병들이 성문을 불태우려
할 때 성문 위에 구멍을 뚫고 물받이를 길게 설치해서
물을 쏟아 붓는 누조漏槽의 도면을 만들어 올렸는데, 실
제 공사 현장에 나가 보니 물이 쏟아지는 구멍을 뚫은
것이 쓸모는 전혀 생각하지 않고 겉보기만 그럴싸하게
가로로 뚫어놓았더군요. 모든 일에 실용을 앞세워야
한다는 것이 제 생각입니다.

이진훈_ 제가 정치행정의 슬로건으로 내세우는 '일이 되도록
하는 행정, 삶을 변화시키는 정치' 도 선생의 말씀처럼

실용을 최우선에 두고 있습니다. 실사구시라는 말은 단지 경제적인 부분에서 효용을 추구하는 데 머무는 게 아니라 일의 방향과 정책, 현실 대처와 문제 해결 등 모든 부분에 걸쳐 실천해야 할 원칙이라고 생각합니다. 요즘 정치인들이 주로 경제 분야의 논의에 실사구시를 거론하는 건 실사구시의 의미에 대한 이해 부족인 것 같습니다. 민본이라는 근본으로 돌아가 합리적 판단, 실리를 챙기는 자세가 아쉽습니다.

정약용_ 실사구시는 조선 후기로 보면 사회 전반에 만연해 있던 비능률, 불합리, 현실 무시 등에 대한 비판과 함께 정치, 경제, 사회, 문화 등에 걸친 총체적 개혁이라는 큰 뜻을 담고 있습니다. 인의예지와 같은 덕목도 구체적인 노력과 실천이 뒤따라야 의미가 있고 농업이나 의료, 천문, 지리 등 세상 돌아가는 이치, 실제적 현상을 과학적, 합리적인 자세로 접근하여 실생활에 도움이 되도록 해야 한다는 것이지요.

이진훈_ 결국 실사구시 정신은 실용적 개혁, 합리적 실용주의로 보면 되지 않나 생각합니다. 실체적 진실을 파악하고 합리적으로 판단하되 실리를 중심에 두어야 한다는 것이라고 봅니다. 저는 실사구시 정신을 연구한 여러 전문가들 가운데 특히 선생에 대한 연구에 큰 획을 긋고 있는 한양대 정민 교수의 '다산 정약용의 실사구시법' 풀이에 공감합니다. 그는 선생의 실사구시법을 '실용을 우선하라, 합리를 지향하라, 실상을 파악하라, 쓸모에 맞게 하라.' 네 가지로 요약하고 있는데요, 저는 실상 파악, 합리 지향, 실리 모색 등 세 가지 측면이 정치행정에서 반드시 요구되는 실사구시 정신이라고 봅니다.

정약용_ 실사구시 정신은 실제 쓰임에 이롭고 백성들의 삶을 풍족하게 하는 이용후생利用厚生과 맞닿아 있다고 할 수 있지요. 그야말로 민본의 정신이라고 할 수 있습니다. 이러한 생각이 크게 일어나 서양의 신문물을 받아들이고 세계에 개방하는 정책이 진작 나왔더라면 조선이 망하는 일도 없었겠지요.

이진훈_ 오늘날의 정치권도 국민만 바라보며 구체적인 성과물을 만들어내고 정부가 이를 성실하게 실천해 나가는 문화가 자리 잡아야 할 텐데, 서로 남 탓을 하면서 정파적 이익만 추구하고 국민들의 생활, 기업의 애로에 귀 기울이지 않는다면 또 다시 IMF 외환위기 같은 사태를 맞을지 모를 일입니다. 정신 바짝 차려야 할 것 같아요.

한국문학의 서정성

- 수필의 서정성 확보를 위한 창작 기법

장사현

1. 열면서

'한국문학의 서정성' 이라는 포괄적인 주제를 두고 고심하였다. 모든 장르를 언급하면서 정의나 사견을 밝힌다는 것은 광범위하고, 발표의 시간적 제약이 있어 수필부문에 대하여 몇 가지만 정리해보았다.

어떤 문학작품을 두고 서정과 서사로 명료하게 구분 짓는다는 것은 어렵다. 한 편의 서사시 속에도 서정적인 감성이나 정서가 깃들기도 하고, 소설 속에도 묘사한 문장이나 서술 기법과 표현에 서정성이 흠뻑 묻어나기도 한다. 수필 역시 그렇다. 한 편의 서사수필 속에도 스토리의 전개를 섬세하고 정적이며 리듬감 있는 유려한 문체로 쓰게 되면 서정성이 확보되는 것이다.

수필 작품에서 서정성은 매우 중요하다. 함축된 언어로 화자의 정서와 사상을 독자에게 신속하게 전달하면서 인식의 가치, 정서적 가치, 미적 가치를 주는 동시에 여운을 남기게 하는 것이야말로 수필이 지향할 과제다.

2. 수필의 서정성 확보를 위한 창작 기법

1) 수필에서 서정성 확보의 필요성

수필은 '작자가 체험한 사실을 진실하게 써야한다.' 는 전제하에, 문학성 확보를 위하여 수사어修辭語를 통한 형상화와 심상과 상상의 정경情景을 수필어로 나타내는 예술품이다. 그런데, '체험한 사실' 이라는 기본 원리 때문에 지나간 어떤 사건이나 상황을 시간의 연쇄에 따라 있는 그대로 서술하는 것이 수필이라는 인식하에 체험 사실의 줄거리를 기록하는 경향이 적지 않았다. 그러다보니 신변잡기가 되거나 상식과 지식을 나열하는 상황 설명이 되는 경우가 많았다. 그래서 문단에서는 수필의 문학성 논란이 끊임없이 대두되었던 것이다. 그 원인으로 몇 가지의 이유를 들 수 있다. 먼저, 수필의 어원語源과 기원起源에서 볼 수 있다. 동양에서의 수필隨筆이라는 말이 최초로 나온 홍매의 용재수필容齋隨筆에서의 '곧이곧대로 기록한 글' 이라는 것과 우리나라에서 박지원의 기행문 형식인 일신수필馹迅隨筆이 그렇다. 서양에서는 세네카의 「서간집」, 플라톤의 「대화편」, 몽테뉴의 「수상록」, 베이컨의 「더 에세이」와 찰스 램의 「서간집」등이 에세이(essay)라는 장르로 시작되었기에 '신변의 사소한 글' 이라는 인식을 벗어나지 못하고 있다. 또 다른 이유로는, 근·현대문학이 생성된 이 후 시인이나 소설가들이 여기餘技로 쓴 산문을 수필이라는 팻말을 붙였기에 가벼이 여기는 경향이 있었다. 이러한 관점으로 볼 때 수필의 문학성 제고를 위한 끊임없는 노력과 변화를 가져와야 한다.

수필에 있어서 서정성이란 매우 중요하다. 작자가 체험한 사실이나 느낀 감정으로는 자연이나 사물, 사랑이나 인생문제 등을 어떠한 언어로 나타내는가의 문제이다. 말과 글은 다르다. 하고 싶은 말을 다 쓰는 것은 문학(예술)이 아니다. 화자의 정서를 낯설고 신선한 언어로 압축시켜서 표현하여야 하며 운율이 있어야 한다. 곧 미적감동美的感動이 있어야한다. 미적감동은 아름다움에서 온다. 아름다움에는 자연이 만든 아름다움과 인간이 만든 아름다움이 있다. 그 아름다움을 표현하는 방법으로는 글 속에 나타난 대상의 아름다움과 그 대상을 묘사한 문장의 아름다움이 있다. 수필에서 서정성이란 바로 문장의 아름다움을 말한다. 그 문장의 아름다움을 느끼게 하는 방법으로는 시각·청각·후각·미각·촉각 등의 심상과 이미지로서 전달될 때 비로소 문학성을 담보하게 된다.

2) 시제時制를 통한 서정성 확보

수필창작에 있어서 시제時制는 말하는 시간을 기준으로 하여 사건이 일어난 시간의 앞뒤를 표시하는 문법의 범주로서 과거형, 현재형, 미래형으로 구분한다. 과거형으로 쓰면 대체로 서사수필이 되고 현재형으로 쓰면 서정수필이 된다. 예문을 보면 쉽게 이해가 된다.

〔예문1〕

　봄, 수목원은 만연체다. 온갖 나무와 풀들이 저마다 화려한 문장을 쓰느라 술렁거린다. 노랗고 빨갛고 흰 색깔들이 나의 독서를 유혹한다. 나는 청명의 안개 속을 걸어 만화방창 꽃의 문장 속으로 들어간다. 병아리 깃털 같은 햇살이 민들레처럼 피어나는 낮 시간도 좋고, 청자빛 하늘이 노을로 채색되는 저녁 무렵도 좋지만 나는 푸르스름한 이내가 깔린 여명의 수목원을 좋아한다.

　(중략)

　봄, 수목원은 싱그럽고 향기로운 도서관이다. 저마다 제 몸 속의 붓을 꺼내 혼신의 힘으로 일필휘지하는 꽃과 나무들. 나의 독서는 초록의 묵향에 흠뻑 물이 들었다. 나는 무슨 문장으로 이 봄을 기록할까? 수목원을 걸어 나오는, 오늘은 내 몸이 꽃이다

　　　　　　　　　　　　　　　- 윤승원 「봄, 수목원을 읽다」 서두와 결미

〔예문2〕

　바람이 분다. 나뭇잎이 팔랑거린다. 바람은 어디서부터 불어와서 어디쯤서 사라지는가. 인생의 여름에서 한참 멀어진 지금, 아직도 잠재우지 못한 내 안의 바람이 마중을 나와 함께 일렁인다.

　(중략)

　바람이 인다. 바람은 자유의 표상이다. 굴레를 벗어던진 그 기백이 부럽다. 활기차다. 사람의 가슴을 시원하게 뚫어주는 마력을 지닌다. 공기의 움직임이라는 단순한 학술적 해석은 바람의 이미지와 영 어울리지 않는다. 맹수처럼 포효할 때는 못다 채워 쓰린 내 가슴도 함께 곤

두박질친다.

박헬레나(박영자)「바람」부분

〔예문1〕은 제3회 천강문학상 대상을 받은 수필이다. 시제(時制)가 현재형이다. 화려한 수사어로 서정의 햇살이 쏟아지는 느낌이며 문향이 물씬 풍긴다. 작가가 수목원에서 수필을 바로 완성시킨 것은 물론 아니다. 그곳에서 스케치를 하여 얼마간의 시간이 지난 후에 생각을 더듬어서 썼을 것이다. 만약 위의 작품을 쓸 때 수목원을 다녀온 소감을 과거형으로 썼다면 서정성을 확보하기 어려웠을 것이다.

〔예문2〕는 2008년 부산일보 신춘문예 당선작이다. 역시 현재형으로 서정적이다. 문장의 간결미와 소재에 대한 인식의 가치와 정서적 가치를 창출하고 있다. 진부한 제목인 것 같으나 주지적인 수필어를 통하여 형상화시키고 있다. 다른 예문을 보자.

〔예문3〕

　어머니는 열일곱 살에 가마를 타고 무지개 재를 넘어 다랭이마을로 시집을 왔다. 외동딸로 곱게 자랐던 어머니는 한 살이 더 많은 아버지와 결혼을 해 맏며느리가 되었다. 꼬장꼬장한 시어머니와 층층 아래로 시동생이 줄줄이 있어 옷고름에는 눈물이 마를 새가 없었다고 했다. 그에 더해 마흔 다섯 살까지 자식을 낳아 셋을 먼저 가슴에 묻었으니 어머니의 애달픈 심곡을 생각만 해도 짐작이 간다.

김희자「저무는 강」부분

〔예문4〕

　　머문 듯 유유히 흐르는 강 하류에 해가 저문다. 하늘의 빛을 따라 강
물의 빛도 변한다. 쪽 푼 하늘이 노랗게 물들기 시작하여 붉은빛으로
변하는가 싶더니 강나루에 푸른 어둠이 내리기 시작한다. 한 순간도
멈출 수 없이 흘러온 강물은 하늘빛을 말없이 받아들인다. 강도 하루
도 저무는 순간이 아쉬웠던 탓일까. 강물이 잠시간 질곡의 세월 속에
살아온 어머니의 한 서린 삶처럼 붉은 빛으로 요동을 치더니 다시 잠
잠해진다.

김희자 「저무는 강」서두

　　〔예문3〕과〔예문4〕는 제1회 목포문학상 대상을 받은 작품이다.
〔예문3〕은 과거형이다. 아무리 유려한 문장을 쓰는 김희자 수필
가도 지나간 시간의 상황을 서술함에는 서정성을 확보하기가 어
렵다. 말 그대로 신변의 글이 되기가 십상이다. 그러나 〔예문4〕는
현재형이다. 어둡고 서러운 현상과 슬픈 배경을 화려한 문체와
역동적인 심상으로 서정성을 질펀하게 깔고 있다. 바로, 문장의
아름다움을 통하여 미적감동으로 형상화시키고 있다.

3) 문장과 문체를 통한 서정성 확보

　　같은 장소에서 같은 사물을 보면 비슷한 말은 할 수가 있다. 그
러나 그 감정을 글로 표현하라고 하면 각기 다른 문장과 문체로
쓰게 된다. 각자의 사상이나 느낌 또는 표현하고자하는 정서를
어떤 단어로 결합하며 색채를 드러낼 것인가의 문제이다. 문장론

적으로 보자면 문장의 성분과 문장조직, 문장의 정치법正置法, 호흡과 표현 등 모든 조건에 맞추어야 한다. 문체에 있어서는 십인십색十人十色 각인각색各人各色이다. 하여, 문장과 문체를 통하여 서정성을 확보하는 기법 또한 중요하다. 예문을 보자.

〔예문1〕

　　오월 따사로운 햇살의 덩굴이 온 천지에 내려퍼지듯 둥근 심장을 닮은 호박잎들이 땅을 뒤덮기 시작한다. 개굴창가 울타리, 잡초 무성한 밭둑, 돌비탈, 채소 밭 가장자리, 흙이 있는 곳이라면 어디든 까탈 부리지 않고 호박덩굴은 손길을 낮게 재 뻗어 울창한 삶을 장만하고 꽃을 피운다. 봇물 터지듯 노오란 함성으로 피어난 호박꽃 초롱. 이 세상 어떤 노란 빛깔이 이보다 노랄 수 있을까.

- 유하 「마침내 노란 초롱 밝히듯」 중에서

〔예문2〕

　　소리막골에는 역사 속에 사라져간 왕의 옛 길처럼, 점차 사라져가고 있는 우리 가락의 명맥을 잇고, 그 원형을 보존하려 혼신을 기울이는 우직한 소리꾼이 살고 있다. 그는 서민의 아픔 속에 숨겨진 희망과 기쁨의 외침을 알고 있는 듯, 민족의 애환과 혼이 담긴 소리를 질박하게 풀어내고 있었다.

　　긴 강물처럼 곡절을 겪으면서 흘러온 우리 소리. 소리막골에는 걸쭉하게 잘 익은 농주 맛 같은 우리 민요와 농요가 한창 농익어 가고 있다.

- 정서윤 「소리막골」결미

〔예문3〕

　　젖무덤이 봉긋해지고 아랫도리에도 물이 오르자, 춤의 관능이 슬며시 다가와 감각의 비늘을 부추겼다. 출렁대는 젊은 육체는 솟구치는 욕망의 허기를 선정적이고 뇌쇄적인 몸짓으로 달랬다. 어깨에서 팔목, 손끝으로 이어지는 체선의 꿈틀거림은 묘한 뉘앙스를 풍기며 도발적인 애욕의 풍광을 연출해낸다. 욕정에 굶주린 춤의 여신은 바다 속 화려한 산호처럼 아름답게 치장하여 교태로운 춤사위로 물고기를 낚는다.

　　　　　　　　　　　　　　　　　　　　- 정성희 「舞」중에서

〔예문4〕

'검은 상처의 부르스' 곡이 흐른다.

　여자에게 배신당한 남자들, 남자에게 버림받은 여자들의 깊은 상처가 슬프게 깔리는 색소폰 소리에 밟히면서 흐느끼고 있다. 밟혀지는 그림자에는 정렬의 장밋빛 순정이 피를 흘리고 날선 복수의 칼날이 일어서고 있다. 그러나 뜨거운 관능적 몸짓은 숨소리 박동에 맞추어 날개 짓을 한다. 밀물과 썰물처럼 오가는 스텝은 과거의 흔적을 용하게도 피해나간다. 아니, 이들의 시선과 가슴에는 새로운 생명의 잎 새들이 돋고 있다. 공원에서 보았던 역사의 숨결과 나무들처럼.

　　　　　　　　　　　　　　　　장사현 「관능의 늪, 그 생명력의 향방」중에서

　〔예문1〕은 유하 시인이 쓴 수필이다. 소박한 소재이지만 문장

과 문체가 화려하다. 수필의 문체는 간결체와 만연체, 강건체와 우유체, 화려체와 미문체, 소박체 등이 있다. 서정성을 확보하는 기법으로는 화려체가 단연 돋보인다. 그러나 문장 숙련이 되지 않은 사람이 흉내를 내다보면 미문으로 빠질 위험이 있다. 〔예문 2〕는 2008년 매일신문 신춘문예 당선작이다. 우리 민족의 애환과 정서를 서정적 언어로 구체화시키고 있다. 〔예문3〕은 제2회 천강 문학상 대상 작품으로 사물놀이패의 춤, 〔예문4〕는 상징적 심상 으로써 사교춤을 소재로 쓴 서정수필이다. 수필은 선비의 문학과 관조의 문학이라는 최면催眠 때문에 이러한 소재는 선정적煽情的 인 문장이 저속하게 흐르게 되면 자칫 수필의 품격을 떨어뜨릴 수 있다. 그러나 잘 다루지 않는 소재를 통하여 서정성을 확보하 면 미적감동을 얻을 수가 있다.

4) 심상과 이미지로서 서정성 확보

심상이란 감각에 의하여 획득한 현상이 마음속에서 재생된 것 으로 이미지(image)또는 표상이라고 한다. 문학적 심상이란, 작 자가 일상에서 체험한 대상을 언어를 통하여 상상 속에서 감각적 으로 재생한 영상을 말한다. 심상은 모든 감각 기능에 관련되어 있다. 체험한 모든 사물의 형태, 색상, 소리, 냄새, 맛 그리고 촉감 적 인상을 상상 속에서 또는 기억 속에서 떠올린다. 앞에서 말한 것처럼 감각의 재생은 개인차가 있지만 언어적 훈련에 의하여 세 련시킬 수 있다.

한 작가가 어떤 심상을 사용하는가 하는 빈도에 의해서 그 작가의 성격, 인생관, 세계관을 엿볼 수 있다. 뿐만 아니라 어떤 민족의 가치관이나 세계관을 엿볼 수도 있다. 문학적 심상은 독자에게 감각적 인상을 불러 일으켜 추상적 관념을 구체적으로 형상화함으로써 정황과 사물 또는 사건을 보다 생생하게 느낄 수 있게 한다. 주제를 감각화 또는 육화肉化시키고, 정서를 환기시켜서 표현의 신선도를 높인다. 이것이 심상이 주는 효과이다.

심상의 종류로는 묘사적 심상과 서술적 심상, 비유적 심상과 상징적 심상이 있고 두 가지 이상의 감각이 결합한 복합 감각적 심상과 공감각적 심상이 있다. 또 정적이냐 동적이냐에 따라 정적 심상과 역동적 심상으로 나눌 수 있다.

수필창작에 있어서 시에서와 같이 심상과 이미지로 서정성을 확보하면 좋은 수필이 된다. 다음은 원로작가 김규련 선생의 수필에 묘사된 언어를 보자.

〔예문1〕

그날따라 보름달은 순금으로 된 징처럼 커다랗게 중천에 달려있다. 소쩍새는 연신 쏟아지는 금빛가루를 사방으로 흩으며 애타는 울음을 토해내고 있었다.

- 김규련「보름달이 유죄(有罪), 소쩍새는 공범(共犯)」에서

〔예문2〕

산길 여기저기에 꽤 많은 무덤이 말없이 누워있다. 무덤은 저마다 잠언(箴言)이 담긴 깃발을 나부끼고 있다. 어리석은 사람은 무심코 지나갈 것이요, 현명한 사람은 생멸의 법칙을 꿰뚫어 보고 삶의 지혜를

배우게 되리라.

- 김규련「학산에서 주운 단상」에서

〔예문1〕의 '순금으로 된 징'은 비유적 심상과 시각적 심상, '연신 쏟아지는 금빛가루를 흩으며 애타는 울음'은 역동적 심상으로 시각과 청각에 의한 공감각적 심상이다. 〔예문2〕의 '잠언이 담긴 깃발'은 상징적 심상으로 표상하고 있다. 이렇듯 심상과 이미지는 주정적主情的인 언어로 조탁彫琢될 때 서정성이 있는 좋은 문장이 된다.

5) 상상을 통한 서정성 확보

수필창작에 서정성 확보를 위한 기법으로 상상을 통한 문학적 형상화를 들 수 있다. 상상에는 재생적 상상과 창의적 상상이 있으며 상상을 통하여 관념적인 것은 어떤 매체를 통하여 구체화시키고, 구체적인 사물은 비유나 상상을 통하여 추상적 또는 주지적으로 이미지화시키기도 한다. 옛 부터 많은 철학자가 지적했듯 상상력은 인간의 근원적인 능력의 하나다. 상상에 의해 우리는 현실의 여러 질곡을 떠나 의식 세계에서 무한한 자유를 누리게 된다. 예문을 보자.

〔예문1〕

한밤중 은하(銀河)가 흘러간다.

이 땅에 흘러내리는 실개천아. 하얀 모래밭과 푸른 물기 도는 대밭을 곁에 두고 유유히 흐르는 강물아. 흘러가라. 끝도 한도 없이 흘러가라. 흐를수록 맑고 바닥도 모를 깊이로 시공(時空)을 적셔가거라.

그냥 대나무로 만든 악기가 아니다.

영혼의 뼈마디 한 부분을 뚝 떼어 내 만든 그리움의 악기―.

가슴속에 숨겨 둔 그리움 덩이가 한(恨)이 되어 엉켜 있다가 눈 녹듯 녹아서 실개천처럼 흐르고 있다.

- 정목일 「대금산조」서두

〔예문2〕

…… 달빛 머금은 풍물소리가 점점이 꽃가루처럼 날린다. 모닥불 일렁이는 정자나무 아래서 농부의 흥은 소리가 되고 어깨춤은 가락이 된다. 오랜 세월을 두고 기쁨도 슬픔도 소리로 풀어내고, 외로움도, 울분도 춤으로 풀어온 삶이다. 그렇게 세월에 닳아진 소리이고 애환에 영근 춤이다. 농부의 질박한 추임새가 풍물소리에 하나가 되고, 농부의 애잔한 춤사위가 바람소리와 하나가 된다. 세상은 농부들의 어깨춤에 실린 풍물소리로 가득하고, 풍물에 실린 바람소리로도 가득하다.

풍물소리에 추임새로 살랑대는 나뭇가지에 걸터앉은 보름달이 하얀 달빛을 쏟아낸다. 한 점 그늘이 없이 맑다. 올해는 영락없이 풍년이 들겠다.

- 최병영 「바람이 만드는 소리」결미

〔예문1〕은 상상을 통하여 서정적 감성을 형상화 하고 있다. 대금산조 가락을 듣고 느낀 서정적 감성을 흘러가는 은하로, 쉼 없

이 흐르고 있는 실개천으로, 유유히 흐르는 강물에 빗대어, 시공을 초월하는 흐름과 적심으로, 영혼의 뼈마디로, 가슴 속에 숨겨둔 그리움의 덩어리로, 눈물로, 한으로, 그리운 사람으로, 영원의 길목으로, 영겁의 달빛으로 - 이 모든 '수필어' 들을 통하여 형상화 시키고 있다.

〔예문2〕는 관념적이고 주지적인 언어이다. 최병영은 바람의 가락을 듣는다. 꽹과리소리, 장구소리, 징소리, 북소리, 호미질의 서러운 소리, 낫질의 흥겨운 소리, 여인의 물레질 하는 애절한 소리로 상상하며 청각적 심상으로 의미화 시키고 있다. 또한 '단비처럼 우수수 떨어지는', '징채가 쪽빛 물감에 떨어지는', '달빛 머금은 풍물소리가 점점이 꽃가루처럼 날린다.' '나뭇가지에 걸터앉은 보름달이 하얀 달빛을 쏟아내는' 등 시각적 심상으로도 의미화하고 있다.

최병영은 서정적인 언어로 서경의 세계를 그리고 있다. 소재에 대한 해석과 의미화를 시키는 상상으로 언어예술이 지니는 미를 창조하고 있다. 또한 존재 가치를 추론하여 감성적 분위기를 엮어내는 역동적 상상력과 시공을 초월하여 의미를 찾아내는 원형적 상상력을 발휘한 수필이다.

3. 닫으며

이상으로 '수필의 서정성 확보를 위한 창작 기법' 에 대하여 몇 가지를 살펴보았다. 졸저의 내용만 보더라도 수필을 쓸 때 서정성을 살리는 기법을 여하히 응용할 수 있다고 본다. 작금에 수필 문단에서 '창작수필' 또는 '실험수필' 이라는 명분으로 수필이 변해야 한다며 허구(fiction)론을 제기하고 허구의 수필을 종종 발표하며 인기를 모으면서 혼선을 빚고 있다. 과거에도 김동인의 작품「수정 비둘기」를 수필로 규정하면서 좋은 수필이라는 평까지 나왔다. 그 작품에 화자는 김동인이 아니기 때문에 그건 분명 짧은 소설이다. 수필은 수필이어야 문학의 한 장르를 차지하는 것이다. 허구로 써도 된다면, 소설이 있고 동화가 있는데 수필이라는 새로운 장르가 필요 없는 것이다.

　허구와 상상은 분명하게 구별해야 한다. 문학성이니 창작創作이니 하는 명분으로 허구를 인정한다면 수필은 설 자리가 없다. 졸고에서 살펴본 몇 가지 기법만 활용하여 서정성을 잘 살리면 문학성을 확보하는데 어렵지 않다고 생각한다.

스토로마톨라이트의 꿈은
지속성과 연속성이다

정홍규

"미래의 화폐에서는 위대한 인물도, 위대한 건축물도, 피라미드와 만물을 응시하는 섭리(또는 신)의 눈같은 프리메이슨의 상징도 새기지 않을 것이다. 유로화의 익명이나 얼굴 없는 과학의 미학, 추상적 공허함도 새기지 않을 것이다. 거창한 구닥다리 디자인이 아니라 눈 덮인 산봉우리, 강물을 거슬러 헤엄치는 연어, 순록 떼, 우뚝 솟은 빙하, 숨 쉬는 숲, 어우러진 밀림, 약동하는 들판을 새길 것이다."

〈애드버스터스〉지의 창립자이자 편집장인 칼레 라슨의 말이다.

왜 인간이라는 종種은 우주진화의 방향으로 동행하지 않고 '역방향'으로만 치닫고 있을까?

인간은 우주가 가는 곳으로 가겠다는 선택을 하지 않을 뿐 아니라 특히 교육마저도 우리에게 강요하는 경쟁의 게임이며, 우주가 나아가는 방향과 동떨어진 것이다.

더 위험한 것은 우리는 유전자 조작(GMO)을 통해 종자를 불임 시키고, 젖소는 우유를 생산하는 기계로, 닭은 달걀 낳는 기계로, 소는 고기만 생산하는 기계로 변화시키는 것이다. 수십억 년 동안 실험과 자연 선택을 통해 형성된 유전부호를 인간이 체계적으로 대립해 왔기 때문에 우리가 처한 상황이 더 위험해지고 있는 것이다.

어머니인 지구 공동체의 신성한 실재들은 소비할 천연자원으로 격하되었다. 그래서 '하나의 종'에 불과한 인간이 지구가 1억 년 동안 생산한 것들을 150년 안에 모두 소비해 버리고 그 속도도 매년 빨라지고 있다. 지금 우리에게 던져진 재앙의 와일드 카드는 사상 처음으로 우리 종種이 지구의 생산능력보다 더 빠르게 소비할 힘을 성취하게 되었다는 점이다. 다르게 표현하면 가난하든 부유하든 인류는 1.5개의 지구에 해당하는 자원을 먹어치우고 있다. 그런데도 지구의 총생산은 확실히 감소하는데 인간의 총생산이 증가하는 것은 모순이 아닐 수 없다. 우리 지구는 사람의 탐욕을 채워줄 수가 없다.

어디 교육뿐인가? 영리목적의 대학, 대기업, 정부, 종교가 지속되는 '문화적 방향 상실'의 상태에 처한 것은 우리 스스로 우주가 향하는 방향으로 가려고 하지 않았기 때문이다. 가장 두려운 것은 우리가 처한 상황을 스스로 초래하였다는 사실이다. 마치 앞에 빙산이 있다는 것을 알려주는 증거가 많았음에도 불구하고 누구도 그 방향과 진로를 바꾸기를 원하지 않았던 타이타닉호의 침몰처럼 우리는 이미 '한계초과'를 넘어 돌진하고 있는 것이다.

학생들에게 꿈이 무엇인가 하고 물으면 즉시 '취업', 그리고 이 학과를 선택한 이유를 설명해 보라고 하면 딱 잘라서 '취업! 취업이 잘 되잖아요' 라고 대답한다. 그들이 필요한 것은 학점이지 자유교양이나 인문학이 아니다. 그런 것들은 취업을 하기 위한 장식물일 뿐이다. 마우스를 슬슬 문지르고 스마트폰을 터치하고 클릭하면 만사가 끝나기 때문이다. 지식권력이 더 이상 대학에 있지 않아 다행이다. 지식과 문화를 이리 비비고 저리 섞어도 '우주의 유전부호' 그 자체는 편집할 수가 없다.

만약에 우리가 생명의 역사를 담은 돌 스트로마톨라이트에게 다가가서 꿈이 무엇입니까 하고 물으면 무엇이라 대답할까? 그분은 이렇게 말할 것 같다. "네 꿈이 이루어지도록 '지속성과 연속성' 이 꿈"이라고 조용히 깨우쳐 줄 것이다. 스토로마톨라이트의 꿈은 지속성과 연속성이다. 35억 년 전 그 앞에 스트로마톨라이트의 사이노박테리아가 생산한 '산소' 가 지속적으로 대기 속에 21% 유지되고, 우리 아이들의 아이들이 한처음 우주빅뱅의 설계에 동참하는 것이 지구의 꿈이다. 이 꿈은 어린 손녀를 둔 우리 할머니들의 꿈이기도 하다.

이 책에 등장하는 이야기의 다면체는 꿈에 대한 이야기들이다. 영천 오산자연학교와 산자연학교 그리고 처음부터 가슴에 성호를 긋지 말고 비주류에 서라는 대학의 강의, 동물축복식, 유채꽃 등의 이야기들은 인간 중심적 세계관(문화부호)에서 거슬러 생태

중심적 세계관(ecozoic, 유전부호)으로 돌아가자는 귀향(homecoming)의 양피지이다. 이 책의 모든 이야기가 '생태평화'의 지점에서 똑같은 거리에 있다.

양피지는 나중에 쓴 글자를 지우면 본래의 글자가 나타난다. 가까이서 숲속 달팽이의 길을 보면 구불구불하게 언뜻언뜻 보이지만 높은 곳에서 보면 조그만 길이 합쳐져 묵묵히 나아가는 큰 길을 형성한다. 우리 아이들이 계속 나아갈 수 있는 자격이 있는가를 결정하는 인류의 마지막 행진이 예기치 못한 갈림길 너머로 빛나는 길이 뻗어 있을 지도 모른다.

우리는 그러한 발걸음을 내딛으려는 찰나에 있다.

우리의 스토로마톨라이트는 다음 세 가지를 우리에게 묻는다.

우리는 어디에 있는가?

우리는 누구인가?

우리는 어디로 가는가?

도동서원

최상대

　'성리학의 도가 동쪽으로 옮겨왔다' 는 뜻을 담고 있는 도동서원은 병산서원, 도산서원, 옥산서원, 소수서원과 함께 5대 서원으로 꼽힌다.　도동서원은 조선의 성리학자로 한훤당寒暄堂 김굉필(1454~1504) 선생을 모시는 서원이다. 전국에 흩어져 있던 수많은 서원은 1865년 대원군 때 서원 철폐령으로 정리됐는데 도동서원은 그때 헐리지 않고 남은 47개 서원 중에 한 곳이다.

　도동서원은 1607년(선조 40)에 왕이 직접 쓴 '도동서원道東書院' 현판을 하사받아 사액서원이 되었다. 1568년 비슬산에 세워졌다가 1605년에 도동으로 옮겨왔다. 1964년 전면 보수하였으며, 경내의 건물로는 사당祠堂·중정당中正堂·거인재居仁齋·거의재居義齋·수월루水月樓·환주문喚主門·내삼문內三門·장판각藏板閣·고직사庫直舍 등이 있다.

　도동서원은 성리학의 세계관을 건축으로 잘 표현하고 있는 서원건축이다.

　도동서원에서도 중심건축은 중정당中正堂이다. 중정당의 기단에는 크기와 모양이 제각각인 돌들을 조각보 마냥 끼워 맞춘 한국건축의 독창적 아름다움을 발견할 수가 있다. 기단에 튀어나온 용머리 조각상 4개는 낙동강이 범람하지 않도록 물의 신, 즉 용을 형상화하였다. 강당 마루 벽에 걸려있는 다양한 현판들에서 도동서원의 학문적 깊이를 느낄 수가 있다.

　경사지 위에 층층이 쌓은 아름다운 흙 담장은 보물350호로 지정되었다. 담장은 강당(중정당), 사당과 함께 도동서원강당사당부장원道東書院講堂祠堂附墙垣으로 일컬으며 도동서원 자체는 2007년 10월 10일 사적 제488호로 지정되었다.

　중정당의 뒤뜰에서 쏟아져 들어오는 햇빛을 통해 알 수 있듯,

서원이 북향으로 배치되었다는 것은 한국의 서원건축에서 아주
특별하다. 배산임수라는 지형적 특이성에 따라서 북쪽의 안산과
낙동강을 바라보고자 남향을 등지고 있는 것이다. 방문객들은 특
이한 건축양식을 알아차리지 못하고 흔히들 남향인양 착각하고
잠시 그림자 방향감각을 잊어버리게 된다. 예와 도를 숭상하듯
풍수지리를 원칙처럼 지켜왔던 선인들께서 향向을 져버리는 호
방한 기질도 느껴진다.

　수월루 앞뜰에는 수령400년, 높이25m, 둘레 879cm에 달하는
은행나무가 세월을 지켜보고 있다.

강위원

대구 출생. 홍익대학교 산업미술대학원 사진 디자인 전공

대한민국사진전람회, 대구사진대전 운영위원, 심사위원 역임

『팔공산』, 『백두산』, 『백두산의 사계』 외

2002년 금복문화예술상 수상, 2010년 녹조근정훈장 수상

강현국

경북 상주 출생. 《현대문학》 시 등단

대구교육대학교 교수 및 총장 역임

시 전문 계간문예지 《시와반시》 발행인 겸 주간

시집 『달은 새벽 두시의 감나무를 데리고』 외

곽홍란

경북 고령 출생

매일신문 신춘문예 동시 당선, 조선일보 신춘문예 시조 당선

동시집 『글쎄, 그게 뭘까』, 시낭송 노래집 『별, 풀 그리고 사람』

시집 『직선을 버린다』

구본욱

대구 출생. 계명대학교 철학과, 영남대학교 대학원을 졸업

대구향교 장의, 대구가톨릭대학교 특별연구위원 겸 협력교수

논문 「杜門洞 七十二賢과 松隱 具鴻의 節義精神」 외

저서 및 편역서 『300년간 지속해온 논쟁』, 『大邱儒賢錄』, 『대구유림의 임진란 의병활동』 외

권순진

경북 성주 출생. 《문학시대》로 작품 활동 시작

시 칼럼 '권순진의 맛있게 읽는 시' 연재 중

한국작가회의, 대구경북 작가회의, 대구문인협회 회원

시집 『낙법』, 『권순진의 맛있게 읽는 시1』, 『낙타는 뛰지 않는다』

권영세

1980년 '창주문학상' 수상 및 《아동문학평론》 동시 추천

동시집 『겨울 풍뎅이』, 『참 고마운 발』, 『우리 민속놀이 동시』 외

대한민국문학상, 대구시문화상(문학), 대구문학상, 한국동시문학
상 등 수상

권영희

강원도 정선 출생

《월간문학》 동화부문 신인상

동화집 『내가 정말 좋아』

권태룡

한국아이국악협회 협회장, 대구광역시 무형문화재 7호 이수자

한국콘텐츠진흥원, 한국문화예술위원회 등 심의위원

저서 『팔공산 메나리 공산농요와 서촌상여』, 『달구벌 벽사진경 당
정마을 지신밟기』

김규학

2009년 아르코창작기금 수혜

2010년 천강문학상 수상으로 작품활동

불교 신인문학상 수상. 황금펜 아동문학상 수상

동시집 『털실 뭉치』, 『방귀뀌기 좋은 계절』

김동원

《문학세계》로 등단. 매일신문 신춘문예 동시 당선

시집 『깍지』 외, 동시집 『태양 셰프』, 평론집 『시에 미치다』

대구예술상, 대구문학상 수상. 고운 최치원 문학상 대상 수상

대구시인협회 부회장. 대구문인협회 시분과 위원장

김동혁

단국대학교대학원 문예창작학과 문학박사, 경일대 초빙교수

논문 〈도가적 사유로 본 김유정 소설의 세계인식〉, 〈성석제 소설의
도가적 이해〉 외

저서 『소설로 읽는 판타지』,

김미선

경남 통영 출생

《문학저널》 등단

시집 『섬으로 가는 길』, 『닻을 내린 그 후』

김민경

사랑수련회

저서 『마음에서 길을 찾다』, 『마음의 거울을 닦다』

김선굉

한국시인협회 상임이사, 대구시인협회장 역임

대구시인협회상, 대구광역시문화상(문학부문) 수상

시집 『장주네를 생각함』, 『철학하는 엘리베이터』 외

김세환

대구매일 신춘문예 시조 당선, 《시조문학》 천료

한국시조문학상, 대구시조문학상, 대구문협작가상, 민족시진흥상,
한국시조협회상

시조집 『가을은 가을이게 하라』, 『어머니의 치매』, 『가을보법』 외

김수영

경북대학교 신문방송학과 졸업

영남일보 논설위원

저서 『전원 속 예술가들』

김아가다

한국수필가협회, 대구문인협회, 대구수필가협회, 영남수필 회원

《한국수필》,《수필세계》 신인상 등단, 경북일보문학대전 수상

수필집 『회나리』

김아인

'평사리문학대상' 수필부문 대상

다음 카페 '詩울' 운영

해가람여성문예 큰상, 주변인과 문학 은상 등 수상

수필집 『브래지어를 풀다』

김영란

《아동문예》,《아동문학평론》 동시부문 신인상

동시집 『옹달샘』, 『쪼그만 게 뭐가 바빠』, 『나바라기』

공저 『살구나무 편의점』

해암아동문학회, 경북아동문학회, 대구아동문학회 회원

김용주

《시조세계》,《대구문학》 신인상

한국시조시인협회, 대구시조시인협회, 대구문인협회원

점자겸용 시조집 『본다, 물끄러미』

김은주

부산일보 신춘문예 당선

수필집 『미뢰』, 『분첩』, 『다만, 오직, 그냥』

김은주 수제 강정 운영

김지원(김효순)

《아동문예》 동시부문 신인상

동시집 『나도 씨앗처럼 눈 감고 엎드려 본다』, 『엄마만 애쓰고』.

공저 『살구나무 편의점』

혜암아동문학회, 대구아동문학회, 대구문인협회 회원

김창제

경남 거창 출생, 영남대학교 경영대학원 졸업

《자유문학》,《대구문학》 신인상

시집 『고물장수』, 『경계가 환하다』 외

한국문인협회, 대구시인협회 회원, 죽순문학회 회장

김청수

경북 고령 개실마을 출생

시집 『개실마을에 눈이 오면』 작품 활동

창작과 의식 문학상, 고령문학상 수상

시집 『무화과나무가 있는 여관』, 『바람과 달과 고분들』 외

김태엽

대구대학교 명예교수(문학박사)

우리말글학회장, 한글학회대구지회장, 국어심의위원(국립국어원)

언어과학회 학술상, 문화관광부 우수학술도서상

저서 『한국어 대우법』 외, 산문집 『푸른 학이 천 리를 가려고』 외

남지민

영남대교육학과, 한국방송통신대학원 문예창작콘텐츠학과 졸업

《아동문학평론》 등단

동시집 『청개구리 가로수』

류경희

경북 안동 출생

한국방송통신대학교 국어국문학과 졸업

《시와 창작》 신인상

방송대 문학상 수상, 소설집 『어떤 해후』

문무학

경북 고령 낫질 출생

시조집 『가을거문고』, 『풀을 읽다』, 『낱말』, 『홑』 외

현대시조문학상, 유동문학상, 윤동주문학상 등 수상

영남일보 논설위원, 대구예총 회장, 대구문화재단 대표 역임

문차숙

경북 성주 출생

영남대학교 행정대학원에서 문화행정 석사

《시문학》에 「수양버들」 외 9편 당선

시집 『익은 봄날』, 『나는 굽 없는 신발이다』 외

민송기

능인고 교사

서울대 국어교육학과 졸업

EBS 수능연계교재 집필

저서 『자장면이 아니고 짜장면이다』, 『삼천포에 빠지다』

박규홍

전 경일대학교 인문계열자율전공학과 교수

경북문화콘텐츠정책포럼 부위원장으로 활동

저서 『유적지에서 만나는 화랑정신』 외, 동저서 『고시조 대전』 외

박기옥

小珍 박기옥

수필창작 〈에세이 아카데미〉 주강

한국문협, 한국수필가협회, 펜클럽, 수필문우회 회원

수필집 『아무도 모른다』, 『커피 칸타타』, 『쾌락의 이해』 외

박동규

경북 예천 출생. 계명대학교 교육대학원 졸업

1979년 이원수 추천으로 작품 활동

영남일보 '고전쏙쏙 인성쑥쑥' 집필

수필집 『부지깽이로 쓴 편지』

박미정

《한국수필》 신인상 수상

대구문인협회, 한국수필가협회

대구수필가협회, 영호남수필가협회 회원

수필집 『억새는 홀로 울지 않는다』

박방희

경북 성주 출생

방정환문학상, 우리나라 좋은동시 문학상, 한국아동문학상, 금복

문화상(문학부문) 등 수상

시집과 동시집, 시조집 외 25권의 작품집

대구문인협회 회장

박상옥

《심상》 등단

시집 『내 영혼의 경작지』, 『세월 걸음』, 『아버지의 시간』 외

대구시협 부회장, 감사, 이사, 가톨릭문인회 회장 역임

박승우

매일신문 신춘문예 등단

동시집 『백 점 맞은 연못』, 『생각하는 감자』, 『말 숙제 글 숙제』 외

푸른문학상, 오늘의 동시문학상, 김장생문학상

박영옥

《아동문예》 등단

동시집 『사실은 말이야』

해암아동문학회, 대구문인협회 회원

박재희
시집 『쟁기』, 『연하장』
대구문인협회 회원
달성문인협회 초대회장 역임
박정자
강원도 출생
대구문협, 대구수필가협회
청하문학, 에세이 아카데미 회원
수필집 『내 안의 뜰』
박태진
경주 출생
《문장》 신인상 등단, 대구문인협회, 대구시인협회 회원
다울문학 동인, 13詩 동인, 문장작가회 회장
㈜태광아이엔씨 대표이사, 태광산업 대표
배해주
대구수필가협회, 대구문인협회 회원
《영남문학》 수필부문 신인상, 경찰문예대전 수필부문 수상
경북문화체험 전국수필대전 수상
수필집 『머물렀던 순간들』, 『눈길 머문 곳』 외
백승희
경북 성주 출생
사랑모아 통증의학과 대표원장, 대구테니스협회 회장, 학이사독서
아카데미 원장
수필집 『사랑모아 사람모아』, 소설 『내 친구 봉숙이』, 『마지막 퍼즐』
백종식
대구 출생

단국대학교 국어국문학과 졸업
《시문학》 제1회 '우수작품상' 당선으로 등단
시집 『록키산맥의 국어선생』, 『그리운 무게』 외
서정길
《수필과 비평》 등단
수필집 『알아야 면장 하제』
달성문인협회, 한국수필가협회, 대구문협 이사
달성문화재단 대표이사
석현수
공군사관학교 졸업
계명대학교 평생교육원 국어국문과 졸업
저서 『삼계탕』, 『여러분도 행복하세요』, 『온달을 꿈꾸며』 외
성병조
경남 창녕 출생, 대구대학교 대학원 졸업
금호방송㈜ 편성제작국장과 대구광역시교육청 명예 감사관 역임
한국문인협회와 한국수필가협회 회원
수필집 『삐딱선을 타다』, 『봉창이 있는 집』, 『새벽바라기』 외
손남주
경북 예천 출생, 초등, 중등 교직 정년퇴임
《해동문학》 시 등단
시집 『억새꽃 필 때까지』, 『민들레 꽃씨가 날아가는 곳』, 『문득』
손인선
《아동문학평론》 동시부문 신인상
《월간문학》 동화부문 신인상
동시집 『민달팽이 편지』, 『맹자 흉내는 힘들어요』, 공저 동시집 『구름버스 타기』

송진환

《현대시학》 등단

매일신문 신춘문예(시조) 당선

시집 『바람의行方』, 『못갖춘마디』, 『하류』 외

신재기

매일신문 신춘문예 당선

경일대학교 재직. 도서출판 소소담담 발행인

비평집 『비평의 자의식』, 『여백과 겸손』 외 다수

산문집 『침묵의 소리를 듣는다』 외

신형호

경북 김천 출생

경북대학교 사범대학 국어교육과 졸업

《문학바탕》 시부문 신인상, 《대구문학》 수필부문 신인상

수필집 『별을 업은 남자』, 『매화 정에 취하다』

신홍식

경북 구미 출생, 영남대학교 경영대학원 졸업

대구문학 신인상 동시부문 당선

혜암아동문학회 회장, (사)아트빌리지 운영

동시집 『우리 선생님』

심후섭

'창주문학상' 동시 당선

매일신문 신춘문예 동화 당선, MBC 창작동화 대상 장편부문 당선

한국아동문학상, 대구문학상, 금복문화상(문학부문), 제28회 '한국
교육자대상' 수상

대구아동문학회 회장, 한국아동문학가협회, 한국문인협회 회원

안영선

《아동문학평론》, 농민문학, 《문학공간》 신인상 등단

공무원 문예대전 최우수상, 교원문학상, 해양문학상 수상

동시집 『독도는 우리가 지키고 있어요』, 『대신맨』 외

안용태

경북 성주 출생

한국문협, 국제펜클럽, 대구시협 회원

시집 『몽돌』

오영환

《현대시조》 신인상

대구시조 문학상, 현대시조 좋은작품상, 현대시조 문학상 수상

(사)푸른차문화연구원장

시조집 『사질토 분청 찻잔』

원상연

경북 성주 출생

《아동문예》 동시부문 등단

대구동호초등학교 교장, 대구문인협회, 대구아동문학회 회원

산문집 『마음을 깨우는 행복 Lens』, 동시집 『욕심 휴지통』

유가형

경남 거창 출생

《문학과 창작》 등단

시집 『배양나무 껍질을 열다』, 『기억의 속살』, 에세이집 『밤이 깊으면 어떻습니까?』

유병길

《신문예》 등단

시집 『두렁에 청춘을 불사르고』, 산문집 『옛날이야기로만 남을 내

어린 시절』, 소년소설『할머니와 반짇고리』

윤경희

《유심》 신인문학상 시조 등단, 《생각과 느낌》 수필 등단

시집『비의 시간』,『붉은 편지』,『태양의 혀』 외

이영도 시조문학상(신인상), 대구예술상 등 수상

윤일현

지성교육문화센터이사장, 대구시인협회 회장

저서『부모의 생각이 바뀌면 자녀의 미래가 달라진다』,『밥상과 책상 사이』 외

시집『낙동강』,『꽃처럼 나비처럼』 외

윤정헌

대구 출생

경일대 사진영상학부 교수

영남일보 '윤정헌의 시네마라운지' 13년간 연재(2004~2016)

저서『영화, 그리고 이야기』

은종일

《한국수필》 수필, 《창작에세이》 평론, 《문학시대》 시 등단

한국수필작가회 문학상, 한전전우회 대경예술상

수필집『재미와 의미 사이』,『춘화의 춘화』 외

시집『사소한 자각』

이경희

경북 경산 출생. 경일대학교 대학원 졸업

경일대학교 교수

수필집『변방에 피는 꽃』,『책을 통해 세상 속으로』

이룸

계명대학교 생물학과 및 동 대학원 문예창작학과 졸업

계명문화상, 심훈문학상 당선

소설집 『핑크 하우스』, 장편소설 『갓바위』

이명준

'창주문학상' 으로 등단

전북일보 신춘문예 동화 당선

한국아동문학인협회, 대구문인협회 회원

단편 동화집 『청소부 아빠』

이병훈

《문학정신》 시 등단

대구문인협회 부회장, 달성문인협회, 한국낭송문학회 회장

문학공간 '큐' 대표, 문학공연 기획연출가

저서 『알피니즘을 태운 영혼』, 『수필과 음성문학』(엮음) 외

이승현

경북대학교 법과대학 졸업

심리와 명상을 접목한 '아이수(I 受) 프로그램'

나를 받아들이는 마음 'INP(I No Problem) 프로그램' 개발운영

저서 『나를 꽃피우는 치유심리학』, 『치유에서 깨달음까지』 외

이영철

경북 김천 출생. 계명대학교 미술대학원에서 회화 전공

표지 및 본문 그린 책 『멈추면 비로소 보이는 것들』, 『날마다 웃는
집』, 『내 친구 봉숙이』 외

수필집 『그린 꽃은 시들지 않는다』, 『사랑이 온다』

이재순

《한국시》 신인상(동시), 《한국동시조》 신인상 당선

한국아동문학작가상, 김성도아동문학상 외 수상

동시집 『별이 뜨는 교실』, 『큰일 날 뻔했다』, 『집으로 가는 길』, 『귀

가 밝은 지팡이』외

이재태

경북대학교 의과대학 졸업

경북대학교 교수

대한핵의학회, 갑상선학회 회장 역임

저서 『종소리, 세상을 바꾸다』, 『종소리가 좋다』

이정기

30년간 교직생활을 끝으로 문학과 화가의 길을 시작

《한국수필》, 《아람문학》 신인상

한국문인협회, 대구문인협회, 한국수필가협회, 한국미술협회 회원

수필집 『그리고 하늘을 보다』 외

이정웅

경북 의성 출생

팔거역사문화연구회 회장, (사)푸른대구가꾸기시민모임 이사

저서 『나무, 인문학으로 읽다』, 『푸른 대구 이야기』, 『대구·경북의 명목을 찾아서』, 『대구 인물 기행』 외

이정혜

부산문화방송 신인문예상(동화)

《한맥문학》(수필) 당선

동화집 『꽃잎 속의 아이』, 『달님을 닮은 꽃』, 『하얀 크레파스』

수필집 『햇살이 쌓이는 뜰』, 『쑥 한 줌의 시간』

이정환

중앙일보 신춘문예 시조 당선

정음시조문학상 운영위원회위원장

시조집 『오백 년 입맞춤』

시조선집 『말로 다할 수 있다면 꽃이 왜 붉으랴』 외

이진훈

경북 상주 출생

경북대와 미국 마이애미대학에서 행정학 석사 학위

전, 대구수성구청장

저서 『실사구시에서 길을 찾다』

장사현

경북 봉화 출생

청하문학상, 한국 문인 수필문학상 수상

《영남문학》 발행인

저서 『수필문학의 이론과 창작기법』, 『수필문학총서』 외

장식환

경북 경주 출생

매일신문, 중앙일보 신춘문예 시조 당선

대구광역시 교육위원회 의장 역임, 대구 시조문학상 수상

시집 『연등 들고 서는 바다』, 『그리움의 역설』

장정옥

매일신문 신춘문예 「해무」로 등단

제40회 여성동아 장편소설 공모전 「스무 살의 축제」 당선

장편소설 『스무 살의 축제』, 『고요한 종소리』, 『나비와 불꽃놀이』,

단편소설집 『숨은 눈』 외

장하빈

《시와 시학》 신인상 등단

시와시학상 동인상, 대구시인협회상 수상

팔공산 문학의 집 〈다락헌〉 상주작가

시집 『비, 혹은 얼룩말』, 『까치 낙관』, 『총총난필 복사꽃』

전성찬

대학원에서 예술경영(Art MBA) 전공

대구시의회에서 관광, 체육 분야 입법, 정책 업무

저서 『한 번만 잡아줘』

전여운

대구 출생

《대구문학》 신인상 수상

경북일보 문학대전 시부문 금상

시집 『밥 그리고 침대』

정순희

대구 현풍 출생

《아동문학평론》 아동소설 당선. 대전일보 신춘문예 동화 당선

그림동화 『내 맘에 쏙 들었어』

정순희독서논술마을 원장

정아경

에세이스트작가회 이사, 북촌시사, 대구문인협회 회원

수필집 『나에게 묻다』(2008 대구시 젊은작가 창작지원금 수혜)

수필집 『중독을 꿈꾼다』(제7회 매원문학상 수상)

정정지

《대구문학》 신인상

대구문인협회 회원

시집 『방파제』

정표년

대구 달성 출생

《여원》 여류 신인상 시조 당선, 《현대시학》 추천 완료

민족시가 대상, 대구시조문학상 수상

시조집 『산빛 물빛 다 흔들고』, 『수화로 속삭이다』
수필집 『작은 창으로 본 세상』 외

정홍규

2003년 영천 '오산자연학교'를 시작으로 통합 초중고 산자연학교
와 산자연중학교 인가, 교장 역임
저서 『오산에서 온 편지』, 『마을로 간 신부』, 『한국가톨릭교회의 생
태의식』 외

채천수

조선일보 신춘문예 시조 「겨울 산 보법」 당선
대구문학상, 한국시조작품상 등 수상
대구성곡초등학교장
시조집 『발품』, 『통점』 외

최문성

대구이야기 출판사 (주)달구북 대표
수성구사회적경제협의회 공동대표
지역역사문화 글작가
그림동화 『수성못』 외

최상대

중앙대학교와 경북대학교 대학원 졸업
대구경북건축가회 회장, 경북대, 영남대 등 겸임·초빙교수 역임
국토교통부장관표창, 한국예술문화대상, 대구시 건축작가상 등
저서 『건축, 스케치로 읽고 문화로 느끼다』, 『대구의 건축, 문화가
되다』 외

최점태

《월간문학》 동시 신인상
대구아동문학회, 해암아동문학회, 한국문인협회 회원

동시집 『깻잎 같은 손으로』

최춘해
매일신문 신춘문예 당선
세종아동문학상, 한국아동문학상, 방정환 문학상 등 수상
동시집 『시계가 셈을 세면』, 『생각이 열리는 나무』, 『흙처럼 나무처럼』 외

추선희
《현대수필》등단
경일대학교 심리치료학과 초빙 교수
수필집 『시시미미』, 『명함』
번역서 『쉬는 마음』 『처음 만나는 명상 레슨』 외

하정숙
《문학예술》등단, 영남대 국어국문학과 대학원 졸업
영남수필문학회 회장, 한국수필가협회, 대구문인협회 회원
신동중학교 재직
수필집 『미모사처럼 나를 여민다』

하청호
경북 영천 출생, 매일신문, 동아일보 동시, 《현대시학》시 등단
대한민국문학상, 방정환문학상, 윤석중문학상 등 수상
한국문인협회 부이사장
동시집 『잡초 뽑기』, 『데칼코마니』. 시집 『다비(茶毘)노을』 외

한은희
《아동문예》 동화, 《아동문학》 동시 신인상
대구문학상, 경상북도 스토리콘텐츠공모전 등 수상
동화책 『아기 혼령 려려』, 『의병과 풍각쟁이』 외, 청소년 소설 『네버 불링 스토리』, 동시집 『테크노 쥬쥬』, 『분꽃귀걸이』

홍다연

2017년《아동문학세상》동시부문 신인상 수상

대구준법지원센터 가정폭력집단 상담 및 교육,

대구가정법원 가사조정위원 활동

동시집『도깨비풀 씨』

황명희

경북 울진 출생

혜암아동문학연구회 1회 수료

《아동문학연구회》동시 신인상

동화집『내 친구 마르』

황인동

《대구문학》신인상, 대구문협 수석부회장

대구예총, 대구시협 이사, 대구예술대상 수상

청도 부군수 역임

시집『뻔·한·일』,『비는 아직 통화 중』외